U0993690

本书获广西八桂学者“胡智锋创新团队”课题经费支持。

从想象到具象

路遥小说影像特征论

焦仕刚 / 著

中国经济出版社
CHINA ECONOMIC PUBLISHING HOUSE
·北京·

图书在版编目（CIP）数据

从想象到具象：路遥小说影像特征论 / 焦仕刚著

. -- 北京：中国经济出版社，2024.7（2025.4重印）

ISBN 978-7-5136-7729-5

Ⅰ. ①从… Ⅱ. ①焦… Ⅲ. ①路遥（1949-1992）-
小说研究 Ⅳ. ① I207.42

中国国家版本馆 CIP 数据核字（2024）第 073035 号

组稿编辑　崔姜薇
责任编辑　王骏雄
责任印制　李　伟
封面设计　任燕飞

出版发行　中国经济出版社
印 刷 者　宝蕾元仁浩（天津）印刷有限公司
经 销 者　各地新华书店
开　　本　710mm × 1000mm　1/16
印　　张　16
字　　数　220 千字
版　　次　2024 年 7 月第 1 版
印　　次　2025 年 4 月第 2 次
定　　价　78.00 元
广告经营许可证　京西工商广字第 8179 号

中国经济出版社　**网址** http://epc.sinopec.com/epc/　**社址** 北京市东城区安定门外大街 58 号　**邮编** 100011
本版图书如存在印装质量问题，请与本社销售中心联系调换（联系电话：010-57512564）

绪 论
Preface

在当代中国紧跟大时代脉搏，积极拥抱社会潮流，不断为人民树碑立传，坚持以土地与民族为核心立足点，全面将个人与大历史融合的作家——路遥，其文学话语与艺术风格，独树一帜却又接地气。面对千年传统，没有简单的非此即彼的目空一切，也没有对浩浩汤汤的世界潮流大势无所适从乃至盲目崇拜。站在现代中国文学一直延续的现实主义文脉上，不断融进最新的时代音符，让人们面对苦难，不再是简单的控诉与埋怨，而是豪迈而坚实地推开压在每个人肩上无形的大山，将千年伦理道德秩序里中国人自在、悲悯、坚韧而积极洒脱的状态，呈现在文学艺术世界里，让全世界看见中国人对这片土地深厚的精神信仰的力量。家国天下却又人本至上，立德、立言而先立人，苦乐自知与仁智和合，倔强的灵魂和坚韧的意志，永不放弃与悲天悯人，成为路遥作品的主体意识，不断鼓舞和吸引一个个从城乡抬头望向远方的平凡灵魂的精神灯塔。正是路遥积极而乐观的存在主义式人生哲学，安于天命却执着不服输的价值伦理，虽出身平凡却孤傲清高的人格，内观自省而豁达自由的灵魂，不断激励着当代城乡人民能够自信地抬起胸膛，仰望星空，意志傲然。路遥虽个体生命苦悲无助，却以文学作品神圣“卡里斯马”光晕不断丰富这个时代每个平凡的灵魂，让当代急遽变化下面对各种困境的社会各个阶层拥有走向新时代前方奋斗的勇气。路遥不断告诉每个人，个人出身可以平凡，但是其自由而高傲的灵魂可以超越所有世俗的羁绊，傲立于人群，不惧一切苦难。这不仅是路遥的人生与艺术哲学，更是千年中国传统“圣人”“智者”价值架构的当代化，也是实现中国传统支撑现代中国顺利完成现代性建构重要价值逻辑。

一、路遥文学史存在状态

作为改革开放的亲历者与见证人的路遥，其创作的小说具有丰富的社会内涵与文学意义。从《惊心动魄的一幕》开始，路遥的小说总在平凡的阅读视野里，出人意料地刷新青年读者的文学期待。2018 年中共中央、国务院授予路遥“改革先锋”称号，2019 年中宣部等九部委又赋予路遥“最美奋斗者”的殊荣，中国作家协会、中国社会科学院、北京十月文艺出版社、延安大学、榆林学院等单位举办了多场纪念、演出和学术研讨活动。加上茅盾文学奖的桂冠，路遥成为唯一获得这三项殊荣的当代作家。《平凡的世界》《人生》双双入选“中国改革开放 40 年最有影响力 40 部小说”,《平凡的世界》入选“新中国 70 年 70 部长篇小说典藏”丛书。中央广播电视总台《故事里的中国》播出了“平凡的世界专辑”，微信公众号的纪念文章更是不断转发。多家报刊集约关于路遥的专题论文。关于路遥的专著达 38 种，其中研究类 15 种，传记类 8 种，回忆史料类 11 种，教辅类 4 种。路遥的文学非同寻常，囊括“改革先锋”的褒奖，路遥的创作得到“国家认同”的历史新高，再次刷新文坛热度。路遥的成就得益于时代，路遥创作的黄金时期恰与改革开放同步。路遥文学作品传播的 40 年，是改革开放辉煌的 40 年，路遥的文学成就也是改革开放 40 年和新中国成立 70 年的成就。路遥是一代人追求理想和卓越人生的代表，他的文学成就，既来自他的天分和拼搏，更是时代的产物。是祖国的昌盛带动和激励了路遥，是人民的深情温暖和鼓舞了路遥，是一代人胸怀家国、为理想奋斗的精神成就了路遥。延川文化的滋养、延安大学的培育、陕西老一辈作家的影响、改革开放带来的机遇，使路遥拥有了开放的文学胸怀，成为一个追求广博知识又具有独立思考精神的作家。路遥的文学作品表达出的精神，是一代人思考民族复兴、勇担历史之责、回应时代需求、谋求自我实现的时代精神。

路遥是“扎根人民、扎根生活”的优秀当代作家。路遥的文学成就是无可辩驳的，他是时代的亲历者、见证者和书写者，也是平凡世界里普通的一员。路遥，本名王卫国，1949 年 12 月出生于陕西省清涧县。王卫国出生于贫困的农民家庭，王卫国系家中长子。7 岁时因家境困难过继给延川县农村的伯父。王卫国在家境极为艰难的条件下完成了小学的学习。在参加全县小学升中学的考试后王卫国幸运地被录取，王卫国的养父在乡政府干部的劝说下同意他继续学业。这一特殊经历给王卫国以深刻的影响。1968 年年仅 20 岁的王卫国就任延川县革委会副主任，1969 年底王卫国回乡务农。在农村期间王卫国做过许多临时性的工作，并在一所农村小学教过一年书。1973 年王卫国进入延安大学中文系学习，开始文学创作，在《陕西文艺》(今为《延河》)上发表文学作品，开始使用“路遥”这个笔名。大学毕业后，王卫国任《陕西文艺》编辑。

路遥流星般辉煌而短暂的一生几乎都是在贫困与动荡中度过的，这个为当代文学作出了相当贡献的作家似乎一直处于贫困潦倒之中。乡村的闭塞，苦难的童年，倔强的少年，笑傲一切的青年，被大时代瞬间打回原形的困顿，让他看清了人的无助和悲剧。他明了无论多么幸运，多么努力奋斗，均需要超越个体，需要拥抱不幸命运的勇气和不轻易放弃的奋斗精神！即使生活亏待了你，依然用最有力的旋律唱响生命的赞歌。这就是路遥在苦难人生中完成的艺术观的构建和升华。路遥的爱情与婚姻生活也十分不幸。路遥曾经有过一段痛苦的失恋经历，这个经历甚至导致他产生了轻生的念头。路遥最终与林达结婚以后，两个人生活也不和谐，最终以离婚为结局。1992 年 11 月 17 日，路遥病逝于陕西省西安市西京医院，年仅 43 岁。

路遥的文学创作最早开始于“文革”期间，对当代读者有影响的作品主要集中在 1978 年到 1990 年之间创作完成，在此期间，他获得了 1979—1981 年度《当代》文学荣誉奖、1981 年 5 月“文艺报中篇小说奖”二等奖、第一届全国优秀中篇小说奖。即在“文革”期间，路遥的作品多是诗歌、散文，后来转移到小说创作。1980 年路遥在《当代》发表了《惊心动魄的一幕》，这是路遥第一次在全国性的权威文艺刊物上发表作品，也是路遥作家身份的第一次奠基性仪式。随后，路遥在《收获》发表中篇小说《人生》，产生了全国性的轰动效应，并获全国优秀中篇小说奖。1986 年到 1988 年，路遥创作了长篇小说《平凡的世界》，获第三届茅盾文学奖。因为《人生》《平凡的世界》等作品的巨大影响，路遥成为中国当代文学领域的重要作家之一。①

二、路遥小说影像化特征的学理研究反思

本书首先进行了路遥小说叙事研究，分析路遥的文学想象力如何内化为其艺术特征，对路遥小说的核心叙事体系——爱情、城乡、伦理、哲学，给予文学性学理批判，进而总结其特有的文学模型，更深刻地解析路遥的文学想象世界。

本书的主体内容为路遥影像具象世界的研究，根据新时代史学要求，以影像理论为支撑，以中国影视史为总视角，全面系统梳理路遥影视作品的影像特征，积极分析时代呼声与路遥影视作品关系，回答路遥在小说广泛传播基础上，为什么其影视影像作品相对没有赢得社会的更广泛认同等

① 石天强《断裂地带中的精神流亡——路遥小说中的空间结构、人物形象及其文化意义》[D] 北京：北京师范大学 2001.20；宗元《魂断人生——路遥论》[D] 上海上海文艺出版社 2000 年：30；晓雷：《男儿有泪——路遥与谷溪》，《延安文学》[J] 2000 年（2）：22.

问题，进而从影像与文学的本质性差异，来总结路遥影像的本质内核。从文学与影像语言的传播差异和接受性角度，客观而系统搜集数据和资料，阐释影像具象下路遥的影像传播度和接受度。作为新时代典型，“路遥”“小说”与“时代”“影像”间的互动，以及其小说的影像叙事研究正成为亟须阐释的关键问题。当然，路遥的影像艺术成就与其创作何以能够产生广泛而深远的社会影响有着密切关系。这不仅是影像本质的学理问题，更关乎路遥小说创作被纳入当代中国精神文化重要谱系的美学问题。作为学理问题，权衡路遥小说的影像价值，必须从文学与影像两个专业的融合结合入手，以新时代文学艺术的人民性作为探寻其创作精神重要分析路向。路遥平实的文学世界，高度的时代性和历史性，苦难哲学与城乡交接带空间等，成为研究主题，但深入路遥小说背后的隐藏的文学逻辑世界，路遥的传统性与现代性，人文精神与现代反思的研究，虽有成果却不系统。路遥的影像改编作品的推出，贯穿于改革开放至今，有单部电影与电视剧研究，却局限个体，没有影像改编作品的整体研究梳理。从文学到影像两个大的话语系统对比下，文学语言与影像视听如何互动？文学语言的想象空间与影像视听的具象世界如何构建路遥特有的文学艺术世界？路遥作品的时代性与历史性如何延续到影像作品的？目前，对路遥文学转化为影像艺术情况的学理研究不系统、不丰富，需要在影像时代的影像理论与哲学的观照下，开展深入研究。

时针拨回到20世纪80年代，改革开放的春风吹拂，人们开始离开原有的与城市对立的闭塞的乡村，寻找新生的可能。寻根文学、现代派小说、先锋戏剧、第五代电影、港台剧、欧美电影、广播与广告、日漫与流行歌曲等，文艺至上与娱乐至死组合成为时代多重奏。诗人与文艺青年，“倒爷”与文艺贩子，文学浪漫与影像魅影，处处互动却也辉映照人。一首诗歌与一部经典电影，一支歌曲与青年的困惑，流浪远方与诗意栖居，文艺界一个小小争论与新式文艺、哲学美学派别论争，都会成为那个引起风暴的小小蝴蝶。文学与影像、市场与计划、道德与法制、人伦与天理、精英与草根、科学与启蒙、民族与国家、个体与集体，奉献与获得、建构与重构、传统与现代、反叛与回归……在文字世界的漩涡中转化成时代影像，具化为时代的脉搏。这是一个文学重新崛起，为人心发声的时代，也是开启大众娱乐的时代。人们在丰厚的时代文学土壤中，呼应五四的思想解放，开始关注人的本体与生存意义。人们开始摆脱诸多心灵桎梏，勇敢地表达个体追求，进行价值批判。文学成为人们的心声，以影视为代表的影像涌向公众狂欢的时代广场，人们追随内心，不断以敢为人先的创造精神，奏出语言符号与镜头语言的大合唱。路遥创作与时代脉搏共鸣不断，中篇小说《人生》发表成为年度热点，成为文字叙事与青年困境的最佳呈现。随后，西安电影制片厂改编为同名电影，吴天明执导，1984 年上映。电影影像叙事与时代悲情融为一体，时代诉求与群众呼声互为因果，迅速与时代人群集体意识共鸣，成为当年万人空巷的文艺爱情片。一个大时代与一个小人物悲剧共振，路遥的城乡结合部下，都市生存与乡村伦理，现代文明与伦理品格，个人爱情与价值秩序互动，成为时代变革的一个个鲜活片段。1985 年《人生》获得第八届《大众电影》百花奖最佳故事片、第五届中国电影金鸡奖最佳音乐、1987 年新时期十年电影奖最佳故事片等奖项，2018 年被评为“改革开放 40 周年中国十大优秀爱情电影”，2022 年被评为“新时代国际电影节 · 金扬花奖百年百部优质电影”。

路遥是中国当代文学的一个独特存在，其中篇小说《人生》小说不仅获得了全国大奖，还对当时城市与乡村二元对立下青年的人生追求进行了激烈的争论，成为20世纪80年代具有典型性的文化事件，其文学的想象性产生了巨大的价值影响力。随后，这部小说由西安电影制片厂拍摄并上映，在当时电影票单价不高的情况下，实现了上亿元的全国电影票房，造就了那个时代的电影票房奇迹，当时文学与电影有着良性互动，也使其成为那个集体狂欢的时代富有特性的影像事件。《人生》的爱情叙事成为呼唤现代性、渴望现代化的民众生存境地的隐喻（抛弃乡村土地，拥抱现代都市文明，却又无法割弃自身乡村脐带的两难境地），同一时期，现实小说改编的电影《老井》《黄土地》《红高粱》等乡村爱情的影像叙事形成对比。

随后，路遥的长篇小说《平凡的世界》却面临着巨大压力，因为现实主义的文学创作方法被批判否定。同时，小说在广大农村地区以广播的形式获得广泛的传播，成为当时广播媒介传播的典型事件（被制作成中央广播电台长篇联播节目）。小说赢得了乡村年轻听众的广泛青睐，也成为20世纪80年、90年代涌向城市“淘金”的乡村青年的精神支柱。这让我们感受到当时整个中国在城市化、工业化、现代化快速发展的过程中，乡村劳动力转移成为巨大的时代洪流。《平凡的世界》以爱情叙事展示了当时在中国现代性过程中乡村青年与城市之间的巨大的鸿沟，更以主人公孙少安、孙少平两种不同的人生选择，给予乡村、城市两个世界“苦难”式关怀和反思，是当时整个社会在商品化、都市化中，城乡人民贫苦却悲天悯人的生存写照。小说被改编为14集电视连续剧，在路遥去世后，因成为文化热点事件而得到关注。

当时的电视剧热，热的是《渴望》《篱笆、女人和狗》《辘轳、女人和井》《编辑部的故事》《康熙大帝》《戏说乾隆》《新白娘子传奇》，以及琼瑶系列电视剧如《梅花落》《鬼丈夫》《水云间》等，这些电视剧的娱乐性是第一位的，以赢得观众收视率为目标的商业化思路非常明确，体现了那个时代的浮躁。路遥小说真实又传统伦理式的爱情叙事，自然不受追逐名利的影视圈“待见”。由此可见，当时的时代文化变化轨迹与人们的价值观演变的历程。

20世纪的最后十年，延续着80年代的桀骜不驯，在市场大潮下躁动的灵魂让人们在物质与精神之间来回摇摆。从山区到都市的人们通过广播关注的《平凡的世界》，由中央电视台中国电视剧制作中心制作改编为14集电视连续剧。潘欣欣执导，路遥本人亲自参与剧本修改工作，张宝庆、郑宝国、牛犇、任冶湘、金顺子等人担任主演，1990在中央电视台播出后获得“飞天奖长篇连续剧奖”。虽然获得的荣誉很高，电视剧却成为冷门，观看的人不多。而同年大火的则是50集电视连续剧《渴望》，以及引起较大反响的“农村三部曲”电视剧《篱笆、女人和狗》《辘轳、女人和井》《古船、女人和网》，剧情立足乡村世界，却又具有时代改革特点，受到广大农村观众喜欢。此外，由广州电视台推出的十集电视连续剧《外来妹》，1991年在中央电视台播出后，万人空巷轰动全国。如此密集的城乡奋斗励志剧，抢夺了富有哲理和文艺气息的《平凡的世界》的风头。即使都是关注乡村进入都市奋斗人群的电视剧，《外来妹》因为其主角为女性，她们从落后的西部农村来到广东沿海发达都市，甚至香港这个国际大都市，在叙事空间和现代流行符号上对观众的吸引力都超过了电视剧《平凡的世界》。电视剧《平凡的世界》依然站在乡村世界观看世界，依然是乡村人物与故事，叙事线上缺少个体的励志模型，进而让观众娱乐性体验不足。加上20世纪90年代是市场化急速推进的时代，也是中国大陆大规模工业化和都市化的时代，乡村与都市互动中，都市成为现代性的象征，人们乐观地想象可以在市场大潮的都市中奋斗出一个靓丽的未来。电视剧《平凡的世界》中文艺青年的浪漫化叙事已经满足不了视觉化的电视剧观众的心理期待，因此，电视剧《平凡的世界》没有电影《人生》轰动也是意料中的事情。毕竟影像化表达与小说的浪漫化叙事并不相同。因此，当时电视是绝对最新媒体，黄金时间段大家更多关注的市场大潮下港台剧、商战剧，映射现实的历史剧、宫廷剧等，娱乐化的武侠剧、罪案剧……必然成为影像时代的主流。

2015年，习近平总书记《在文艺工作座谈会上的讲话》全文正式发表，中共中央通过了《关于繁荣发展社会主义文艺的意见》。中国广大文学工作者深入学习习近平总书记系列重要讲话精神，坚持以人民为中心的创作导向，深入生活，扎根人民，讲述中国故事，唱响中国梦，创作出一大批思想性、艺术性俱佳的优秀作品，文学评论更加活跃，文学领域呈现出欣欣向荣的可喜局面。新时代文艺背景下，2015年学界掀起了一股路遥小说研究热潮，评论家们从各个角度对路遥的作品进行阐释，尤其是对他的现实主义创作手法有了更深刻的理解。2015年新版电视剧《平凡的世界》在中央电视台播出后收到极高的评价，成为青年们的文艺新偶像。2023年3月，改编自路遥先生的经典中篇小说《人生》的电视剧《人生之路》播出，在电视台和网络流媒体均获得了较高的收视率。故事以20世纪80年代改革开放初期陕北高原的城乡生活为背景，讲述了高加林、高

双星、刘巧珍、黄雅萍等一批青年人走出黄土高原，来到上海，在改革开放大潮中，感情与事业上几经波折，几个人不断奋斗、拼搏，改变人生命运的真挚故事。这部电视剧还增加了各种社会现实问题，打破城乡空间二元对立空间，淡化路遥小说的哲学探讨和道德拷问，突出人生成长、爱情故事、怀旧风情与都市娱乐性，赢得了更广泛观众的青睐。这是在新时代结合网络影像特征和全新传播空间，以及观众偏好的改编，事实证明这样的改编是成功的，同时也充分说明了路遥小说的当代性与历史性价值。

三、路遥研究文献综述

（一）路遥小说爱情叙事研究综述

第一阶段：1980—1992 年，对路遥小说的评论。

在路遥创作早期（1980—1986），集中于对《青松与小红花》《姐姐》《月夜静悄悄》等短篇小说的爱情叙事评论。最有见解的是白描的论文《论路遥的小说创作》(《延河》，1981 年 12 月），该文指出，《姐姐》讲述了一个传统爱情，《月夜静悄悄》讲的是具有浓郁的生活和人情味的爱情故事，《青松和小红花》中运生对爱情的处理过于简单化和理性化，《夏》运用了丰富的心理描写来写一个爱情故事，揭示了青年的爱情心路。该文较有价值的地方，是对小说《姐姐》的评论：“题材并不新，一个富家子弟遗弃一个贫家姑娘这样的故事，古往今来，不知被多少艺术作品描写过”，指出了传统爱情故事题材对路遥爱情叙事的影响，对路遥爱情叙事的文化研究有一定启示。而后，李勇的《路遥论》(《小说评论》，1986 年 5 月）指出，《姐姐》的爱情是传统爱情叙事模式：“小杏……恋上了来自省城的插队知青，演出了一场‘痴情女子负心汉’的悲剧”，分析了传统文化模式对路遥爱情叙事的影响。对中篇小说《人生》爱情叙事的评论，此时涉及爱情模式的论文有李劼的《高加林论》(《当代文学评论》，1985 年 1 月），该文指出高加林、刘巧珍是传统的“夫为妻纲”的关系，同时指出路遥的爱情叙事包含了传统的“郎才女貌”叙事模式。

从1987年路遥创作《平凡的世界》，到1992年路遥去世，对路遥小说爱情叙事做重要分析的文章有《在苦难意识中展示人的内在性——侧评〈平凡的世界〉的艺术追求》（常智奇，《当代作家评论》，1989年第五期）。该文认为，路遥保守的妇女观导致了其小说爱情叙事的传统化：“路遥的妇女观是一种‘贤妻良母观’……从尊重、研究母性的个体出发，他们中任何一个人……她们性格没有偏离‘书生（英雄）落难，佳人相救’这一古老而陈旧的审美范式”，揭示了路遥小说深受传统审美文化的影响。在《开掘着的人生系列——路遥初论》（垄耘，《小说评论》，1991年2月）一文中，论者将孙少平、孙少安、高加林“回归土地式”的爱情的原因归结为作家“对土地、对农民有一种潜在的认同心理，这种认同心理投射在作品中就是对于土地的一种无法割舍的情感。作品中的主人公几乎都是在土地上获得成功而且最终将根扎回土地上的。”论文还指出，路遥青睐于乡村青年的原因是“为了弥补文化落后罩在乡村青年身上的阴影，他不惜倾斜审美向度把情感的一极指向乡村青年”。

第二阶段：1993—2004年，对路遥小说爱情叙事的评论。

这一阶段关于路遥爱情叙事的论文很多，其中不乏有深刻见解的论文。较有代表性的是宗元的《路遥小说情爱模式解构》（《济宁师专学报（哲学社会科学版）》，1994年第2期），该论文对路遥小说中的爱情叙事模式做了详细的分析，最终根据传统和现代分为两类：一是‘传统母性’的爱情（主要是刘巧珍、田润叶、贺秀莲、惠英嫂等）；另一类是男女平等的现代爱情（黄亚萍、田晓霞、杜丽丽等）；并对这两类爱情叙事模式设置做了“创作心理和文化意蕴的阐释”，指出这样的爱情叙事模式原因是“儒家伦理、乡土文化，这一切都制约作家在面对情爱题材时，从情感指向的倾斜到审美意向的选择，都不自觉地朝着传统模式靠拢。作家形成这种创作心理，除上述原因外，还来自作家早年生活中因母爱的匮乏所产生的情感饥渴……从而过早地离开了自己的亲生母亲，这种残酷的情感剥夺，必然在其幼小的心灵上造成严重的精神损伤，……而不自觉地利用感情移植的方式，通过刘巧珍、田润叶所具有的情爱行为，流露出内心深处对母爱的渴求与呼唤。”这篇论文是研究路遥爱情叙事及其童年心理的关系的最有价值和深度的文章。《从爱情描写看路遥的现实主义精神》（王海，《海南师院学报（哲学社会科学版）》，1996 年第二期）一文对短篇小说《姐姐》中对爱情的处理的评价为：“倘从惯常的角度看取这一题材，很容易落入‘痴心女子负心汉’的俗套。而路遥却将故事的发展及演变置于特定的历史环境之中，着重揭示了人们精神世界变化的社会原因，这就使普通平凡的生活现象在作家严肃的思考和质朴的把握中见出了新意。”论文指出，路遥将传统爱情叙事做了现代化的处理，具有新意。

这个时期，很多研究者针对路遥爱情叙事进行了以下几个方面的分析，首先在路遥与土地、传统文化的关系中分析爱情叙事。其中《路遥笔下的土地与人》（贺智利，《榆林高专学报（哲学社会科学版）》，1998 年 2 月）一文指出土地对路遥小说创作影响，论者认为：“路遥对人与土地的哲学思考也影响着他作品中人物运动的轨迹。对土地的感性认同，使得他笔下的许多人物都是画出一个圆形轨迹以后，又回到原处”，认为路遥小说爱情叙事由于深受传统和乡村土地束缚，所以每一份爱情都经历了一个圆形的轨迹。

《色彩斑斓浪漫苦涩的爱情世界（续）》（姚维荣，《安康师专学报（哲学社会科学版）》，1999 年 12 月）一文对《人生》《平凡的世界》《黄叶在秋风中飘落》中高加林、孙少平、孙少安、刘丽英的爱情做了分析，指出：“在路遥小说的众多爱情婚姻悲剧中，除了城乡差别这个不幸的根源外，女性受千百年来封建观念的束缚和影响，将爱情婚姻视为寻找依靠、保护的对象，期望以此来改变自己的命运，也是导致悲剧发生的另一个不可忽视的原因”，文章认为，关于刘丽英的爱情、高加林的爱情的道德化评价，受到传统文化价值观念的影响，有悖于现代性观念。

丁增武的《传统情感和现代理性之间平衡与倾斜——论路遥的文化心态》(《西安教育学院学报（哲学社会科学版）》，1999 年 4 月）将路遥小说爱情处理与传统文化联系起来，认为“‘爱情’——符合传统审美规范的两性情感，根据路遥的创作实践，‘传统审美规范’这里可界定为符合儒家美学思想‘乐而不淫、哀而不伤’的和谐，合度、静美的审美标尺，含有明显的路遥个体情感倾斜色彩……”

《男权思想统照下的女性世界——浅谈路遥〈平凡的世界〉中的几个女性形象》(丁红梅、王圣，《淄博学院学报（哲学社会科学版）》，2002 年 3 月），该文认为，路遥小说中孙兰花与王满银、田润叶与李向前、田晓霞与孙少平的爱情包含男权意识对女性的压迫，并详细分析了男权意识对爱情叙事的影响：“晓霞的死，没有情节发展的必然性，只是作者为处理这难以解决的现实矛盾而人为设置的情节。这种落入俗套的处理方式，便使得田晓霞既具有现代思想，敏锐、激进、个性鲜明，又不失善良、贤淑、对爱情忠贞不渝的传统美德，从而最终完成了作者心目中一个完美、理想的女性形象。但这种完美性，恰恰反映了作者的思想意识，他已在有意无意间，秉承自己头脑中固有的惯性思维——男权社会的思想意识来规范自己的人物，以妻性的眼光来塑造这一艺术形象。……从某种意义上说，田晓霞是被作者根深蒂固的男权思想牺牲掉了。作者的男权意识还表现在对兰花、润叶牺牲精神的肯定态度上。毫无疑问，作者不仅对她们可怜、不幸的婚姻抱有极大的同情，同时，也为她们能够含辛茹苦、心甘情愿地奉献、牺牲，持赞赏、肯定的态度”，从而指出路遥是在传统文化价值观支配下，展开他的小说爱情叙事的。

潘朝晖的《路遥小说〈人生〉中女性角色的缺失》(《内蒙古电大学刊》2002 年第 2 期）评论《人生》爱情男女角色关系是按照男子中心意识来处理的。无论是刘巧珍还是黄亚萍都是为了高加林而设置的：“路遥的小说《人生》中女性角色缺失，是指他创作中的‘菲勒斯中心意识’（phallocentrism，即男权中心主义意识。）……有鉴于此，我们说小说《人生》缺失‘真正的’女性角色。当然，或许作家并不是有意识地要以男权为中心来进行创作，只不过是在当时的社会文化背景下，作家不能超越男权主义的樊篱罢了。”

《论路遥小说中的儒家思想》（马容，《昆明师范高等专科学校学报（哲学社会科学版）》，2002 年 6 月）则分析了路遥爱情观中包含的儒家思想，指出路遥小说爱情叙事深受传统道德伦理观约束：“不过我们也会发现，路遥小说中圆满的爱情似乎都不是纯粹的爱情，而是带有很浓的道德色彩的爱情，纯粹意义上的爱情总是会夭折。巧珍与高加林，田润叶与孙少安，田晓霞与孙少平，青海姑娘与金波，这些都是我们理解的真正意义上的爱情，可是没有一对有情人能成眷属。而卢若琴之于高广厚，吴亚玲之于马健强，孙少平之于惠英嫂，田润叶之于李向前，则着重是从助人、善良等道德范围着眼，道德的色彩更浓，而爱情似乎还次之。至于孙少安和秀莲的爱情，也并不是完全意义上的爱情，而是掺杂了诸如责任、家庭等观念的产物。这仍然是儒家‘仁爱’思想的体现。孙少平最后决定回到惠英嫂身边，几乎完全出于一种道德感，即要照顾师傅的遗孀。田润叶从来不爱李向前，在他腿断之后却愿意与他生活一辈子，这也纯属一种道德感，决非真正的爱情。路遥之所以没有把这种道德的爱情写得生硬牵强，一方面固然是由于他的写作技巧，但我认为更主要的是他内心真诚地怀着这种道德观念、道德理想，作家相信用道德维系的感情是可靠的、圆满的，而纯粹的爱情虽美好却易逝。他似乎更看重基于道德‘仁义’之上的爱情，这与儒家的思想是一致的。另外我们还可以发现，路遥笔下的男女主人公在爱情面前的表现也颇符合儒家思想。他们的爱情似乎是伯拉图式的，连吴月琴、田晓霞、吴亚玲这些颇有现代女性品位的女性在爱情面前的行为仍然是‘发乎情止乎礼义’。”

《地域抒写的困境——从〈人生〉看路遥创作的精神资源》（惠雁冰，《宁夏社会科学》，2003 年 7 月）指出，路遥在书写爱情故事时不自觉地就使用到传统的审美价值观，爱情模式是传统“多情女子负心郎”模式的现代翻版："在一般民间社会中，常常存留有关'多情女子负心郎'的话语模式，并演绎了很多魂断玉销的爱情悲剧。路遥的《人生》正是一部讲述在新时期的城乡结合体，两个来自黄土高原深处的青年男女在人生观、价值观发生强烈冲撞之后上演的爱情悲剧。除过文本反映的现实展现出特有的当代性外，在情节生成模式上，甚至在主人公职业身份的设定及道德中介力量的荫庇方面，同传统文化母脉上衍续的情爱组构模式一脉相承。"

评论者针对路遥的个体心理、地域文化与其创作的关系来分析路遥小说的爱情叙事。《路遥小说中爱情描写的文化心理透视》（贺智奇，《哈尔滨学院学报（哲学社会科学版）》，2003 年 9 月）对路遥以"母性"为基础爱情设置做了文化心理分析，指出导致这种爱情设置是由于作者深受儒家文化和陕北地域文化的影响。"城市漂亮女性 + 乡村有志青年"的爱情故事模式设置，原因在于传统和现代两种文化心理的矛盾。"这样的描写很大程度上来源于为生活在乡村劳动者说话的冲动和打破城市人的优越感的义愤，是受压抑的'无意识'希望突破现实生活的曲折的'向往'和'焦虑'的反映。这多少可以释放农民出身的路遥在面对爱情时的屈辱和压抑。"

《平凡的世界不平凡——谈平凡的世界的审美价值》（张晓敏，《广西教育学院学报（哲学社会科学版）》，1999 年 6 月）指出，《平凡的世界》中孙少平和田晓霞的爱情是："她和孙少平，一个是处在城市最下层的揽工汉，按照世俗的眼光，两人相比，可以说有天堂和地狱般的差别，是绝对'不般配'，而他们却能逾越竖在中间的巨大屏障最终走到了一起。虽然结局是悲剧性的，但他那种对自身幸福真心追求的信念和勇气无疑是值得大加赞扬的，这是他们自我意识成熟的表现。……显然，田晓霞、孙少平身上自我意识的觉醒处在更高人生层次上。"

《论路遥爱情题材的短篇小说》（廖晓军，《西安联合大学学报》，2002 年第 3 期）专门对路遥短篇小说的爱情叙事进行了深入研究。这是一篇关于路遥短篇小说爱情叙事专论，对内容做了分类，而没有对其中的爱情设置进行理性分析，但仍对研究短篇爱情小说有重要的借鉴作用。它大体将路遥短篇小说中的爱情分为三类，“歌颂乡村青年女性对爱情纯真、执着的追求”“赞美爱情矛盾中表现出的高尚道德情操”“折射出城乡交叉地带丰富复杂的现实矛盾”，并分别加以分析比较。

第三阶段：2005—2023 年，路遥爱情叙事的现代性话题凸显。

《徘徊于传统与现代之间——路遥笔下的女性形象》（王永奇，《新余高专学报》，2007 年 2 月），以女性主义角度对路遥的爱情叙事进行了论述和批判。论文《“乡下人”的“菲勒斯”意识——路遥小说中的婚恋叙事批判》（王莹莹、张小刚，《绵阳师范学院学报》,2012 年 7 月）以新型文学理论的批判，如哲学与艺术学批判，对爱情悲剧给予分析，揭示出路遥作品中爱情的悲剧性。《作为对应物的爱情——路遥小说的爱情模式及其人文功能》（姜岚，《南方文坛》，2010 年 1 月）、《路遥小说的爱情悲剧及其现实隐忧》（彭兴滔，《重庆交通大学学报》，2014 年 2 月）、《始于平凡终于平凡——论〈平凡的世界〉中孙少平的爱情悲剧》（杨泽松，《江西电力职业技术学院学报》，2020 年 12 月），都论述了路遥爱情悲剧性源于其特有的爱情观，现实的爱情悲剧也证明了路遥的对爱情的浪漫化和道德化是其根源。

（二）路遥小说城乡叙事研究综述

对于城乡两个空间研究，源自路遥本人不断强调的城乡交叉地带这个命题。

第一类是城乡两个文化空间的分析和批判。《城市想象的可能和限度——以〈平凡的世界〉为中心》（王泽鹏，《小说评论》，2022 年 11 月），以城市想象最为丰富的《平凡的世界》为中心，梳理路遥小说中关于城市的想象，不仅可以具体把握其关于城市想象的诸种可能，以及城市想象如何深刻关联小说中“进城青年”的命运，还能从其城市想象的限度来理解，这一想象背后蕴含的社会转型时期城乡二元结构，把握其中预示的改革难题，重新认识路遥在当代文学史中的重要性。《“城乡交叉地带”下的“矛盾”与“超越”——以路遥的〈人生〉和〈平凡的世界〉为例》（陆珂珂，《芒种》，2022 年 9 月）突出“城乡交叉地带”对农村知识青年在性别意识、爱情、性格等方面的影响，彰显了路遥所追求的“真善美”价值取向。《论路遥小说的空间书写与主体之思》（尹倩倩，《湖北师范大学学报》，2020 年 3 月），以新颖的角度对城乡交叉地带进行空间理论分析，进而分析了空间视域里人物的主体性，路遥的平民立场和笔下人物的平凡世界相互生成和建构，成为当代文学史上的一幅美丽而忧伤的风景。王亚琦的硕士论文《论路遥小说中的“城乡交叉地带”》（辽宁师范大学，2020 年 6 月）主要对“城乡交叉地带”的乡土观念进行系统划分，开挖乡土观念，从土地本位、劳动至上和个体生存三大精神机制进行详细地阐释，寻找苦难哲学和奉献意识加持下，个体所呈现出的独立价值追求，对作者渗透于文本角落的“乡土”进行追根溯源，回望中国传统文化思想史，结合作家创作思想及其理念，解读其中所蕴含的价值观念。

第二类是对城乡地域性文化的专题分析。如结合城乡等两个空间，对地域民俗进行研究的章玉的硕士论文《地域认同视角下路遥小说中的民俗叙事研究——以〈平凡的世界〉为中心》（上海师范大学，2022 年 3 月），主要探讨在现代城市化语境下，地方民俗趋同、地域认同消逝的困境中，以及乡村振兴的倡导下，路遥的现实主义小说作为一种表现地域文化的典型作品，其民俗叙事与地域认同之间的运行关系，分析其多元民俗叙事在利用和呈现故土陕北地域民俗资源、凝聚地域认同等方面发挥的作用。路遥的小说通过民间文学叙事、景观叙事、仪式行为叙事、语言叙事等多种民俗叙事，唤起民众的情感和记忆，促成地域认同的形成，从而保护了陕北地域民俗文化。《“交叉地带”的乡土话语—路遥方言写作论》（王素、梁道礼，《当代作家评论》，2017 年 1 月）则侧重方言方面学术分析。

第三类是从城乡视角进行对比研究、女性批判、人物角色分析等，《乡土书写的异途同归——〈浮躁〉〈平凡的世界〉对比论》(黎淑怡,《今古文创》，2020 年 12 月)，《恋土情结的固守与释放——路遥、陈忠实恋土情结比较研究》(侯业智，《鸡西大学学报》，2010 年 2 月)，《论 1980 年代以来的城乡伦理书写变化——以高晓声、路遥、东西为中心的考察》(胡传吉，《创作与评论》，2016 年 5 月)，均从城乡空间和地域文化角度，对几位当代作家进行对比研究。《谈路遥笔下城乡女性的差异性》(张雪，《青年文学家》，2020 年 10 月)从城乡视角，分析路遥笔下城乡女性价值趋向叙述差异，总结路遥笔下城乡女性对当今女性人生思考与选择带来的启发。张莹的硕士论文《"交叉地带"的人物——〈平凡的世界〉人物论》(华东师范大学，2017 年 5 月)，《新时期农民形象谱系的改写与重塑——以路遥的文学创作为中心》(王俊虎、高慧，《延安大学学报》，2015 年 2 月)，《城乡博弈的双色样本：路遥小说的"二杆子"形象》(卫敬星，《广西职业技术学院学报》，2014 年 4 月)均是城乡交叉角度下的人物形象专题研究。

综上可见，城乡叙事研究的对象聚焦路遥的城乡交叉地带，对城乡的地域性和由此产生人物形象进行研究梳理，但是，在更加宏观的历史角度下进行的城乡文化分析相对欠缺。

(三)路遥小说伦理叙事研究综述

路遥骨子里是农民的艺术价值体系，其小说的伦理叙事中包含了路遥内心对传统道德秩序的坚守。因此，伦理叙事研究是路遥小说研究关键点，抓住和理解伦理的内在哲理和文化价值，就能抓住路遥伦理叙事的逻辑。

《论路遥小说的伦理困境》(王彬,《中国石油大学学报》，2020 年 12 月)从路遥小说的人物命运、情节设置等方面进行研究，指出路遥不仅对中国的城乡二元结构有深切体认，而且也陷入了传统与现代相互纠缠的伦理困境。通过小说创作，他站在精英知识分子的立场对传统伦理现代化、现代伦理的本土化问题进行了深刻反思，同时，在创作中也通过隐含作者介入叙事的方式，化解感性与理性的龃龉，从而实现农民恋土情结与知识分子家国情怀的有机统一。

《徘徊于儒家伦理与现代伦理之间：路遥小说冲突的根源》（何刚刚，《唐都学刊》，2022 年 10 月）提出，路遥小说中存在传统儒家伦理与现代伦理之间的冲突，小说中的其他冲突都根源于此。从伦理冲突的角度切入路遥的作品，能够开拓路遥研究的新视域。路遥写作的主题是“乡土性”的，其固守的伦理也是传统的儒家伦理。路遥将传统的儒家文化与中国现代文化进行了新的整合，使其小说充满传统儒家伦理与现代伦理之间的冲突，主要表现在人物性格的伦理冲突、故事情节上的伦理冲突、作品主旨的伦理冲突等方面。

路遥小说的政治倾向性和传统性，是构成其小说政治性伦理叙事的前提，《〈讲话〉传统、人民伦理与现实主义——论路遥的文学观》（杨辉，《中国当代文学研究》，2019 年 1 月）与《路遥小说创作的人民美学倾向》（刘鑫，《南方文坛》，2019 年 11 月），指出路遥的现实主义小说的“人民性”倾向，突出《讲话》的文学观和党的人民性逻辑。《乡土社会转型与路遥的城乡伦理建构》（张悠哲，《小说评论》，2019 年 1 月），《论路遥时代书写的文学意义》（冯涛，《小说评论》，2019-09-20），路遥的小说的理想主义色彩，主人公拥有昂扬的斗志和崇高的精神品质。路遥小说创作的奋斗意识、强烈的使命意识，他对文学抱有虔诚的态度。进而从社会时代性对路遥伦理的建构的推动和塑造进行研究，指出其伦理叙事时代与传统的互动关系。

（四）路遥小说的哲学叙事研究综述

哲学叙事核心指的是路遥小说叙事的思想性和理性价值体系。

刘之栋的硕士论文《路遥小说的审美共同体问题研究》（西北大学，2020 年 4 月）从审美共同体角度对路遥小说进行全面的美学探讨。郑意盎的硕士论文《中国当代文学叙事中的两种改革话语——以路遥〈平凡的世界〉与莫言〈生死疲劳〉为例》(浙江师范大学，2021年6月)从现代话语体系哲理性建构，对《平凡的世界》与《生死疲劳》两部著作进行文本分析，阐述了两个作家改革话语的异同及各自的艺术价值和社会意义。

贺敏的硕士论文《论路遥小说的诗性现实主义》(长江大学，2021年4月)从现实主义哲学和美学诗性角度，对路遥的现实主义创作手法进行探讨，路遥作为一名为人民群众发言的现实主义作家，始终高度关注人民的生存现实，以城乡交叉地带为书写空间，深刻反映时代变化浪潮下劳动人民对于思想政治经济解放的渴望。路遥在继承传统现实主义手法的基础上，博采众长，为朴实的现实主义注入了一丝诗性的色彩，但他的现实主义创作也存在某种局限性，这不仅与他所处的时代背景有关，也与他写作关注的侧重点不同有关。论文立足于路遥现实主义创作这个母题，以路遥的诗性创作为切入点，以期探索路遥自觉的文学追求以及作品本身呈现出来的源于生活而又超越现实生活的价值判断。

综上可见，对路遥小说的哲学性批判成果较弱，均突出理论评判，对其创作泛泛而谈，没有成体系的美学和哲学分析研究。

(五)路遥影像特征论研究综述

1.路遥小说《人生》的影视改编研究成果综述

路遥最为广大读者青睐的中篇小说《人生》，得益于20世纪80年代的时代氛围下，年轻人对个体命运的关注。《人生》改编的电影在当年得到了极大关注，但对于2023年《人生》改编的电视剧的研究尚显不足。《论电影〈人生〉对小说文本的改编》(张永东，《电影文学》，2010年1月)指出，电影《人生》强化了刘巧珍和德顺老汉的重要性，强化了刘巧珍爱情的悲剧意义，同时部分地消解和遮蔽了高加林悲剧的社会和历史意义，成了刘巧珍和高加林双重奏的悲剧。电影对小说文本的改编既源于路遥内心对刘巧珍和德顺老汉的喜爱，也是路遥对评论界的一种回应。

论文《〈人生〉与中国文学的“80年代”——关于一个文学文本和一个时代的关系考察》（常慧明，西南师范大学，硕士论文，2005年4月）指出，在中国文学的“80年代”，《人生》是非常重要的一个文本。它有划时代的意义，它是整个中国文学“80年代”极具里程碑式的象征。《人生》的诞生和整个中国文学的“80年代”的背景和氛围是分不开的，它深深打上了80年代特有的烙印。它的生成与时代息息相关，成为中国文学“80年代”的一个结抑或一个扣。80年代的时代精神与《人生》文本主题实现了重合，一个时代被有机地融注在一个文本当中，即时代的文本化。在时代的变迁中，我们力图借助一个文本透视80年代特定的文学生产方式。特定的历史背景，精神的选择与重构，一个群体的人生追求和对城市的痴迷与想象，特定时代所赋予的“岔道口”意义，将成为解析的支撑点。如果把中国文学的“80年代”比作是大海，那么《人生》则是大海中美丽的浪花。取一滴浪花，化验它的酸碱度和成分，便可知整个大海的构成。透过对《人生》的细读和分析，同理可知整个中国文学“80年代”的“酸碱度”。《人生》——80年代特定时代的文本化引起了我们的关照，然而时代文本化带来的结果是一个文本又被这个社会迅速而热烈的传播、争论和接受，即文本的社会化。特定时代产生特定的文本，特定文本又反映和影响这个时代。在文本和时代的互动关系中，《人生》用期刊、单行本、广播剧、连环画、电影等多元的传播方式和受众接受方式，成为一个时代不可或缺的社会文化现象。文本与时代的互动凸显了一个时代与一个文本特有的文学史意义和价值的生成。文学的80年代也是一个“岔路口”的80年代。多元化的创作方法、多维度的审美方式，既彰显了80年代的文学繁荣，又显出了一些局限和不足。但是，恰是在这个时代，文本《人生》综合吸收了各派对人生的阐释方式，用自己独特的人生描写方式完成了文学对人生的审美化，呈现出丰富性、全面性的特点，书写了《人生》与文学史的 80 年代这一“文学的界碑”意义。

论文《从原乡记忆到西部电影：重返“80 年代”看〈人生〉改编及其价值》（张春，《电影新作》，2019 年 12 月）则是回到历史现场，从原乡和西部角度，以独立批判精神和现实主义传统的重新站位。《人生》的电影改编，链接的是作为现实主义传统践行者的路遥和吴天明，也开启了具有中国气派的西部电影的序幕。从小说的原乡记忆，到电影的西部表述，城乡二元对立中的突围和基于个体身上的道德审视，一直延续并且深化。《人生》改编后对黄土高原的苍茫再现、传统风俗的经典表达，都为钟惦棐所倡导的西部电影类型打下基础，并对此后电影创作产生重要影响。《人生》的改编所坚守的现实主义传统，也为当下中国电影创作提供了镜鉴。

《路遥与吴天明——新发现的路遥散文〈顽强而执着地追求——记吴天明〉》（程文，《名作欣赏》，2022 年 4 月）则是对刊登于 1984 年第 9 期《大众电影》杂志的路遥散文《顽强而执着地追求——记吴天明》的研究，在电影改编和制作中进行专项的人物史料研究，从《人生》电影改编这个角度发掘有关路遥的新的文学史料。论文热情地肯定了吴天明的人品与艺品。路遥与吴天明 1983 年因合作拍摄影片《人生》结下紧密关系，后来路遥与吴天明、张弢等西安电影制片厂艺术家的友谊持续了一生，中间虽有过误解，但他们本着求大同、存小异的精神，最终实现了冰释和好。

2. 路遥小说《平凡的世界》的影视改编研究成果综述

论文《忠实基础上的再创造——小说〈平凡的世界〉电视剧改编艺术研究》（高阳，河北师范大学，硕士论文，2016 年 5 月）认为，影视剧发展史本身就可看作一部部文学作品的改编史。近些年来，电视剧与文学作品的联系日益密切，国内由文学作品改编成电视剧的风头也愈来愈盛，但在文学作品改编电视剧的高原之中却难寻高峰之作。路遥的小说《平凡的世界》诞生之初曾遭遇精英学者之“冷”与大众读者之“热”的两极评价，在文学史上的地位极为尴尬。而 2015 年由《平凡的世界》改编而成的电视剧却收获了经济效益与社会效益的双丰收，堪称近年来文学作品改编电视剧中的成功范例。论文以《平凡的世界》电视剧改编为研究对象，兼顾其他较为典型的改编剧，在不断追问这部电视剧为何在众多改编电视剧中脱颖而出的基础上，重点探究本次改编获得成功的原因。从“忠实”与“创造”两个美学原则角度来分析电视剧《平凡的世界》的改编艺术特色，在图文比较的基础上将电视剧的艺术本性予以呈现，表明了此次改编成功并非偶然而是必然。

杨文静的硕士论文《〈平凡的世界〉电视剧新旧版本比较研究》（陕西师范大学，2017 年 6 月）针对改编自同一部小说《平凡的世界》的 1990 年版和 2015 年版同名电视剧为研究对象，以人物设置、情节设置和视觉传播视域下的视听语言为切入点，对比分析了两版电视剧在原著基础上改编后的差异化影像表达，探讨了两版电视剧呈现差异化影像表达的原因，进而为文学作品改编影视剧提供了优化的策略建议。

《从小说到电视剧——2015 版电视剧〈平凡的世界〉改编及影像呈现》（王佳蕙，上海师范大学，硕士论文，2016 年 3 月）认为，《平凡的世界》是一部现实主义力作，这部作品影响了一代又一代的年轻人，直到今天它还在以自己的精神魅力焕发着光和热。这部小说曾经以广播剧、电视剧、连环画等多种形式进行传播。1990 年被改编成 14 集电视连续剧，受到了许多观众朋友的喜爱。与旧版电视剧时隔整整 25 年，新版电视剧《平凡的世界》在陕西榆林开机，播出后收视呈现低开高走的趋势，网络点击量也出乎意料的高。新版电视剧《平凡的世界》为何能获得如此多的关注和肯定，又是如何在时代的语境下完成对小说的改编的，其中的利与弊以及现实意义是其研究的主要方面。论文以四个部分对新版电视剧《平凡的世界》进行了研究。第一部分主要是对原著小说创作过程的一个梳理，结合路遥的创作经历和时代背景挖掘原著小说的内在精神，为这部小说为何适合改编成电视剧提供内在依据。第二部分是从人物塑造、情节重置以及叙事主题的重构来分析新版电视剧《平凡的世界》对原著改编的过程，合理与否。第三部分分析了新版电视剧《平凡的世界》的声画影像，分别从镜头、构图、色彩与光影，方言、旁白以及音乐的运用的方面进行分析和说明，主要是针对分析这些技巧和方法对剧情的推进和渲染的作用。第四部分是新版电视剧《平凡的世界》改编的启示与反思，通过分析新版电视剧改编存在的一些问题，探讨新版电视剧反响与热议的背后，希望能对今后小说改编电视剧提供一些有价值的参考。

论文《〈平凡的世界〉的跨文本研究》（赵一桦，山东师范大学，硕士论文，2018 年 6 月）从媒介理论角度，以传统的启蒙理论与新型的传播理论对路遥的影像作品进行分析。论文指出，《平凡的世界》是当代著名作家路遥以中国 70 年代中期到 80 年代中期的社会变革为背景，呕心沥血历时多年才创作完成，作品全景式地展现了中国城乡在这场改革浪潮中的发展变迁以及个人为改变命运而进行不懈奋斗的故事，刻画了一群“平凡人”的人物形象以及以他们为代表的“平凡人”身上所体现的劳动创造价值的精神内涵。作品自 1990 年被首次改编成电视剧，并在 2015 年以贴合当下时代精神与审美取向的方式被再次搬上荧屏。各版本的改编既体现了不同时代对原著作品的个性解读，也在一定程度上彰显了当时的社会意识形态和思想浪潮，在忠实原著的基础上，还原出作品的精神价值。论文以《平凡的世界》这部作品为研究对象，针对作品的不同文本进行系统全面的梳理与解析。通过对《平凡的世界》的跨文本研究，来发掘每个版本各自的特质，分析不同文本间的相同之处以及差异所在，探寻各版本与原作之间以及不同改编文本之间的联系，并挖掘这种发展变迁背后的规律与深层原因，从而把握作品在不同历史时期的价值内涵。不论是对于 1990 年版的电视剧或是 2015 年新版的电视剧而言，它们都既有其各自张扬的时代风格，也各有其浓厚的人文气息与精神内涵。在综合分析作品成败的同时，更要深入地了解到作品改编的优势以及不足，为文学作品的影视化改编提供可资借鉴的依据与经验。论文共分为四个部分：第一部分对路遥及其作品《平凡的世界》进行整体的介绍，考察路遥作品受到界内关注与观众能够雅俗共赏的原因所在。在这部作品中所彰显的这种催人奋发的奋斗精神，通过真切动人的人物形象的塑造，突出平凡中犹见伟大的人生价值。通过《平凡的世界》这部作品，探寻它的自身价值，分析其经典性与独特性所在，及其对于今天的社会与当代人的人生启示性。第二部分解析1990年版电视剧《平凡的世界》与原著的共通之处以及差异所在，通过对人物形象与情节的再现、薄祚寒门的爱情归属、家族伦理意识的强调与政治立场的消隐等方面进行综合的考证，作者提出，这部电视剧在忠实原著的基础上将小说中的人物以及叙事情节予以紧凑凝练的再现，使得原作中所洋溢的以勤恳劳动来实现人生的价值得以延续。第三部分重点研究2015年版电视剧《平凡的世界》的文本改编，在深入分析时代精神的基础上，通过开拓性的变革型人物、出走意识的觉醒与强调以及故事结局的变迁等方面对2015版电视剧展开深入的剖析。论文认为该版本由于叙事篇幅较长，极为全备地呈现出小说中的人物形象和故事情节，并且将小说中的部分人物与情节进行了融合时代精神与文化语境的艺术再创造，使人物塑造能恰如其分地贴合当下的时代环境和观众的审美接受。第四部分则对两部电视剧的改编版本进行对比性的解析，分别从人物形象、叙事方式以及视听语言的层面对不同文本形式的作品进行解读，寻找出不同文本改编创作手法的演变规律及其原因所在，以图文并茂的方式在比较分析中发掘其内在的关联性与价值意义。论文认为文本改编应在忠实小说与艺术再创造之间寻得一种平衡，既传达出小说的主题意蕴，又能经得起时代的推移变迁。经过论文的研究探索发现，《平凡的世界》的每个改编版本，都凝聚着改编者们无比艰辛的努力和付出，作品所呈现的积极正面的人生价值观对于人的影响是一致与永久的，这才是经典作品深层的价值所在。只有顺应时代历史的发展潮流，准确把握作品中所彰显的精神内核，融合当下观众的审美接受与心理期待，才能使经典作品在不同的历史时期中都能唤起观众的情感共鸣、焕发出勃勃的生机。

刘凡嘉的硕士论文《启蒙叙述视角下北京知青文学中的延安“影像”》

（延安大学，2016 年 6 月）从启蒙立场和知青文学角度，论述了北京知青对陈旧的陕北乡土文化有着强烈的冲击作用，给生活在闭塞的黄土地上的群众进行了一次现代文明的启蒙，尤其是北京知青文学对陕北文学的发展发挥了示范、引领作用，推动了陕北以路遥为代表的文学进步与发展。

梁倩的硕士论文《2015 年版电视剧〈平凡的世界〉人物形象改编研究》（湖南大学，2015 年 4 月）认为，改编指的是艺术作品从一种媒介形态转换成另一种媒介形态的过程。现实主义经典之作《平凡的世界》自 1990 年第一次被搬上荧幕之后，时隔 25 年，于 2015 年初再次以电视影像的方式出现在观众视野之中。论文侧重分析了 2015 版电视剧《平凡的世界》对原著人物形象的创造性解读，同时对新旧两个电视剧版本在人物形象改编方面的异同加以比较论述，希望能通过从具体改编实践当中所汲取的经验和教训，为当前市场化语境中的影视改编工作提供一些绵薄而有益的参考。2015 年版电视剧在基本遵循原著主题表达的基础上，对原著小说所构建的三个主要人物群体之间的关系结构与各自的表意功能进行了适当的调整，将原著文本中以孙少平为代表的青年知识分子群体的中心地位加以弱化，而将叙事重心转向以孙少安为代表的农村劳动群体生存境遇的表达，同时突出在原著中处于叙事边缘的城乡干部群体的际遇起伏。在对人物群体进行整体性观照的同时，2015 版电视剧文本也通过情节调度、声音语言、画面语言等手段对个体人物形象进行了多个向度的改写，既对主要人物的人格魅力进行了提升，也对次要人物所体现的负面色彩加以渲染，在美与丑的对立冲突中强化改编者在人物形象上所投射的情感色彩，并以喜剧化、诗意化的改写方式赋予了人物以新的内涵。文学名著的电视剧改编文本应该是当代意识与历史意识相结合的产物，在忠实原著的同时，也不可避免地带有时代主流意识与改编者主观意图的烙印。1990 年版与 2015 年版电视剧《平凡的世界》在各自不同文化语境的导向下，采用了不同的改编与话语表达方式，呈现出不同的价值取向。1990 年版电视剧在精英文化与官方主导话语的引领下，以对原著进行忠实图解的方式侧重表达原文本所蕴含的传统家本位思想，书写了人物的悲情际遇；2015 版电视剧在大众文化的诉求下，对人物形象进行了喜剧化的改写，突出了原著仁爱观与女性意识的传达。但 2015 版电视剧偶像化、奇观化、概念化的改编策略在一定程度上消解了人物形象的感染力与原著的主题深度。文学作品的影视改编需在遵循影视视听艺术规律的前提下，处理好历史与现实、忠实与再创造之间的关系，以合理的当代意识对原著进行改写。

论文《路遥小说改编电视剧中的地域音乐创作研究》（张永莉，西北大学，硕士论文，2019 年 9 月）探讨了路遥小说改编电视剧中陕北地域音乐的创作问题，而这一问题与路遥小说、路遥小说改编的电视剧、陕派电视剧及陕北地域文化、陕北地域音乐、陕北民歌等密切相关。论文尝试从陕派电视剧地域文化和陕北地域音乐创新发展的视野出发，以路遥小说《人生》和《平凡的世界》改编的电视剧为主要研究对象，运用相关影视改编理论和电视剧音乐创作理论，一方面，结合案例深入分析陕北地域音乐在路遥小说改编电视剧中的呈现形式和创作特色；另一方面，借助比较研究方法深度探析陕派电视剧与陕北地域文化和陕北地域音乐间的互动关系。论文提出，唯有在前述的双重理论视域下，研究和探讨路遥小说改编电视剧中陕北地域音乐才会更有价值和意义。首先，不管是在路遥小说还是在其小说改编的电视剧中，都饱含着浓郁的陕北地域文化元素。正是由于路遥小说和路遥小说改编电视剧具有鲜明的陕北地域文化特色，所以，使其能够真实地反映陕北黄土高原下平凡人的生活，同时也获得了文学作品和影视作品的双丰收的效果。其次，陕北地域音乐尤其是陕北民歌在路遥小说改编电视剧中特色鲜明、形式多样，主要通过电视剧歌曲和电视剧乐曲两种形式呈现。然而不同的创作形式所产生的艺术价值和传播效果是有显著不同的。最后，路遥小说改编的电视剧具有典型的陕派电视剧特征。因此，路遥小说改编的电视剧就肩负着陕北地域音乐传播的责任。同时，陕北地域音乐的融入也促进了电视剧的传播，两者间形成了一种互动关系。这种互动关系主要表现为：一方面，陕北地域音乐融入陕派电视剧可以增加作品的叙事功能和感染力，提升观众认同感。同时，优秀的电视剧又使陕北地域音乐得以广泛传播；另一方面，优秀的陕北地域音乐能够提升电视剧的艺术品质，同时也会对电视剧起到传播效果。由此就形成两者间一种双向良性互动的关系。

论文《论新世纪以来的路遥研究》（胡小莉，河南师范大学，硕士论文，2021 年 5 月）对新世纪尤其是 2005 年以后，随着“重返 80 年代”学术思潮逐渐升温、“史料研究”热潮涌现，路遥再次受到批评界以及文学史界的重视，路遥研究又掀起了一股热潮。基于新世纪以来路遥批评文本的特征，论文总结和选取了几个主要研究聚焦点，如路遥现实主义创作研究、史料研究、文学史评价研究等。围绕这几个主要聚焦点，分别对相关的路遥批评文本做进一步分析，不仅能准确把握新世纪以来路遥研究的侧重点以及难点，还能揭示这一时期该研究的意义。论文主体共分为三个部分，绪论、正文和结语，其中正文分为三个章节展开论述。绪论部分主要阐释了本论文的选题缘由、研究现状、研究意义以及研究方法等。第一章主要是梳理和归纳 80 年代、90 年代以及新世纪以来三个阶段的路遥批评特征。80 年代前期出现了《人生》的“热议”，80 年代中后期又出现了《平凡的世界》受到“冷遇”的局面；90 年代路遥研究呈现出“多元化”与“无名化”共存的批评特征；进入新世纪，该研究则出现了“新变”，批评文本大多以新的批评视角和批评方法对路遥及其作品进行了再解读，逐渐形成新的研究聚焦点。通过分析这三个阶段的社会文化语境以及批评语境，分别探究每个阶段路遥批评特征出现的原因。第二章是在总结和梳理新世纪以来路遥批评文本的基础上，选取了这一时期路遥研究的三个主要聚焦点分别进行探讨。聚焦点之一是路遥现实主义创作研究，阐释了新世纪以来路遥现实主义创作研究的主要特征，揭示了这方面研究的新发展，同时也指出了批评界的一些思考，表明批评界已经意识到路遥现实主义创作研究不能再局限于路遥现实主义内涵以及特征研究，更要结合现实主义发展脉络进行批评。聚焦点之二是路遥史料研究，阐明了新世纪以来路遥史料研究主要是在现有的路遥年谱、传记史料基础上，尝试挖掘新的材料，对已有史料进行考辨和佐证，并且提出路遥史料研究存在的难点并对其进行思考。聚焦点之三是路遥文学史评价研究，通过分析新世纪以来路遥文学史叙述的变化，表明了路遥在文学史上的地位有所提升。这一时期批评界对路遥文学史评价有了新的认识，但是也存在不足之处，如对路遥文学史价值研究的不足，需要继续挖掘路遥文学史价值，以推进路遥入史。第三章主要是论述新世纪以来路遥研究的意义。首先是推动了当代文学的发展，促进了“重写文学史”学术思潮的深化发展；其次它更新了路遥研究的批评思维和视角，更对其他作家批评研究产生重要启示作用；最后就是推动了路遥经典化的建构。

孙萍萍的论文《“路遥热”中的“冷”思考》（《当代文坛》，2020 年 8 月）则是对路遥热现象的理性分析，路遥是“扎根人民、扎根生活”的优秀作家。路遥的文学成就是无可辩驳的，他是时代的亲历者、见证者和书写者，也是平凡世界里普通的一员，“虚美”或“隐恶”都不恰当，对于作家性格的缺陷、作品的不足，我们需要更多理性的包容与理解。我们尊重因为学识、成长背景的不同而对作家作品产生的不同看法，各种批评意见也深化了我们对路遥的认识。但传奇化书写和否定性批评都要回归到客观的研究和评价中。

闫春春的论文《路遥批评史研究——以〈人生〉〈平凡的世界〉为中心》（重庆大学，硕士论文，2020 年 6 月）则是路遥研究的批评的史学研究论文，论文指出无论是路遥接受史上的两极化现象，还是学术界内部以路遥为方法重新认识 80 年代文学与历史 / 现实的互动，处在新时期社会转型的“交叉地带”的路遥，其重要性日益彰显，这个时候，对已有的路遥研究成果做一个总的归纳、分析和研究，显得尤为重要。本论文以已有的路遥研究成果为分析对象，通过文本细读、文学与历史相结合的方法，文学批评界方面，概括出路遥 80 年代初在文坛崭露头角至今的路遥批评问题意识的三个面向及其成因。大众接受方面，重点分析电视剧《平凡的世界》的改编。在此基础上，重返“路遥现象”，探究“路遥现象”的成因及变化。最后，在结语中，对目前为止的路遥研究的现有成果做出归纳和评价。第一章交代研究缘起，并分阶段回顾之前相关的路遥研究成果。第二章总结了80年代以来路遥批评问题意识的三个面向：现实主义、地域文化和农村青年的出路问题。这三个面向分别关联着中国的现实、历史和未来。现实主义是路遥批评史中自始至终延续着的命题所在。路遥对现实主义精神的理解和对现实主义手法的选取、文学环境与社会历史的互动等都使得现实主义成为路遥批评中绕不开的话题。另外，批评家自身成长背景也一定程度影响了批评家对路遥笔下现实主义成就的评判。20世纪80年代“文化热”的文学氛围中，“文化心理结构”“寻根文学”的余韵、“陕军东征”的文化现象，以及“民间”批评概念的提出，这些都促进了从文化与历史的维度对路遥及其作品的研究。路遥笔下的农村青年是“重读路遥”事件中研究者最为关心的部分。在整个新中国的历史发展进程中，研究者以路遥为原点，或往前追溯其与前三十年文学的关系，或回到历史现场，以“知识社会学”的方法，讨论其写作中不经意间征用的新时期的意识形态资源，或往后，从90年代以来社会的发展走向重评路遥。第三章以小说《平凡的世界》及其影视改编为重点。在改革为主旋律的叙事中，孙少平在困境中永葆精神高贵的故事转变为农村企业家带领全村发家致富的故事，当以物质为“改革”成果的唯一衡量标准时，孙少平便成为一个无法言说的存在。第四章，重返“路遥现象”。究其原因，读者感受与文学批评者之间的错位，昭示的是社会结构中处于不同位置的知识分子和普通民众的不同价值追求。最后给出结语，新世纪以来，研究者的关注重点依然在“现实主义”及“城乡交叉地带”上，只是，在原来的基础上，拓宽了“现实主义”和“城乡交叉地带”的意涵。

（六）路遥小说叙事研究专著综述

1. 路遥小说爱情叙事的研究专著综述

最早的是《神秘暗箱的窥视》（畅广远，陕西人民教育出版社，1993年版），在书中，李继凯的《沉入“平凡的世界”—路遥创作心理探析》一文，专门谈了传统文化对路遥创作的影响，其中“四纵横比较，中外文学中的‘路遥’”一节结合路遥的具体作品，分析了传统文化和古典文学对路遥创作影响：“受‘文以载道’这一种模式的影响使路遥在具体的叙事描写中，也基本遵循了古典文学中以理制情，英雄美人等叙事模式。……由于作家新中有‘英雄崇拜’的情绪，所以对由来已久的‘英雄美人’叙事模式的欣然接受。……在路遥的作品中，基本没有‘才女佳人’与‘完型男女’的故事，但却不乏‘英雄美人’的构成”。这部专著中肖云儒《路遥的意识世界（论纲）》一文则分析了路遥人生经历，尤其路遥的乡土情结对小说创作的影响。这篇论文是研究路遥个体心理结构最充分的文章，是把握路遥个体心理机制不可缺少的论文。《早晨从中午消失——路遥的小说世界》（赵学勇，兰州大学出版社，1995年版）这部专著，作者在“审美探视之一——悲剧性格—苦难意识—生命•爱情•死亡”一节中，指出路遥在悲剧意识和苦难压力下创作了富有悲剧性的爱情故事。《魂断人生——路遥论》（宗元，上海文艺出版社，2000年版），其中“创作心理透视”一章，专门分析了路遥文化心理构成与爱情叙事的关系，指出路遥以自卑为内核的心理机制以潜在的形式影响到他的小说爱情叙事；分析了路遥的恋土情结对小说创作的影响。在“绚丽多彩的女性世界”一章中，充分分析了路遥男权文化心理对爱情叙事的影响。

综上所述，当代中国评论界对路遥小说的爱情叙事评论多是分散的、浅层的。关键的是当代路遥小说爱情叙事特征的评论没有结合作家的独特心理机制来分析，针对作家乡土情结和传统文化对爱情叙事的影响分析也不深入。对路遥小说过多的社会学批评极大地影响了评论者对路遥爱情叙事深入解读，导致心理和文化两个角度对爱情叙事的分析不够。路遥小说获得当代中国青年欢迎，这一文化现象包含的社会文化意义是当代中国评论界很少涉及的。为此我将对路遥爱情叙事做一个系统而富有新意的解读。

2. 关于路遥小说其他方面研究专著综述

《路遥研究资料》（雷达等，山东文艺出版社，2006 年版），分为“生平与创作自述”“研究资料”两部分，收集了多篇有关路遥的个人研究资料。阎慧玲的《路遥的小说世界》（中国文联出版公司，2007 年版）对路遥小说创作及路遥作品人物等做了分析和评论，从艺术审美层面对路遥的小说艺术做了解读。廖晓军的《路遥小说的艺术世界》（三秦出版社，2006 年版）从审美意识的研究、伦理道德的阐释、结构模式的探索三方面对路遥小说进行评述，包括短篇小说论析、中篇小说论析、人生道路的艰难跋涉、《平凡的世界》的艺术辉煌等。石天强的《断裂地带的精神流亡》（北京大学出版社，2009 年版）以《平凡的世界》为中心，展开对路遥文学创作的思考，具体内容包括身份认同与心理焦虑、男人的世界、城市梦想中的边缘人等。段建军《路遥研究论集》（西北大学出版社，2016 年版）对路遥的文学创作进行全面研讨，收集研究论文 20 篇，包括《路遥现实主义的审美价值》《路遥的艺术人生》《路遥小说的道德空间》《路遥的意识世界》《论路遥小说的审美风格》等。路遥纪念馆编写的《路遥研究——2016 年秋冬卷》（北京时代华文书局，2017 年版）的内容包括路遥生平思想研究、路遥作品研究、路遥与当代中国、路遥与地方文化、路遥与中外文化、路遥与影视文化、影像、文学自由谈、史料钩沉、怀念等。

3. 路遥纪念文集综述

马一夫等的《路遥纪念集》（人民文学出版社，2007 年版）收录了不同时期人们回忆、悼念、追思路遥的文章共计73篇，按照文章主体内容与路遥的相关性，将其分为四辑，然后依据当时发表的时间顺序依次排列。李建军的《路遥十五年祭》（新世界出版社，2007年版）共分四辑，介绍了路遥的成长过程，追忆了这一深受读者喜爱的作家的生平和在文坛的影响，同时汇集了其他人对路遥的评价。申晓的《守望路遥》（太白文艺出版社，2007年版）收录了50多位国内知名作家的怀念文章，其中包括陈忠实、雷涛、贾平凹、赵熙、吴天明等多位路遥生前好友充满深情的文字。航宇的《路遥的时间》（人民文学出版社，2019年版）记述了路遥生命最后的时光，在《平凡的世界》获得茅盾文学奖后，这位风光无限、雄心万丈的著名作家，却突然患上严重疾病。在生命最后的日子里，他不仅承受着十分难挨的病痛折磨，还接连经历了经济拮据、婚姻破裂、兄弟失和等等人间痛苦。作者航宇是路遥的同事、朋友，在路遥生命最后的两年，他如亲人般陪伴照顾路遥，也见证了路遥最后的沉重、抗争和无奈。申沛昌的《路遥与延安大学》（新华出版社，2019年版）通过与路遥有过接触、交往的延安大学老师、校友们的回忆，再现了路遥在大学读书期间所展现的青春风采与奋斗精神，同时也通过亲历者的介绍展示了延安大学对于路遥的接纳、扶持以及在路遥身后以长期的连续的系列活动，对于路遥的深切怀念和对于路遥精神的总结、发掘与传承。许多资料系第一次披露。

4. 路遥年谱与路遥作家论专著综述

路遥年谱与路遥作家论专著是对路遥的整体性研究，但其中还是社会学角度分析居多。

张艳茜的《路遥传》（陕西人民出版社，2017年版），讲述了这位出身寒苦、命运多舛的人民作家短暂而又不凡的一生，以具有说服性的背景资料、积极的写作姿态、精心甄选的素材片段，同路遥进行精神的对话，力图探究其心理和命运的动因，完整、客观、饱含深情地还原了一个鲜活动人的文学生命。厚夫的《路遥传》（人民文学出版社，2015 年版）书披露了大量路遥不为人知的往事，还原了路遥的写作历程，展现了路遥的写作精神。全书共分为十三章，内容包括：苦难的童年生活、我要上学、青春过山车、《山花》时代、文学发轫期等。王拥军的《路遥新传》（中国商业出版社，2015 年版）的主要内容包括黑白色调的童年、山沟里也有春天、遨游在知识的海洋中、小试牛刀即得人生惊喜、抒写人生诗与史、身痛意坚再创高峰等。杨晓帆的《路遥论》（作家出版社，2018 年版）全面梳理路遥的生平、作品，重点放在作品上面，覆盖路遥的创作历程与所有作品，尤其是作家代表性、标志性作品上，结合时代风貌、社会思潮，以客观、理性、对话的态度，深入研究作家的精神构成，透彻解析作品的精神实质。晓雷的《路遥别传》（陕西人民出版社，2022 年版）分为三章——男儿有泪、故人长绝、野花祭灵，还收集了路遥手迹及纪念路遥的文章。

对于一个作家的研究，年谱和纪事很重要。王刚的《路遥纪事》（北京时代华文书局，2014 年版）用逐年、逐月纪事的方式，描写了著名文学家路遥短暂而丰富人生，不仅围绕传主路遥的生命历程，叙述了他在文学道路上遭遇的坎坷和成就，更将路遥放在文化大背景中，让读者明了这个时代何以产生路遥这样的优秀作家。2016 年王刚的《路遥年谱》（北京时代华文书局，2016 年版）从 1949 年路遥出生至 1992 年路遥逝世，详细记载了路遥一生的生活与创作轨迹，为读者把握与解读路遥作品提供了更加丰厚的写作背景，从而使读者对路遥的创作资源、精神气质以及文学贡献能够有更加准确的认识。

5. 作家对比和路遥作品文本细读研究专著综述

梁颖的《三个人的文学风景：多维视镜下的路遥、陈忠实、贾平凹比较论》（人民出版社，2009 年版）从文化背景、价值取向、生命体验、时代演变、作家的气质个性等诸多角度、不同层面展开了对路遥、陈忠实、贾平凹三位陕西作家的比较研究。程光炜的《重读路遥》（北京大学出版社，2013 年版）收录了近年来最重要的路遥研究论文，这些论文从不同的角度，围绕路遥年谱、路遥的影响史、路遥与 80 年代社会、路遥与现实主义的建构、路遥与青年形象的建构等展开深入的分析讨论，试图展现一个充满了文学症候学意味的“路遥研究学”。李建军的《路遥的哈姆雷特与莎士比亚》（广东高等教育出版社，2022 年版）分为七章内容，包括“路遥研究之准的与方法”“大地上的苦难与阳光下的诗情——理解路遥的一个认知框架”“小说修辞与文学风格”“比较视野与文学谱系”“重要作品的细读与心解”“路遥的哈姆雷特们”等。刘雪萍的《路遥小说中的景观与人》（中国海洋大学出版社，2022 年版）从空间的角度切入路遥小说文本，在文学地理学、文学景观的视域下分析路遥小说，与以往单纯站在乡土的立场上对乡土的赞美，或站在启蒙立场上对乡土的批判，抑或从城乡二元对立视角将路遥作品理解为“文明与愚昧”的冲突等研究有了不同，为路遥小说研究带来方法论层面上的启迪。

（七）路遥文学传播接受规律研究专著综述

针对路遥的文学影像美学特征展开研究的专著，目前来看尚为空白。从文学到影像两个角度的转化和互动，进而分析路遥文学影像本体特征的著作也是少之又少。孙萍萍的《路遥小说的传播和接受》（中国社会科学出版社，2020 年版），以路遥的生平研究和史料辨析为基础，通过考察大众传媒（纸媒、广播、影视等）对路遥小说的传播、编辑工作与路遥文学创作的双向互动、读者对路遥小说接受的数据和实例，再结合路遥小说的文本细读，侧重于在读者层面考察、思考 1980 年至今 40 年来路遥小说在中国的传播和接受情况。路遥的作品数量有限，创作也有一定局限，但在传播和接受层面却超过当代许多作家，形成数量庞大的“路遥族群”和言说不尽的“路遥现象”。由此可见，路遥的影像特征系统化整体性研究亟须开展。

目 录
Contents

第一部分　文学想象

第二部分　影像叙事

第一部分

文学想象

第一章 路遥小说爱情叙事论

第一节 爱情审美观："母性化"

路遥小说的爱情故事都具有"母性化"特征，主要体现在两个方面。第一，小说拥有众多的"母性化"女性形象，而其中的男性多是渴望获得自己所爱的女性"母爱"般的关怀和安慰。这些女性多是乡村女性，且都具有乡村女性的美德。她们在乡村土地支撑下成为一个个无私的"母性化"恋人，她们的性格和乡村大地价值文明紧密联系在一起。路遥更多关注女性身上的母性特征，如无私、牺牲、宽容等，同时，借助男主人公对女性"母性性格"的依恋强调这些特征。正是因为拥有了"母性化"的女性和渴望"母性化"的男性形象，路遥小说的爱情具有鲜明的"母性化"叙事特征。第二，路遥小说中的爱情男女获得幸福的关键在于他们如何对待"土地（母亲）"。土地，这个伟大的"母亲"可支撑整个爱情天地中的苦难，给予爱情世界中的男女以幸福，土地是他们的根本。"土地"以及与其相关的"乡村""农民""亲人""母亲"等一系列关键词成为路遥爱情故事中频繁使用的词语。路遥不仅常用这些词语表明男女主人公独特的文化身份，而且用这些词语强化“土地”作为“母亲”的隐喻形象。土地成为一个个爱情男女获得幸福的支撑和基础，也是爱情男女尝尽各种滋味后获得慰藉的母性港湾。“母性化”爱情说明了路遥对乡村和传统文化具有巨大的依恋，同时，为了强化“土地（母亲）”这个形象，路遥在叙述爱情故事时都采用了固定的叙事模式。

一、审美理想：“母性化”乡村女性

路遥小说中的爱情故事之所以具有“母性化”特征，是因为女性人物大都拥有“母性化”特征，而少有女性特征。她们的“母性化”特征一般表现为：无私的奉献、宽容、善良、顽强、执着等，而少有诸如“个性的独立”“爱的自私性”等特征。生活中，她们无论遇到什么痛苦和不公平待遇，始终对自己的爱人充满了母性般的宽容和爱。她们遭遇失恋后，依然坚强地活着，甚至更深刻地留恋生命，如同一个绝望的母亲为了自己的孩子坚强地活着。她们抚慰男人，让男人重新获得活力，“母亲”风格明显。爱情中的男人会将自己所爱的女性作为一个类似母亲的形象看待，从自己所爱的人身上获得类似“母爱”的关怀和安慰。这些女性不仅有着十足的“母性化”特征，还有着深厚的乡村文化价值观念。在描写这些女性过程中，路遥形成了“女性＝母亲＝土地＝乡村文明＝传统文化”的描写体系，从而表达对乡村土地和传统的赞美。

在短篇小说《姐姐》中，姐姐就是一个具有浓厚“母性化”特征的形象。她爱上了插队知青高立民，将一切都寄托在他的身上，痴情而单纯。她在高立民孤苦无助的时候主动关怀他，给予他无私的照顾，并在他最痛苦的时候给予他爱的抚慰。“我姐姐心善，看见这个人苦成那个样子，就常去帮助他。她给他做饭，缝补烂衣服，拆洗被褥。逢个过年过节，还常把这个谁也不敢理的‘特务儿子’叫到我们家来，尽拿好东西给他吃。”

小说极力展现姐姐对高立民无私的奉献，姐姐如同一位在危难中拯救孩子的母亲，出现在高立民面前，给予他爱情。在高立民离开后，姐姐仍痴情地等着他。

源于对乡村文化价值体系的热爱和肯定，路遥创作了《月夜静悄悄》《风雪腊梅》两部短篇小说。这两部短篇小说分别描写了两位乡村女性兰兰和冯玉琴的故事，写出了她们的“母性化”特征。《月夜静悄悄》中，兰兰美丽而善良，她痴情于村里憨厚的穷小子大牛，时常安慰大牛。《风雪腊梅》中，具有乡村文化特征的冯玉琴离开城市胜利回归乡村，意味着乡村文化获得了巨大的精神胜利。小说坚守乡村和土地价值观，表现出路遥对乡土和传统的“母性化”依恋。

中篇小说《人生》中的刘巧珍也是一个“母性化”特征十足的女性形象。为了安慰高加林受伤的心灵，刘巧珍来到高加林身边，给予高加林母性般的爱。刘巧珍如同爱自己的孩子一样，深爱着高加林。高加林则像一个受伤的孩子，投入刘巧珍母爱般的怀抱中。他没有考虑自己是否爱她，他们的爱情包含了太多母性情感，“母性化”特征明显：“走累了的时候，他们就找一个僻静的地方，加林躺下来，用愉快的叹息驱散劳动的疲乏，巧珍就偎在他身边，用手梳理他落满尘土的乱蓬蓬的头发；或者用她小巧的嘴巴贴着他的耳朵，轻轻地、轻轻地给他唱那些祖先流传下来的古老歌谣。有时候，加林就在这样的催眠曲中睡着了，拉起了响亮的鼾声。”

这样的爱情造成一方无私给予爱，另一方被动接受爱的不平等关系，这样的男女关系是形成“母性化”爱情的关键，决定了女性必须具有无私的母性特点。

刘巧珍被高加林抛弃后没有轻生，而是选择更加热情地对待生活。她也没有对伤害过自己的高加林落井下石，而是像一位无私的母亲一样，原谅高加林，依旧爱着高加林。当她的爸爸辱骂和诅咒高加林时，刘巧珍靠在枕头上喘着气说：“爸爸，你不要骂他！不要咒他！不要……”当她知道她的大姐要在村口辱骂回村的高加林时，更是这样劝说大姐：“你不要这样对待加林！不管怎样，我心疼他！你要是这样整治加林，就等于拿刀子捅我的心哩……”正如文中的德顺老爷爷评价的那样：“啊，巧珍，多好的娃娃！那心就像金子一样……金子一样啊……”刘巧珍完全是一个圣母形象，她给漂泊的浪子母爱般的关怀。

中篇小说《你怎么也想不到》中的郑小芳更是一个母性性格明显的女性，特别是她身上的牺牲精神，更能体现出她身上的母性特征：“除过漂亮，我的小芳有一种女人难得的品质：质朴，从不矫揉造作，并且富有牺牲精神。”[①] 她如同他们家乡的土地（母亲）一样，给流落在城市中的男朋友以母性的抚慰。当他们共同的人生理想破灭，爱情面临考验的时候，她用自己的行动来坚持他们的爱情理想。她用自己坚定的生活信念给堕落男友薛峰以光明的指引，给他重生的力量。当灵魂失落的男朋友薛峰回到她的家乡，来到他们共同的理想所在地毛乌素大沙漠的时候，因为故乡土地上的宏伟风景，因为依偎在具有母性情怀的女友身边，他麻木的心灵开始活跃，僵化的思维开始解冻，他的心灵重获新生：“猛然，我觉得一种情绪顿时好像潮水般从我的胸中涌动起来。我知道这是一种诗的激情——好久没这样一种激情了。……我在她的身边躺下来，透过柳丛望着湛蓝的天空和洁白的云朵，望着壮阔的大漠，望着雄伟的古长城的遗址，心里翻腾得非常厉害。在这一刹那间，我感觉到了一种新奇的激动。我真想用一种朗诵式的声调喊出：啊，沙漠！啊，我亲爱的人！我将永远留在你身边……”[②]

在中篇小说《黄叶在秋风中飘落》中，刘丽英是一个具有初中文化程度的女性，拥有独立个性。为了获得更好的物质生活，满足自己的虚荣心，她首先嫁给了具有城市户口而没有地位的小学教师高广厚。后来，她

---

① 路遥．你怎么也想不到［A］// 路遥全集・中篇小说［M］．广州出版社，太白文艺出版社，2000：537.

② 路遥．你怎么也想不到［A］// 路遥全集・中篇小说［M］．广州出版社，太白文艺出版社，2000：605.

坚定地同高广厚离婚，抛弃自己4岁的儿子，与有地位的县教委副局长卢若华结婚。她对幸福的追求是积极的，更是坚决而有魄力的。在小说前半部分的描述中，她的女性性格占主导地位。她这样说服自己放弃4岁的儿子："孩子将来自有孩子的幸福，而她自己的幸福若是错过这次机会，也许今生再不会有了……"这之后，她与卢若华结婚。

刘丽英身上的女性性格最终屈服于母性性格。为了照顾自己生病的儿子，她最终离开了虚伪的卢若华。

长篇小说《平凡的世界》中的女性人物更是"母性化"特征十足。田润叶、贺秀莲、孙兰花、惠英嫂，她们个个都是以母性性格为主的女性，她们对生命、人生和世界都有着母性般的爱，也都是男性获得生存力量的源泉，她们都给貌似内心强大但实际脆弱的男人母性般的支撑。路遥偏重叙述这些女性的爱情体验。小说潜在的叙事者也看重这些女性身上的母性性格，更多地表现她们身上的母性特征。

《平凡的世界》中最有"母性化"特征的女性是田润叶。田润叶经历失恋后很痛苦，可当她得知李向前发生车祸时，还是坚定地走到他身边，承担起一个妻子的责任。"当李向前睁开眼睛，看见为他揩泪的不是护士竟然是润叶的时候，那神态猛然间变得像受了委屈的孩子重新得到妈妈的抚爱，闭住自己的眼睛只管让眼泪像溪流似的涌淌。"

"她现在对自己的丈夫有一种深厚的怜爱的感情；不仅有妻子对丈夫的感情，而且还有一种母亲对孩子的感情。唉，他已经那样不幸，又那样地热爱她，她如果做出某种对不起他的事，首先自己的良心就无法忍受。最终受伤害严重的也许不是向前，而是她自己。真的，如果是那样，她怎能再忍心面对他儿童一样善良和纯真的笑容呢？这将不仅是妻子对丈夫的残忍，更是母亲对自己孩子的残忍。他不能不让人心痛啊！"

贺秀莲、孙兰花都是母性化形象，她们的爱情富有"母性化"特征。她们都是以母性性格为主导的女性，她们的爱情观完全是传统的。她们将自己的爱情交给男性，男人的一切就是她们的一切，没有自我和独立个性。贺秀莲无条件地听从孙少安，她对孙少安的爱具有母爱的奉献精神，她没有任何所求，全身心爱着孙少安，坚定地支持孙少安创业。在他们共同的生活中，她如同一个无私的母亲给生活艰难的孙少安以母性的关爱：

“但是，也惟有妻子的怀抱，才使他凄苦的心情得到片刻的温热和宁静。一天的劳累和痛苦后，他常常像受了委屈的孩子，晚上灯一吹，把脸埋进妻子的怀中，接受她亲切的爱抚和安慰。……感情丰富的男人啊，在这样的时候，他对女性的体验是非常复杂的：其中包含对妻子、母亲、姐姐和妹妹的多重感情。温暖的女人的怀抱，对于男人来说，永远就像港湾对于远航的船、襁褓对于婴儿一般重要。这怀抱像大地一样宽阔而深厚，抚慰着男儿们受伤的心灵，给他温暖、快乐和重新投入风暴的力量。”①

孙少安就是在贺秀莲充满母性的怀抱中，获得强大的生活的力量，他对贺秀莲更多的是母爱式爱情，也更看重妻子身上母性化的特征。

“有孩子以后，秀莲就更不讲究自己的穿戴，经常是一身带补丁的衣服。少安记得小时候，那时还年轻的母亲就是穿着这样一身缀补丁的衣裳。像土地一样朴素和深厚的母亲啊！想起来就让人温暖，让人鼻根发酸。少安很喜欢妻子这身打扮，他希望自己的儿子也能记住这样一个母亲形象……”②

孙兰花更是一个母性化的女性形象，她与王满银的爱情具有母性化特征。孙兰花根本没有自己独立的个性追求，她仅仅因为王满银使她苦涩的青春增加了点颜色就爱上这个二流子，并为了这点爱付出一生代价。她用自己无私的爱来支撑家庭，无怨无悔地在地里劳动。当王满银这个“逛鬼”有一天发现自己老了，回到老婆身边的时候：“他突然感到自己脆弱

① 路遥.平凡的世界·第三部［A］//路遥全集·长篇小说［M］.广州出版社，太白文艺出版社，2000：284.

② 路遥.平凡的世界·第二部［A］//路遥全集·长篇小说［M］.广州出版社，太白文艺出版社，2000：58–59.

的像个需要大人保护的儿童。在他眼里，如今身强力壮的兰花不仅是他的妻子，也是他的母亲。”[①]这显示了他们爱情的母性化特征。孙兰花更是用母性的情感来对待自己的二流子男人。“可怜的兰花坚决不让男人去劳动。……只要满银在她身边，她不仅不让他劳动，还想办法让他吃好喝好。……她确实也把男人当娃娃来亲——她满心爱他啊！”[②]

惠英嫂是个母性化的乡村女性，她对孙少平的爱包含了太多的母性内涵。当孙少平失去田晓霞的时候，她给他母性般的安慰，此时的孙少平也渴望母性般的爱：

“在失去晓霞以后，他潜意识里特别需要一种温柔的女性的关怀；哪怕是在母亲和妹妹的身边待一会儿，他的坏心绪也许就能有所改善。晓霞死后不久，惠英嫂很快就知道了这件悲惨的事。……她千方百计用好饭、好酒、好话和一个女人的全部温情来安慰他。……唉，也许只有惠英嫂的安慰他才可以平静而自然地接受，因为她了解他，因此她理解他。”[③]

孙少平对惠英嫂的爱一开始就包含了太多的母性需求，两个人都经历过人生巨大的灾难，都有一颗对生活苦难包容的心。只有惠英嫂母性化的爱才能安慰经历爱情悲剧的孙少平，孙少平最终拒绝大学生金秀而选择惠英嫂，受伤的心灵只有在母亲的怀抱中才能获得重生。惠英嫂的小院落成为孙少平受伤的心灵获得栖息的“母性港湾”：

“上水管旁的小土坡时，他就看见了那一串串爬出院墙的紫红色的牵牛花和结籽的沉甸甸的向日葵的圆盘。啊，每次走向这个院落，他都有一种按捺不住的激动。这里，是他心灵获得亲切抚慰的所在；也有对生活深

---

① 路遥.平凡的世界·第三部［A］//路遥全集·长篇小说［M］.广州出版社，太白文艺出版社，2000：410.

② 路遥.平凡的世界·第三部［A］//路遥全集·长篇小说［M］.广州出版社，太白文艺出版社，2000：410.

③ 路遥.平凡的世界·第三部［A］//路遥全集·长篇小说［M］.广州出版社，太白文艺出版社，2000：313.

沉厚重的寄托。这个院落啊！”①

面对惠英嫂的照顾，他心灵终于可以获得暂时的栖息。“一种无比温暖的气息包裹了孙少平疲惫不堪的身心。他感觉僵直的四肢像冰块融化似的软弱无力。内心是这样充满温馨和欢愉。”② 孙少平只有在惠英嫂这样充满母性味道的女性怀抱中才能身心舒展，他感觉“温暖……真想哭一鼻子”③。这是一种在母亲襁褓中获得的温暖，他在这样的怀抱中重新获得生存的勇气：“他反倒觉得，他在一刹那间，似乎踏过了那条燃烧着熊熊火焰的痛苦的界限，精神与心灵获得了一种最大的自由和坦然。这或许是他生命和生活的重大转折点。”④

惠英嫂母性化的怀抱，不仅给孙少平受伤的灵魂以安慰，也给孙少平带来文化价值的依托。一个心灵受伤的乡村浪子最终离开大城市，回到了乡村，获得了自己平凡而富有道德责任感的爱情。游走在乡村和城市间的乡村青年孙少平，最终选择乡村色彩浓重的矿区作为自己心灵和生活的栖息地。

贺秀莲、孙兰花、惠英嫂都是乡村女性，她们身上的一切都是乡村世界价值观的体现。小说通过“女性＝母亲＝土地＝乡村文明＝传统文化”一体化描写体系，表现出她们身上的母性化爱情，富有文化含义。她们与乡村世界紧密地联系在一起，写她们实际就是对乡村和传统文化价值观念的坚守。这一个个富有母性化体验的爱情故事折射出的是乡村和传统文化价值观，显示了路遥对乡土和传统文化价值观的坚持。

田润叶是一个具有奉献精神的传统女性形象。她是最美好的乡村文化

① 路遥.平凡的世界·第三部［A］//路遥全集·长篇小说［M］.广州出版社，太白文艺出版社，2000：391–392.

② 路遥.平凡的世界·第三部［A］//路遥全集·长篇小说［M］.广州出版社，太白文艺出版社，2000：434.

③ 路遥.平凡的世界·第三部［A］//路遥全集·长篇小说［M］.广州出版社，太白文艺出版社，2000：435.

④ 路遥.平凡的世界·第三部［A］//路遥全集·长篇小说［M］.广州出版社，太白文艺出版社，2000：436.

价值观的体现者，是传统道德的坚守者，为了表现她对李向前的忠贞，小说故意设置“其中有几个自认为出类拔萃的年轻中层领导，曾先后试图替她弥补个人生活的‘不幸’，结果发现不幸的是他们自己……通常微笑着用几句尖酸的话使这些‘同志’羞愧地退开了”的情节，表现她良好的道德品质。

二、爱情叙事：以“土地（母亲）”为核心

路遥小说中的爱情故事有一个核心意象——“土地（母亲）”。小说潜在的叙述者也很推崇“土地（母亲）”的叙述，让土地成为一个伟大母亲的象征体。正是这样的叙事策略，增强了爱情故事的“母性化”特征。土地成了爱情男女的基础，这些爱情男女无论发生怎样的痛苦和灾难，只要他们始终对土地怀有巨大的爱，他们就一定能获得幸福。“土地”能成为一个母亲形象，关键在于与土地紧密连接的乡村世界和传统文化成为这些爱情男女的生存根本。他们在文化和心灵上都对乡村土地充满了依赖。小说在强调“土地”这个核心意象的同时，实际还强调了乡村文明，展现了路遥对乡村文明和传统文化价值观的赞美。路遥为了强调这个核心意象，表现这些爱情男女对乡村文明“母性化”的依恋，更是运用了两种独特的爱情叙事模式表现土地伟大母亲的形象。一种是不论任何爱情，如果主人公背叛了土地，背叛了养育他（她）的乡村土地上孕育出的价值观，他（她）就会遭遇到一系列的痛苦和挫折，于是他（她）不得不回归土地，痛苦地认罪、忏悔。另一种是小说主人公在爱情失败后，土地成为安慰他（她）、支持他（她）继续好好生活的力量。土地如一个“母亲”般给予他（她）无私的关怀。或者相反，如果一个人获得了爱情，就会对土地（母亲）充满热情，对生活充满热爱。这两种叙事模式都围绕土地（母亲）这个核心，形成“圆圈式”叙事模式。

短篇小说《夏》《风雪腊梅》《姐姐》《青松与小红花》都在强调“土

地（母亲）”这个意象。爱情男女只有热爱“土地（母亲）”，才能获得幸福。同时，他们的伤痛也只有土地这个伟大的“母亲”才能疗愈，爱情和“土地（母亲）”是联系在一起的。

在短篇小说《夏》中，知青杨启迪深爱着苏莹。他因为爱情而更加热爱土地，对土地充满了敬意。这种感情包含了对乡村世界的深情。小说叙事者将杨启迪与苏莹的爱情按照“爱情 → 痛苦（幸福）→ 土地 → 安慰（热爱）→ 爱情”的叙事模式展开。“纯洁的爱情会把人的心灵陶冶得更好，使人更热爱生活，更热爱劳动。杨启迪对自己要求更严了。他觉得这种严格要求是苏莹向自己提出的。”杨启迪因为热爱生活而最终获得了爱情。相反，当他失恋的时候，他的精神因为爱而痛苦的时候，他只有回到“土地（母亲）”的怀抱里，才能获得安慰和对生活的信心。

短篇小说《青松与小红花》对土地作了更加“母性化”的礼赞。小说重点不是写爱情，而是表现农民的朴实，表现乡村和土地的伟大。路遥让一个优秀的城市知青匍匐在一对农民母子的精神光环下，发出对乡村巨大的赞美。

中篇小说《人生》围绕“土地（母亲）”这个核心意象叙述高加林和刘巧珍的爱情。土地成为高加林能否获得幸福爱情的关键，也是高加林重新获得自我价值的“母性港湾”。

高加林首先对家乡的土地充满了逃离的欲望，可是他又无法摆脱乡村土地留给他的烙印。他在经历了一段人生磨难后，最终回到土地的怀抱中忏悔。土地给了他生命和生存的价值，可是为了追求现代城市文明，他背叛了生养自己的土地，于是他一败涂地，只有回到生养他的“母亲”的怀抱，他才能获得自己的生存优势，更好地生活下去。

土地是他获得爱情和美好生活的根本。为了展现土地对高加林的巨大价值，小说选用固定叙事模式“土地 → 背叛 → 爱情（失败）→ 回归 → 土地”，表现“土地（母亲）”的重要性。高加林不仅背叛了自己的土地，而且抛弃了这片土地上的传统文化价值观，正如他对他的父亲和德顺老汉所说："你们有你们的活法，我有我的活法！我不愿意再像你们一样，就在咱高家村的土里刨挖一生。"高加林向往现代城市文明，可是他的悲哀在于他不可能完全背离自己的土地，更不可能彻底摆脱原来的价值观。一旦脱离自己的土地，他就失去了独特的文化优势，成为一个没有生命价值根基的流浪儿，其爱情和事业也终将走向失败。只有回归"土地（母亲）"的怀抱，他才能重新获得自我。当高加林回到乡村时，生养他的土地给予了他巨大安慰。

小说用德顺老汉的话表现土地的伟大，德顺老汉教导高加林不要背叛这片土地，不要背叛自己的乡村价值观，这是他生存的根本。

"高加林一下子扑倒在德顺爷爷的脚下，两只手紧紧抓着两把黄土，沉痛地呻吟着，喊叫了一声'我的亲人哪'……"由此，一个围绕"土地（母亲）"这个核心意象的爱情故事结束了，一个背叛乡村的浪子，最终还是回到了乡村。

中篇小说《黄叶在秋风中飘落》则重点表现刘丽英屈服于母爱的爱情，使她的爱情具有明显的母性化特征。小说叙事者更采用了固定的"土地→背叛→爱情（失败）→回归→土地"叙事模式，表现刘丽英以母爱为内核的爱情。刘丽英为了追求个人幸福，坚定而无情地离开了自己的丈夫和儿子。她背叛了生养她的家乡土地，但是她追求的爱情遭遇失败，最后不得不回到原来的家庭。当她爱情失败后，小说又是运用固定的"爱情→痛苦（幸福）→土地→安慰（热爱）→爱情"叙事模式表现土地（母亲）的伟大，给她生存的勇气。

"秋天的阳光依然灿烂地照耀着大地。这里的川比高庙那里开阔，平展展地一直伸到远方的老牛山那里。川道里，庄稼有的已经割倒，有的还长在地里，远远近近，一片金黄。清朗朗的大马河从老牛山那里弯弯曲曲流过来，水面被阳光照得明闪闪的。亲爱的大马河！亲爱的大马河川！这水，这土地曾把她养育大……”①

她对土地的依恋成了她继续活下去的理由，母爱使她战胜一切的侮辱和痛苦，“她不再指望大家的谅解和尊重，也不需要谁再来同情她。她现在活着，为她的儿子活着；她还企图尽一个母亲的责任，为她的孩子长大成人而操磨……”②母亲的责任使她重新获得做人的资格。小说围绕母爱这个核心，构建了一个叛离土地又回归土地的爱情故事，始终强调的是母爱，使得小说的爱情故事“母性味”十足。

中篇小说《你怎么也想不到》描述的是郑小芳和薛峰的爱情，郑小芳因为男朋友薛峰背叛自己的家乡，不回归家乡土地（母亲）的怀抱而遭遇了巨大的痛苦。男主人公薛峰留恋大城市而放弃了回报家乡土地的人生理想，这样的选择本来无可厚非，可是小说却运用了固定“土地→背叛→爱情（失败）→回归→土地”的叙事模式，结果他在大城市遭遇了工作和爱情双重失败的打击。他如同一个流浪儿一样在大城市里堕落而无聊地活着。

“上班的时候就像没魂儿似的无精打采。……至于我自己，好长时间连一个字也没有发表了。……现在什么诗也写不出来了。我完全丧失了创作的灵感。我整天昏昏沉沉，什么也不能使我激动。……我一边喝酒，一边吃菜，一边茫然地看着周围的人……真无聊——我自己也知道这一点儿。”③

只有家乡土地上的一切才能拯救他失落的灵魂。正如他自己梦想的一样，他充满了对故乡土地这个伟大母亲的依恋：

“在那美妙的乐曲声中，我似乎置身于故乡的夜晚。我看见清冽冽的

---

① 路遥.黄叶在秋风中飘落［A］//路遥全集·中篇小说［M］.广州出版社，太白文艺出版社，2000：463.

② 路遥.黄叶在秋风中飘落［A］//路遥全集·中篇小说［M］.广州出版社，太白文艺出版社，2000：463.

③ 路遥.你怎么也想不到［A］//路遥全集·中篇小说［M］.广州出版社，太白文艺出版社，2000：576，581–582.

月光照耀着荒凉的山野；山路像一条灰白的带子从村子里伸出来，消失在远方黑黝黝的山湾里；古铜色的山岗静悄悄地屹立着，河道里，冰面闪耀着暗淡的微光；寒风吹过山坡和原野，割去穗子的高梁杆和树枝上的枯叶发出了飒飒的响声。村子沉睡了，不时传来一声公鸡的啼鸣和狗的吠叫。突然，耳边隐隐约约传来说书匠的三弦声，刷板的呱哒声……声音越来越近……现在已经是在一个弥漫着旱烟味的热气腾腾的土窑洞里了。瞎眼的说书匠正在倾斜着上半身，醉心地弹着三弦，说着古朝古代的故事。农人们有的头低倾，有的大张着嘴盯着说书匠的表情变化，一个个听得如痴如醉……窑洞外面，风轻轻呜咽着，地上铺满银色的月光……河道里的那座小桥上现在似乎走过来了三三两两的人，烟锅的火光一明一灭……这些人进了村子，向那个传出声音的土窑洞匆匆赶去……当乐曲停止以后，我还完全沉浸在这一片梦幻之中……我觉得脸上湿涔涔的，用手摸了摸，才发现我不知什么时候流泪了。”①

当薛峰爱情失败、精神堕落的时候，他只有回到家乡的土地（母亲）怀抱中，才能获得新生，拥有活力，土地（母亲）是拯救一切失落灵魂的母亲。小说结尾借助女主人公郑小芳用“母亲”呼唤“儿子”般的语气呼唤薛峰回归家乡，回到她的身边。虽然没有再现他回归土地的情形，但是小说叙事者仍然给他安排了一个回归土地（母亲）怀抱的结局。“但不论怎样，我亲爱的人，我还是要对你说：……我盼望你回到我的身边来。……回来吧！我亲爱的人！我等着你……”②于是一个圆圈式叙事模式下的爱情故事结束了，贯穿始终的是对乡村土地的母性化情结。

长篇小说《平凡的世界》中任何爱情都充满了母性化的情感因素，都是在土地（母亲）的支撑下获得自己的幸福爱情，拥有了生活的信心和

① 路遥．你怎么也想不到［A］// 路遥全集·中篇小说［M］．广州出版社，太白文艺出版社，2000：581–582.

② 路遥．你怎么也想不到［A］// 路遥全集·中篇小说［M］．广州出版社，太白文艺出版社，2000：610.

力量。首先，孙少安的爱情由于始终没有背叛自己的土地，所以他的爱情是幸福美满的。他的爱情暗合了“爱情→幸福（痛苦）→土地→热爱（安慰）→爱情”这个叙事模式。孙少安因为将自己的生命和生养他的土地紧密地联合在一起，因此他获得了贺秀莲的爱情，他不仅爱情幸福，而且事业也是辉煌的。孙少安始终充满了对家乡土地的依恋，如同一个儿子对母亲充满了感情一样。他富裕后看到自己的乡亲受苦，于是就扩大生产，给乡亲们提供赚钱的机会。为了回报家乡，他还投资建小学。

不难看出，孙少平在失去了田晓霞后，只有投入土地这个母亲的怀抱他才能获得新的生活的力量。

“孙少平上井以后，洗完澡换好衣服，便一个人走出喧嚣不息的矿区。……像通常那样，他从矿部那个小坡上走下来，走过黑水河上摇曳着绿枝的树桥，爬上了对面的山，不停留地一直走向山野深处。然后，他随意在某个无人处停下来，或坐，或躺，或久久地驻足而立。多少日子来，他天天都是如此。现在，已是下午了。他斜躺在一片草地上，出神地看着眼前几朵碎金似的小黄花。”①

在这样的环境里他的心灵获得了重生：

“生活总是美好的，生命在其间又是如此短促；既然活着，就应该好好地活。……精神上的消沉无异于自杀。像往日一样，正常地投入生活吧！……夜晚，当孙少平从宿舍走向区队办公楼准备下井的时候，一路上望着矿区闪烁的灯光，望着满天繁密的星斗，猛然感到了一种突发的激动，以至都情不自禁地微笑起来了。”②

“他面对满山红叶，回首往事，默想未来。或驻足伫立于林间小路，或踽踽漫步于溪流河畔。折一枝红叶在手，听万顷松涛澎湃，欢欣与忧伤

---

① 路遥.平凡的世界·第三部［A］//路遥全集·长篇小说［M］.广州出版社，太白文艺出版社，2000：299.

② 路遥.平凡的世界·第三部［A］//路遥全集·长篇小说［M］.广州出版社，太白文艺出版社，2000：306.

共生。在这一片无声的热烈之中，人既想流泪又想唱歌……孙少平在这红叶如火的山野里想了什么？他也说不清楚……不过，每当他从大自然的怀抱里返回来的时候，就像进行了一次沐浴似的爽快。这是精神的沐浴……他的心情因此而格外的好。”①

大地母亲给他的母性化的爱，使他走出了生命的阴影。同时他对大地也充满了恋母化的感情，“生命是这样顽强，它对抗的是整整一个严寒的冬天。冬天退却，生命之花却蓬勃地怒放。……只要春天不死，生命就不死，就会有迎春的花朵年年岁岁开放。哦，迎春花……他在那片黄花中依稀看见了一头白发满脸皱纹的母亲。为什么此刻想到了母亲？母亲……”②孙少平明白只有回归土地（母亲）这个怀抱，他才能获得幸福。最后他坚决地拒绝了大学生金秀的爱情，回到矿区这个山野大地的怀抱中，接受了具有母亲般怀抱的惠英嫂。于是孙少平的爱情围绕土地（母亲）这个核心经历一个美丽的圆后，又回到了原来的起点。

综上所述，路遥小说中爱情男女们对乡村土地充满了“母性化”的依恋，同时小说叙事者也围绕土地（母亲）这个核心运用固定的“圆圈式”叙事模式，表达对乡村土地的母性化感情，表现了路遥对乡村文明和传统文化价值观的坚守。

---

① 路遥.平凡的世界·第三部［A］//路遥全集·长篇小说［M］.广州出版社，太白文艺出版社，2000：388–389.

② 路遥.平凡的世界·第三部［A］//路遥全集·长篇小说［M］.广州出版社，太白文艺出版社，2000：448，467.

第二节　爱情价值观：回归传统道德

路遥对乡村和传统的依恋主导着他的小说爱情叙事，使他的小说在价值观念上具有很强的传统特色，形成了非常明晰的“道德化”叙事特征。任何人的爱情都与人物的道德品质紧密联系在一起，只有拥有良好道德操守的人才能拥有幸福的爱情。小说给不符合道德标准的爱情以道德化批判，形成了道德压倒现代个性追求的叙事特征，背叛爱情的人是堕落的，小说的道德化倾向明显。路遥小说最理想的爱情是：具有优秀品质的人，在人格上是完美的，在爱情上也是。无论是路遥还是小说叙事者，始终都不偏离道德化的叙事角度，将关注点放在道德上，造就了路遥小说中的爱情具有很强的道德化特征，这样的特征背后是路遥对乡村和传统文化价值观的赞美。

短篇小说《风雪腊梅》讲述的是一位农村女性冯玉琴的爱情故事，但重点展现的是她的人格美。冯玉琴是一个敢于维护自身独立人格的女性，她内心充满了坚定的爱，有着极强的独立意识。

她毫不畏惧地同特权势力抗争，坚定维护自己神圣的爱情。因为她明白，“她，一个普通的农村姑娘，享受不了这种荣华富贵。她要是跟了地委书记的儿子，她将是这个家庭和她丈夫的奴隶——尽管物质上她一生可能会富有，但精神上她肯定将会是一个奴隶”。

冯玉琴同屈服于物质和特权的人抗争，拥有高尚的人格操守。她狠狠给了背叛自己感情的爱人康庄一个耳光，坚定地走向乡村世界。她的独立人格战胜了城市的特权势力和腐朽的物质力量。

在为具有独立人格的冯玉琴感动的同时，我们也要看到路遥在不知不觉中为了维护乡村价值观的神圣性，将冯玉琴的爱情变成对乡村文化价值观的礼赞。为了展现冯玉琴的道德化人格，路遥不惜将她的爱情变成道德价值祭坛上的牺牲品，成为价值观的维护工具，冯玉琴的爱情因而变得伦理化十足。

在中篇小说《人生》《你怎么也想不到》《黄叶在秋风中飘落》中，路遥对违背道德伦理而获得的爱情都采取了道德批判的态度。主人公的爱情由于违背正常的道德伦理而最终失败。《人生》中高加林的爱情最具这一特点，小说叙事者始终用良心这一道德戒条批判高加林符合个人意志的爱情，对高加林抛弃刘巧珍的行为作道德化批判。高加林在产生放弃刘巧珍想法的那一刻，便遭受了良心的谴责：“他像一个疯子一样在自己的窑里转圈圈走；用拳头捣办公桌；把头往墙壁上碰……后来，就强迫自己不朝这方面想。他在心里自我嘲弄地说：‘你是一个混蛋！你已经不要良心了，还想良心干什么……’”

短篇小说《夏》中的杨启迪是一个农民型知青形象。他老实、能干、勤劳、质朴、正直、善良、痴情。为了表现杨启迪高尚的人格，路遥更是安排了他抢救“情敌”的故事情节。他的这一举动最终为他赢得了暗恋对象苏莹的爱，体现出他与苏莹爱情的道德内涵。

杨启迪具有多重文化身份，感情根底是乡村文化的，血液思维又是城市的：“他自己对农村的感情要比其他的同学深厚——他从小就跟外祖父外祖母在乡下生活，直到高中那年两位老人家先后殁了，他才来到省城当印刷工人的父母身边，因此他习惯而且也喜欢农村生活。虽然他也想回城市去找一个他更愿意干的工作，但在农村多待一年两年并不就像有些人那样苦恼。拿马平的话来说，他基本上是个‘土包子’。他承认这一点。”①在城乡文化交织下，杨启迪的爱情道德化特征就成为内在的特征，说明杨启迪的爱情是在传统文化价值观下的爱情，深深植根于土地（母亲）怀抱中。

同样是中篇小说，《人生》《黄叶在秋风中飘落》《你怎么也想不到》运用固定叙事模式表现人物，高尚人格是如何获得自己爱情，或者相反，卑鄙人格的人是怎样失去自己的爱情。

中篇小说《人生》中高加林背叛了刘巧珍，人格上是不道德的，正因如此，在进入城市后他的爱情和事业最终都是失败的。小说以一个惩罚式爱情叙事模式表明高加林与刘巧珍爱情的道德化特征。

中篇小说《黄叶在秋风中飘落》中，乡村教师高广厚因为具有优秀的人格，他的爱情是美满的。他本身就是一个具有奉献精神的教师，同时他又具有农民特有的品质：老实、能干、勤劳、质朴、正直、善良、木讷却痴情。他很聪明，能够发表教育论文。最后他的妻子刘丽英还是回到了他的身边，他仍然获得幸福爱情。这样的叙事说明：只有良好的人格才能获得良好的爱情，使刘丽英和高广厚、卢若华的爱情具有道德化特征。小说叙事者借助县教育局副局长卢若华的妹妹卢若琴表达强大的道德批判：

“‘你不道德！你诱惑了丽英！’……‘是的，你没违法。但不道德！’……而且又一次很冲动地说：‘这样做确实有些不道德……’”②

这样设置表明路遥具有很强烈的道德化的创作观念。在此部小说里路遥倾注了强烈的乡村情感，拥有道德优越性的乡村成为主人公最好的归宿。路遥又一次成功地将自己心灵深处对乡村和传统文化的母性化依恋，

---

① 路遥．夏［A］//路遥文集（二）［M］．西安：陕西人民出版社，1993：344-345.

② 路遥．黄叶在秋风中飘落［A］//路遥全集·中篇小说［M］．广州出版社，太白文艺出版社，2000：382.

借助小说爱情叙事艺术地表达出来。

中篇小说《你怎么也想不到》中郑小芳和薛峰只有具备坚持人生理想、回报家乡的高尚人格，才能获得良好的爱情和事业，否则爱情和事业就会失败。两个人一开始对自己贫穷的故乡拥有深深的依恋，甚至两个人将回报故乡这个人生理想作为爱情的誓言，成为爱情的根基。他们对乡村充满了母性化的依恋：

“我承认我是个乡下佬。我热爱我们的乡下，正如城里的人热爱他们生活的城市。一个人总有一条根深深扎在某一个地方。”①

“说实话，我从内心里看不起我的有些同学。他们虽然来自乡下，却鄙视乡下。我平时很反感他们鄙薄自己的家乡，这正如一个人谈论自己的父母的缺陷会引起别人的反感一样。”②

“作为一个农民的儿子，我对故乡的山水和那里的乡亲永远抱有深情，我一直无法割断我和这一切的感情联系，总想不管怎样，我还是回到他们中间去。”③

“这是我们的土地，祖国的土地，这难道是高调吗？如果因为贫困而荒凉，我们就不要它了吗？正如我们的父母因为他们贫困甚至愚昧，我们就不承认他们是我们的父母亲吗？难道承认他们是我们的父母亲，就是一件丢人的事吗？我们因此就可以逃避对他们的责任吗？”④

他们的爱情和乡村土地有着血肉般的关系。路遥将两位主人公选择回故乡还是留在大城市，变成了对乡村支持还是背叛的价值选择。薛峰选择在大城市工作就是不道德的，人格就是卑鄙的，也是悲哀的：

---

① 路遥.你怎么也想不到［A］//路遥全集·中篇小说［M］.广州出版社，太白文艺出版社，2000：473.

② 路遥.你怎么也想不到［A］//路遥全集·中篇小说［M］.广州出版社，太白文艺出版社，2000：474.

③ 路遥.你怎么也想不到［A］//路遥全集·中篇小说［M］.广州出版社，太白文艺出版社，2000：474.

④ 路遥.你怎么也想不到［A］//路遥全集·中篇小说［M］.广州出版社，太白文艺出版社，2000：601.

“一种从未有过的悲哀和伤痛漫上了我的心头，就像看见一种可怕的疾病缠在自己的亲人的身上。”[①]

“在我看来，一种有害的东西已经渗入了他的意识。那天在水渠边，我发现他的眼睛都有点混混浊浊的样子。这多么叫人害怕，叫人难过。我知道，这样下去，他说不定将来会变成一个投机钻营、玩世不恭的市侩！”[②]

薛峰最终在城市中的爱情和事业都失败了，他精神堕落，不得不回到乡村土地。小说叙事者借助郑小芳对背叛理想的薛峰做道德化批判：“人，应该永远追求一种崇高的生活，永远具有为他的同类献身和牺牲的精神……假如有一天，全世界每个人都坐在了火箭上，够先进了吧？但火箭上的这些人已不再是真正的人，而是狼或者狐狸，那这种先进又有什么意义呢……”[③]这样，薛峰和郑小芳的爱情具有了道德化特征，隐含了对乡村土地的母性化依恋。

长篇小说《平凡的世界》中孙少平、孙少安兄弟因为具有良好的人格，他们都获得美好的爱情，相反，如果没有良好人格最终爱情一定是失败，郝红梅就因为人格不道德而导致爱情经历是曲折的。

孙少平、孙少安兄弟都拥有良好的人格，具有良好的道德操守。他们对乡村充满了感情，为人行事都符合传统文化伦理。孙少平因为具有良好的人格，他的爱情一帆风顺，他首先得到田润叶的爱情，可是在现实巨大差距下，他拒绝了。他去山西找对象，结果很幸运地遇到了贺秀莲，并赢得了她的爱情。孙少安的事业也是顺利的，最终他的砖厂生意兴隆。

孙少平在人格上坚守乡村基本价值观：“在家里，他敬老、尊大、爱

---

① 路遥 . 你怎么也想不到［A］// 路遥全集・中篇小说［M］. 广州出版社，太白文艺出版社，2000：483-484.

② 路遥 . 你怎么也想不到［A］// 路遥全集・中篇小说［M］. 广州出版社，太白文艺出版社，2000：503.

③ 路遥 . 你怎么也想不到［A］// 路遥全集・中篇小说［M］. 广州出版社，太白文艺出版社，2000：601.

小；在村中，他主要是按照世俗的观点来有分寸地表现自己的修养和才能；人情世故，滴水不漏。”[①] 他始终对自己家乡具有宗教般的信仰：“窑洞的好坏，这是农村中贫富的首要标志，它直接关系一个人的生活尊严。……在农村箍几孔新窑洞……但对我来说，这却是实现一个梦想，创造一个历史，建立一座纪念碑！这里面包含着哲学、心理学、人生观，也具有我能体会到的那种激动人心的诗情。当我的巴特农神庙建立起来的时候，我从这遥远的地方也能感受到它的辉煌。”[②]

孙少平具有农民基本的品格，坚守传统的文化价值观。他的人格是优秀的，因而他的爱情和事业也是顺利的。他与城市女孩田晓霞的爱情就包含了道德化特征，显示了乡村和传统价值观。

郝红梅因为偷手帕，人格是不道德的，这决定了她的爱情痛苦而曲折的。首先顾养民因为她的不道德人格而拒绝了她，后来她结婚，丈夫又早逝。她的痛苦爱情经历说明一个人必须具有良好的人格，才能获得美好的爱情，优秀的道德操守是爱情的基础。

以上说明，优秀人格决定爱情的叙事模式不仅表明爱情具有道德化特征，更显示了路遥对乡村文明和传统文化的母性化眷恋。无论孙少安，还是孙少平，对乡村世界的怀恋成为他们内在的情感基调。

综上所述，路遥小说中的爱情具有丰富的文化内涵，且大都处在独特的文化空间，即城乡文化交织带中，城乡文化差异成为爱情悲剧的源泉。路遥对传统母性和乡村的依恋，造就了其小说的“母性化”和道德化特征。

① 路遥.平凡的世界·第一部［A］//路遥全集·长篇小说［M］.广州出版社，太白文艺出版社 2000：440.

② 路遥.平凡的世界·第三部［A］//路遥全集·长篇小说［M］.广州出版社，太白文艺出版社 2000：81.

第三节　路遥小说爱情叙事特征的文化渊源

路遥有着特别的以恋母为核心的自卑加自信主体心理机制。路遥童年时便离开亲生父母，被过继到伯父家，这个突然的变故让路遥幼小的心灵充满了孤独和漂泊感。这样的处境形成他恋母的心理核心。因为童年的母性关怀是一个人获得良好生存自信的心理基础，可是路遥的心理基础是不稳固的。虽然在人生的头七年与自己的亲生母亲在一起，可是巨大的变故使他进入一个陌生家庭，他幼小的心灵更加渴望母爱。路遥的伯母全身心地爱着路遥，幼小的心灵获得了母爱的补偿，于是更加强了路遥对母亲的眷恋。而且，任何男性天生具有恋母情结。正是这两方面的影响，路遥幼小的心灵具有很强的恋母心理。

少年时期是形成健全心理和价值观的关键期，可是路遥的少年时期生存条件十分恶劣，物资极度匮乏，简单的“吃”都不能满足，饥饿时常伴随他，路遥少年更是因为贫穷而受尽侮辱：

“庭长说了路遥上中学时的一些事情，较之向彬老师谈到的，这些事情更加悲惨，更令作为朋友的我伤感。庭长说，路遥通常总没有吃的，看见谁手里有个馍馍，于是一把抓过来，待那同学来抢时，路遥就给馍上吐两口唾沫，同学来抢，路遥便就着自己的唾沫将这半个黑白馒吞下。庭长说，班上有一个同学，家境好一点，口袋里时常有馍吃，于是就用这馍逗路遥。他说：'王卫国同学，你学两声狗叫，我将这馍给你吃！'路遥于是学两声狗叫，这同学又说：'我将这馍掰成蛋儿，往空里扔，你用嘴接！'路遥又答应了。于是，在延川县立中学的操场上，便演出了这一幕，一个人不停地向空中扔着馍蛋儿，一个人用嘴去接，接一次学两声狗叫。这大约是人类最悲惨的一幕图景。"①

这样的生存条件下，极容易扭曲人的心理，路遥脆弱而敏感的心理很快转变为自卑心理。但是路遥在苦难的人生中，形成了强大的精神自救力量，他超越了自卑，获得了自信，他在艰苦的生存环境下形成心理自救力量。况且自卑本身是促进人更好生存的反面推进力量，极度的自卑也可以转变为极度的自信。奥地利心理学家阿德勒认为：

"我们每个人都有不同程度的自卑感，因为我们都发现我们自己所处的地位是我们希望加以改进的。如果我们一直保持着我们的勇气，我们便能以直接、实际而完美的唯一方法——改造——环境——来使我们脱离这种感觉。没有人能长期地忍受自卑之感，它一定会使他采取某种行动，来解除自己的紧张状态。"②

路遥痛苦的人生经历形成了以恋母为核心的自卑和自信的两极化心理机制。在这样的心理机制下，路遥小说的爱情叙事形成两个特点：一是小说中的爱情男女面对乡村土地充满了母性眷恋；二是小说中的爱情男女面对城市，产生自卑心理，尤其乡村男性面对城市女性，敏感而自卑，面对乡村女性却充满了自信。两种爱情态度最终都指向恋母（土地）这个心理核心。

---

① 高建群 . 关于路遥两三事［N］. 教师报，1996-03-17.

② （奥）艾 · 阿德勒 . 自卑与超越［M］. 北京：作家出版社，1988：46.

一、童年—恋母—乡村—自信

人的童年经历对其一生有着决定性的影响，成年心理模式都是童年基本心理模式的发展和演变，这成为我们考察一个作家心理和他创作关系的最佳途径。我们从作家的童年经历中，尤其是童年对作家造成心理创伤的事件来看作家基本心理特征，然后探讨作家心理与创作的关系。

我们正是从这样的角度看路遥的主体深层心理及其创作的微妙关系，从中厘清路遥小说爱情的“母性化”“道德化”叙事特征与作家主体心理的关系。

路遥小时候生活在一个陌生而非亲生父母的家庭中（在7岁时因为家境困难被过继给住在延川县乡村的伯父王玉德家），“这种生存空间的强制性迁移，势必在路遥的童年心理中产生恐惧、忧虑乃至被遗弃的情结，使他成为失去家园的精神上的漂泊者”①。这样“路遥正在展开的人生，也一直处在多重意义的流动之中。初知人事，命运就强制地将他从一个熟悉的文化社区移栽到另一个陌生的生存环境。不安宁的、没有童话的童年，使他获得了适应动态生活和复杂现实的能力”。②

“出于贫困而离开生身父母，这种‘过继’便征兆着他在心理上漂泊、流浪、独立。同时也是自卑、压抑、超越的开始”③，形成了路遥对母爱巨大的渴望和依恋。他虽然拥有强烈斗志和征服欲，但是内心极度渴望母性的安慰。

路遥艰苦而复杂的城乡交叉生活经历使他一生都处在多种文化交混区，导致他的心理机制具有多种文化背景，使他的小说包含丰富的文化含义。路遥出生地陕北，是“中华民族的主题文化和次生文化、异质文化形成我们民族文化的混交林带，构成了一种全息性和流失性相结合的特异色

---

① 宗元．魂断人生——路遥论［M］．上海：上海文艺出版社，2000：53.
② 畅广元．神秘暗箱的窥视［M］．西安：陕西人民教育出版社，1993：187.
③ 畅广元．神秘暗箱的窥视［M］．西安：陕西人民教育出版社，1993：30.

彩。……是我国文化地图上典型的次生林和混交林板块，既属于民族文化的主流域，又是文化的一块边地”。[①]随后路遥由乡村进入城市，“……他以超乎常人的加速度，由蒙昧进入农业文化，由农业文化区进入城市文化区，直至投身进现代世界的文化大潮中……他在泊漂的生涯中作精神的旅行”。[②]这就决定了路遥一生都在各个文化区（城市和农村，传统与现代之间）漂泊，成为一个既热爱自己乡村、坚持传统文化又走向城市、追逐现代文明的流浪者。

路遥艰苦童年经历形成他坚强而渴望母性怀抱的心理机制，但是多重文化层次交织下的人生经历，导致他一直在自我放逐中让灵魂变得孤独。在潜意识里，路遥是多么渴望母性抚慰（两方面：心理上渴望母爱，文化上充满了对乡村文明和传统文化的赞美和坚守），可这多么艰难。他一生艰难地追寻心理和文化上的母性（主要是文化的）港湾，坚守乡村和传统文化的价值立场，可是他永远都走在艰难的回归路上，在城乡文化交织中路遥走向了乡村。恋母心理导致他的小说叙事始终指向乡土和传统文化，出身乡村的青年，对乡村和传统充满了感情，对乡村女性母性般的爱充满渴望。

为了实现自己的人生价值，路遥积极地追求权力。“文革”期间，他是延川县叱咤风云的造反领袖，20 岁时成为县革委副主任。但是他有职无权，并受到审查。巨大的权力争斗给他带来了虚荣的满足，但是被历史捉弄的命运，使他深深陷入了孤苦无奈的落魄境地，使他的灵魂更加痛苦，心灵渴望母性化般安慰，渴望回归乡村。于是路遥的灵魂深处成为沸腾的地心，各种生存焦虑互相缠绕，一方面回归母爱温暖港湾（包括心理和文化），渴望心灵的宁静，坚持对乡村和传统赞美。另一方面他始终都在城乡文化交织带中漂泊，一生都对灵魂的安息之所——乡村这个母性港湾充

---

① 畅广元．神秘暗箱的窥视［M］．西安：陕西人民教育出版社，1993：186–187.

② 畅广元．神秘暗箱的窥视［M］．西安：陕西人民教育出版社，1993：186–187.

满了依恋。他虽然用文学给自己营造了一个看似能够寄托他心灵的世界，可是文化空间的漂泊使他无法摆脱深入骨髓的孤独感。这种孤独感极大加重了他的自卑心理。

路遥在生命最后时刻仍然渴望母爱："直至他离别人世的 1992 年 11 月 17 日凌晨 4 时病重即将昏迷之时，他……说'爸爸妈妈还是离不得，爸妈……最亲……'"[①] 路遥内心深处对母爱的渴望成为他的潜意识，造成了他对母爱持续的回归和眷恋，形成他对土地、乡村持久的赞美，这不仅是他心灵深处的母性温情的渴求，也是他创作的文化动力源泉。

路遥是"农裔城籍"（著名评论家李星最早提出）作家，他一生都在乡村传统文化和现代文化夹缝中苦苦挣扎，心灵永远都是孤独而矛盾的：回归乡村和传统、向往和游离于现代城市文明同在。这样，在路遥的爱情故事中经常看到的是无法摆脱的苦难，主人公在生活的压力和打击下，一次次走回自己的乡村土地，形成一个螺旋式叙事轨迹，这个怪圈是复杂多样的，形成路遥小说爱情叙事固定模式。他的爱情故事中不论男主人公还是女主人公，都对生活有着炽烈而真挚的爱，可是在爱情故事内核里却是浸透到骨子的孤独无奈，这种巨大孤独感导致人物对母性化爱情的渴望。

中篇小说《人生》中的高加林因生存条件的变化导致爱情是漂泊无定的。当他被迫回到乡村后，他与乡村姑娘刘巧珍相爱了。他表面上是爱（当然不否认他的真情），可这爱包含了高加林失落后渴望用爱疗救心灵伤痛的懦弱动机，为他与刘巧珍的爱情悲剧埋下了痛苦的种子。为什么？他想用刘巧珍母性般爱情安慰自己受伤的心灵，给自己生存的自信。

高加林高傲而自信的倔强个性，决定了他一有机会就会背叛给他真爱的乡村女性刘巧珍，奔向城市，追求城市女性黄亚萍。表面上他是带着巨大的优越性离开乡村，走进城市，可是在城市里，他无法自信地主导自己进而主导这个世界中的一切。他带着脱离乡村文化母体的血腥味，用倔

---

① 航宇．路遥在最后的日子［M］．西安：陕西师范大学出版社，1993：76.

强的个人奋斗投奔城市，征服城市，可是他永远都是城市的边缘人，处于二等公民的地位。他永远都是一个文化流浪儿，自我放逐的同时也为别人放逐。他可以用自己的个性和能力赢得城市女性的爱情，却被城市文化所蔑视。他因为背叛了养育他的乡村世界，失去了传统文化根基，内心是极度自卑的。高加林痛苦地感到在城市中不自主的地位，他没有任何的优越感，更多的是文化劣势带来的屈辱感。他是一个痛苦的文化复合体，既是乡村的又是城市的，既是传统的又是现代的，既是漂泊的又是渴望回归的。他在本质上无法摆脱乡村文化母体，思想上仍然是传统的，内心深处仍然渴望乡村土地母性怀抱，孤独、漂泊、回归同在。

长篇小说《平凡的世界》中孙少平始终都在灵魂的煎熬中去追寻自己的人生，是一个受难式人物。他将自己放在劳动磨难中来升华，在与精神导师田晓霞思想交流碰撞下，他在精神上实现了由乡村走向现代的转变过程。他既坚持传统价值观，又拥有现代眼光，对自己的乡村土地充满了感情。他和田晓霞的爱情建立在对乡村文明和传统文化价值观认同的基础上。当爱情悲剧发生后，孙少平对乡村和传统价值观固有的坚守，导致他回到城乡文化交织下的矿区，与农村妇女惠英嫂一起开始新的生活。

路遥和他心爱的人物形象在心灵上是相通的。路遥对母爱强烈的渴望影响了他的创作，造就了他小说爱情的母性化叙事。路遥以恋母为基础，形成了母性化爱情叙事的主体心理机制。在这样的心理机制下，路遥坚持乡村和传统文化的价值观，造就了各个爱情故事的“道德化”叙事特征。

二、中（青）年—恋母—城市—自卑

作家自身情感经历会潜移默化地主导小说爱情关系处理，影响作家小说爱情叙事。古今中外文学史上类似的佳话不少：歌德因为自己的失恋，写出了世界著名小说《少年维特之烦恼》；徐志摩因为与林徽因、陆小曼痛苦而复杂的爱情，写出了让人为之心醉的诗歌。当然有些作家的个人感情经历不是那么直接地影响他的创作，但是在作品中我们会曲折地看到作者个人情感体验的痕迹，甚至在作品中发现作者自己都没有发现的深层的无意识，从中探讨作家情感经历对小说爱情叙事的影响。

路遥的感情经历是痛苦的，我们可以在路遥小说爱情叙事中分析路遥青（中）年情感经历是怎样影响小说爱情叙事的。“仔细阅读路遥的小说，不难发现，作家的初恋以潜在的形式流散到他对人生感情与审美意识之中。”①

路遥个人的爱情经历艰难而曲折，情感体验复杂。他的两个女朋友（林琼和林达）都是插队的北京知青。他与第一个知青林琼的认识开始于风云迭起的“文革”：

“工作组里的另一个成员是北京插队的知识青年林琼，这个姑娘，善歌善舞，活泼美丽，王卫国对她十分的倾心，而林琼对他的才华人品也颇有好感，两人的关系便逐渐密切起来。”②

两人都倾慕对方。路遥喜欢林琼的才智而林琼则欣赏他的强力个性。后来由于林琼对路遥的误解，他们的感情走向分裂。

“林琼对王卫国停职审查的事情并不十分清楚，或者说并不十分在乎。她只是写信给内蒙插队的女友征求意见，想不到那位女友不等林琼同意，便代写了断交信给王卫国：林琼的家人不同意你与她的事，趁早死了这份心吧，你和林琼的事情已经结束了……”③

这对他的打击是深刻的，甚至想到自杀。后来路遥认识了林达，他们热烈地相爱：

“在林琼姑娘插队的地方，还有一位姓林的北京女知青，那就是清华附中的学生，叫林达……升任通讯组组长的曹谷溪，把在公社担任妇女专干的林达调到自己的通讯组里当干事，介绍她与路遥认识，他说路遥有多

① 宗元．魂断人生——路遥论［M］．上海：上海文艺出版社，2000：17.

② 晓雷．男儿有泪——路遥与谷溪［J］．延安文学，2000（1）：15.

③ 晓雷．男儿有泪——路遥与谷溪［J］．延安文学，2000（1）：17.

聪明，多有骨气，多有才气……”[①]

“也许是路遥从林达身上看到了昔日林琼的影子，她们有着同样的成长背景与环境，有着女知识青年的特殊气质，或者，更多的是因为林达的开朗、诚挚和干练，使得路遥重新燃起了一种希望的火花，他开始觉得不断有话要向这位北京姑娘倾吐。……对于路遥来说，那是一个落难公子遇到了京城来的多情公主；对于林达来说，那是一个白雪公主遇到了自己的白马王子。失去县革委会副主任职务与林琼姑娘的恶梦已经成为过去，路遥经历了一段感情由破碎到整合的过程，重新变成了一个闪烁着幸福光芒的路遥，他要向世人宣布他与另一个姓林的北京姑娘罗曼蒂克的故事。”[②]

“林达取笔名程远，路遥与程远语意恰成对偶。林达不仅点燃了路遥心中的爱情之火，使他对理想充满坚定的信念，而且，这位富有传统美德的女子，在路遥上大学期间，用自己嫩弱的双肩，全力支撑起他和他贫困的家庭。”[③]但是后来“当路遥最终与林达结婚以后，两个人的情感生活似乎在很长时间内处于不稳定的状态中；甚至出现了严重的情感对峙等情况。路遥在去世前，已经着手办理与妻子林达的离婚手续了。这种直接的日常生活体验不会不给作家以影响”[④]。在创作《平凡的世界》的过程中，他们的爱情和婚姻名存实亡，路遥唯一的支撑就是自己的女儿。不过路遥始终在努力挽回他们的爱情，在生病入院前都在装修自己的房子，希望和妻子女儿团聚。可是最终悲剧发生了，在重病期间，林达与路遥离婚了。这或许是路遥最受打击的事情。虽然在路遥去世后林达充满了忏悔，但是两个人爱情婚姻以悲剧结束，这悲剧要比孙少平和田晓霞爱情悲剧更让人深思。

路遥在极度自卑心理基础上形成了强烈征服感的性格造就了他男权式

---

① 晓雷．男儿有泪——路遥与谷溪［J］．延安文学，2000（1）：18.

② 晓雷．男儿有泪——路遥与谷溪［J］．延安文学，2000（1）：22.

③ 宗元．魂断人生——路遥论［M］．上海：上海文艺出版社，2000：17.

④ 石天强．断裂地带中的精神流亡——路遥小说中的空间结构、人物形象及其文化意义［D］．北京师范大学，2001.

爱情观。路遥卑微的出身和自卑心理机制，使他一开始就将林琼和林达城市女孩子的爱纳入了征服城市文明获得高级社会地位的人生功利性目标中。他内心深处以获得城市女性的爱情来证明自己的生命价值，从而克服自身因乡村出身而产生的自卑心理，获得生存自信。这样富有功利性的爱情，是私人价值欲望的满足，根本不是建立在尊重异性的基础上。路遥的潜意识里没有明白：爱是在尊重对方前提下平等相爱。路遥无奈而不自觉地步入了自己设下的价值心理圈套——用高昂的斗志和牺牲精神征服城市女性，从而彰显自己的生存价值。他用此心理机制来支配自己感情，可是“成熟的爱是保存个体完整、保存个性的结合。爱是人所具有的一种主动力量……爱既使人克服寂寞孤独之感，又允许人保存自我、保存各自的完整。……两人融为一体，但同时又不失去自我”。[①] 毕竟真正的“爱不是一种被动的情感而是一种主动的行动；……它可以概括地表述为主要是给予而不是接受”。[②] “除了给予这基本要素外，爱的主动性特征还明显地包含有其他一些基本要素，它们对于爱的所有形式都是共同的。爱的要素是关怀、责任感、尊重和理解。……爱就是对为我们所爱之生命及其成长的主动关怀。关怀和操心还包含着另一要素，即责任感。……如果没有尊重，责任感就很容易蜕变为支配欲和占有欲……尊重意味着对他人按自我意志生长和发展所抱的关心，因而它毫无利用之意。”[③] 可是路遥在深层心理机制上却是将爱情视为一种可以征服，用它作为满足自己价值需求的工具，这是在利用爱情。同时路遥将自己的爱情功利化，在潜意识里是以自我为核心的爱情观，是不尊重和不理解对方的爱情观，这样的爱情观只能导致爱情和婚姻的失败。

---

① ［美］埃里希·弗洛姆.爱的艺术·第二章　爱的理论［A］//弗洛姆著作选集——人性·社会·拯救［M］.黄颂杰主编.上海：上海人民出版社，1989：325.

② ［美］埃里希·弗洛姆.爱的艺术·第二章　爱的理论［A］//弗洛姆著作选集——人性·社会·拯救［M］.黄颂杰主编.上海：上海人民出版社，1989：325.

③ ［美］埃里希·弗洛姆.爱的艺术·第二章　爱的理论［A］//弗洛姆著作选集——人性·社会·拯救［M］.黄颂杰主编.上海：上海人民出版社，1989：328–329.

由于路遥自身在潜意识上是保守的，仍然是传统文化心理，因而在爱情观上是保守的男权观，男女两性关系是夫唱妇随的关系。路遥保守的爱情观给富有女性自立意识的林达巨大的压抑和打击。毕竟林达是在富有个性的城市文化环境中长大的，拥有独立而自尊的个性，更有敏感而坚强的人格。因此他们在生存价值观上是矛盾的，一个是传统乡村价值观，一个是现代的价值观。这样在长久的生活中，林达就会因为路遥无意识中表现出来的男权意识而反感，结果导致整个感情大厦坍塌，婚姻失败。

此时最痛苦的是路遥，最难为的也是路遥。他是一个接受了现代文明的知识分子，能够用现代理性态度清醒地批判自己。可是他毕竟是在乡村环境中成长起来的，他的潜意识无法摆脱传统，以男性强权意志为内核的性格更是强化了他身上传统价值观念，于是他与林达的矛盾是不可避免的。

路遥童年痛苦漂泊，少年艰难和屈辱，青年荒唐权力争斗和苦涩的爱情，中年无奈而悲伤的婚姻，这一系列的遭遇增强了他对母爱的渴望，期望一种母性化的怀抱。正是在这样的情况下，路遥的小说形成了以土地（母亲）为核心的叙事特征，也导致了爱情叙事的传统道德化特征。

路遥借助作品来对自己出身和经历做出艺术化处理，可是在小说中不自然看到了路遥敏感地维护着农村出身的人物形象，尤其是乡村青年。这是对自身的艺术升华，却又是偏隘的。路遥用自己的创作来升华脆弱而自卑的心灵，最终实现自我超越，赢得尊严和价值。他更是用自己强悍的个性获得北京知青的爱情从而实现对自己卑微文化出身的提升。“在爱情上执意追求北京知青，其潜在的意识正是因出身卑微，却偏要出人头地，与城里姑娘联姻，借此进入到人生的较高层次。”[①]

正是在这样的心理机制下，路遥小说乡村男性都被城市优秀女性环绕。《人生》中高加林被城市优秀女性黄亚萍所爱；《平凡的世界》中孙

---

① 宗元. 魂短人生——路谣论［M］. 上海：上海文艺出版社，2000：56.

少平被城市优秀女性田晓霞所爱。她们都是全身心地爱着这些乡村出身的男人。这样的爱情叙事设置的背后是路遥对自身爱情和婚姻悲剧升华的需要，以此来证明自己富有功利性爱情观的合理性和正确性。

路遥始终在用各种方式来克服自己往日的屈辱，实现对自卑心灵的超越。他一生都在孤独中走过，心灵始终都在回归乡村土地这个母性港湾，渴望母性的抚慰。他用自己富有吸引力的文学创作重新建构自己过去的生活，让自己的过去拥有虚幻的理想和美丽的色彩。这样将自己艰难的生存经历升华，更让自己生命拥有丰富的艺术价值，给予自己心灵安慰。

路遥小说中的爱情始终在传统和现代之间徘徊，但给理想爱情以传统伦理化的关照，最终都以回归乡村土地为结局。这一切都与路遥对传统文化的认同是分不开的。

中国传统文化是在农业文明中孕育、历经五千年成长起来的。乡村是它赖以生存的基地，传统文化同乡村的经济、政治、血缘、宗族紧密结合在一起。中国很早就进入了农业社会，农耕经济是整个社会的基础，与该经济相连的各种文化思想就此产生。

传统文化是中国人获得基本人生态度的文化源泉。中国人始终认同的是道德伦理，用道德伦理支配自己，将生活道德化处理，道德成了人们的核心人生态度。

中国以仁爱为核心的伦理价值观慢慢渗透到人们的内心深处，所以中国文化以人情为主。人情极大缓和了人们之间因为礼教的压抑而造成的窒息感，人们在互相扶持、互相关怀中获得心灵慰藉。建立在“君君、臣臣、子子、夫夫”伦理关系上的传统文化，始终都在寻找合理的心理依据，最终“孝”成为首要的心理依据。人必须先有“孝”而后“治国”“平天下”，传统文化的一切伦理都源于对母性依恋的集体无意识。

路遥出生在陕北农村，他的文化生命是在传统文化的滋润下形成的，其内心对乡村和传统文化怀有天然的认同感。人格形成的关键时期——儿童和少年时期，路遥都是在农村中度过的。在世界观方面，路遥虽是一个具有现代视野的知识分子，但在文化心理和韵味上仍然坚持乡村传统的立场，这决定了路遥的审美是以传统文化为主要内容的。

路遥对传统伦理的认同，极大地影响了其小说的爱情叙事风格，即具有温柔敦厚、质朴纯真、道德化的艺术特点。他的艺术力量来自乡村土地，艺术之魂紧紧拥抱着传统。路遥脚踩着乡村土地，用他忧郁而传统的眼光审视他的创作。

路遥小说中的爱情是在乡村和城市、传统和现代的碰撞中产生的，绽放出绚丽的色彩。人们在道德和欲望、感性和理性的矛盾中体会着爱情艰难，良心和道德成为最美好的爱情标准。路遥小说中的爱情都以个人对情感、家庭的背离为起点，其中经历了艰难的个人苦难，最终又回到了起点，这充分展现了现代爱情无法摆脱传统文化的枷锁。

路遥运用惩罚式的爱情叙事来说明爱情必须建立在道德伦理的基础上，否则就是失败的。此外，路遥的小说深刻展现了斑驳陆离的人生世相，对当代中国人如何完成个性成长，作出了符合民族文化心理的回答。路遥的小说也对中国传统文化作了深刻的剖析，表现了中国人在走向现代的过程中，不能背叛传统文化，尤其是道德伦理。

第四节　路遥小说爱情叙事独特性

一、路遥与中国现当代文学作家的“乡土情结”

路遥出生在农村，工作在城市，是典型的“农裔城籍”作家。中国现当代文学作家大多都是“农裔城籍”作家，他们身上都有着浓厚的“乡土情结”。

路遥的“乡土情结”极大影响了其小说的爱情叙事，导致小说中爱情男女对乡土拥有深厚的感情，形成独特的大地意识。大地是使一切孤独灵魂获得力量的母亲，具有重要的生命意义。所有人对土地充满了宗教式认识、向往和追问。

路遥小说的大地意识富有历史感，由中国传统理性支配，具有现实感。人们在现实中体味各种苦难，在苦难的压迫下走向大地，获得新的自我认知。路遥小说的大地意识融入平凡的现实生活中，人们在苦涩而真实的生活中走向了一个更能容忍和自由的境界。面对生活的压迫，人们不是选择逃避，而是选择承受。面对大地，一切苦难的个体都获得了新的生存体验。这种对世界富有理性且宗教式的看法，极大增强了路遥小说的普世关怀。

乡土给人们带来母性般的温暖，让生命在面对苦难时更加坚强，承受苦难成为生命的色彩。因为人们对世界和个人拥有宽容的理解，世界的一切都拥有了人情味。人们因获得彼此的关怀和宽容，生活也变得更加豁达与从容。

中国社会自进入现代的那一刻起，就由乡村走向了城市，一步步脱离大地，走向无尽的物欲追求的过程。然而，中国社会拥有超稳定的结构，乡村和传统文化始终是人们基本的生存环境，人们都具有浓厚的乡土和传统意识。在乡土和传统的支撑下，中国人获得生存价值观；可在中国走向城市化、现代化过程中，人们不得不违背自己生存的价值之本——传统，远离乡村和土地。现代作家用自己手中的笔和富有理性的眼光，表现中国走向现代之路的艰难，揭示人们痛苦的心灵，给人们以理性的思考。

早期的现代作家多表现乡村和传统的愚昧与落后，剖析乡村和传统给人们造成的精神与生命的迫害。

鲁迅的视野是深刻的，他没有简单否定传统、肯定现代，而是充满了怀疑和反思，将他在现代和传统之间徘徊的痛苦与孤独表现出来。鲁迅没有用乡土这个客体作为寄托，因为他对传统和现实都充满了怀疑，唯一坚信的就是孤独地行走。他始终都在行走中，不要任何的寄托和支撑，只是行走。这种未完成的状态正是追求现代最恰当的表现，因为走向现代始终都是一个未完成的行走式的过程。

废名和沈从文的小说，多表现城市文明对乡村文明的压迫，反映了城市现代文明和乡村传统文明之间的冲突。他们更多的是将城市作为一个恐怖的欲望客体来描写，乡村中美好的文化被一点点侵蚀，最终走向可怕的混乱。他们对乡村和土地都拥有深刻的母性眷恋。但同时，他们对乡村有着太多的赞美，因而没有反映出当时乡村的本真状态。

艾青的诗歌将乡村和土地作为革命依赖的客体来描写。艾青对乡村和土地缺少充分的现代理性关照，土地只是他抒发革命情感的寄托物，也是抗争一切灾难的根基。艾青对土地的革命性情感中包含了丰富的现代体认，这是和以鲁迅为代表的现代作家共通的地方，正是拥有了这样的认识，他的诗歌才具有现代意义。

当代作家在新的历史条件下重新思考乡村和城市、传统和现代。

张炜的小说始终都在描写乡村原野，用“原野”这个意象表现他对大地的情感，表现个人的孤独。原野大地既是个体获得现代自由个性的根本，也是现代个体追寻生命本真的根本。面对生命的苦难，张炜小说中的人物选择的是心灵上的包容。现代个体在原野这个大地母体中，获得自身存在的意义。

路遥小说的独特性在于将乡村和传统作了更具社会性的解释，小说中展现的乡土情怀没有现代作家启蒙视野下的蔑视和做作，更没有当代作家过多的理想化色彩。

面对苦难，路遥的小说在传统文化和乡村大地的支撑下，作出了符合民族心理的选择——天命观。在这样的观念下，小说人物的人生轨迹大都呈螺旋状。在这样的人生轨迹背后，是路遥对乡土和传统的深情。路遥的乡土是奋斗者灵魂获得力量的源泉，在乡土的怀抱中，人们获得了宗教式认同。大地成为一切游走于传统与现代之间漂泊的灵魂的栖息地。可这样的情怀具有太多的现实理性，虽然契合了传统的天命观，但缺少了形而上的意义。因此，相较于鲁迅、张炜、莫言等现当代作家的作品，路遥小说的宗教情怀更多是基于对生存需要而产生的，缺少更深刻的现代性思考。

二、路遥小说爱情叙事与当代中国青年

路遥的小说之所以能获得当代青年读者的喜爱，是因为它暗合了当代社会群体的集体诉求。同时，路遥强烈的读者意识也是其作品赢得大众喜

爱的重要原因。当代青年因为路遥的作品而获得了对自身和社会更深刻的认识。

在城市化进程中，最突出的现实问题是“城乡交叉地带”的生存矛盾，路遥用自己的作品表现了这一矛盾，并用富有诗意的手法写出了乡村青年的苦难，给现实中的青年以精神支撑。路遥对乡村人群的理想化描写，极大满足了乡村青年的心灵需求。他的小说充满了对传统和现代的理性思考，这也引起了当代乡村青年读者的共鸣。

况且整个中国城市的身份也是“农裔城籍”，中国城市人员都渊源于乡村，尤其当代进入城市的广大青年和知识分子。中国城市具有浓厚的乡村化气质，因为出身乡村的人群是城市人群的主体。路遥小说的爱情叙事正是描写了由乡村平民转向城市青年的爱情，很容易获得当代城市和乡村青年的欢迎。

乡村青年是一个矛盾的集合体，既眷恋传统的生活和乡村价值观，又向往城市文明的生活和现代的价值观。路遥的作品无疑满足了他们的这种复杂的阅读心理。高加林和孙少平可以说是他们这一类都市知识分子的代表。他们可以在高加林和孙少平身上感受到过去向都市奋斗的艰难，也可以在他们身上寻找自身那份浪漫化的乡村价值观念，使自己在紧张的都市竞争中获得价值观念上的自信和坚定。

对于出身乡村的青年读者来说，路遥的小说可以给他们融入城市的信心。他们在阅读路遥作品中获得人生的信仰，实现自我超越。对于生活于乡村的青年读者来说，路遥小说的价值满足了他们对自己生活的欣赏和玩味，尤其爱情叙事极容易引起乡村青年的心灵想象。这也是为什么许多从农村进入城市的青年喜欢阅读路遥作品的原因，尤其是当代的大学生多喜欢阅读路遥作品。因为许多大学生都来自农村，他们想要知道在城市中如何处理好传统和现代这个矛盾，如何在不失去自身文化之根的前提下走向城市，进入现代。路遥的小说无疑给他们提供了形象化解答。他们可以从高加林和孙少平由乡村向城市奋斗的路程中获得借鉴。显然这样的阅读更多是生存实用理性支配下的阅读，不可否认的是这是当代路遥阅读现象背后的社会文化心理动机。当代读者对路遥小说的实用性阅读，反映了当代人具有中国传统的价值观念——实用理性价值观。在实利性阅读心理支配下，路遥作品成为当代读者经常阅读的作品。

路遥小说给当代中国人更多的是提供生存方法论的实用性价值，社会价值远大于本身的文学价值。当代读者可以从路遥的小说中获得生存方法论。路遥小说富有天命式的宗教情怀十分契合当代中国人的生存状态，给当代中国人应对人生苦难提供了方法借鉴。这样路遥小说体现的价值更多的是富有生存功利性的社会价值，因而获得了当代广大青年读者的喜爱。

为什么在 20 世纪 90 年代乃至当前，路遥的作品一直受到广大读者的欢迎？显然与当前人们矛盾价值观的境遇有密切联系。尤其是 90 年代以来中国文化氛围走向了平庸、保守、中正、坚实。于是在价值观上开始反思传统，考虑传统转化的现实可能性。当代中国在走向现代化的过程中，如何获得乡村与城市、传统与现代、个人与社会的平衡，建立新社会价值观，是一个十分矛盾和艰难的问题。无疑路遥的小说的新价值观为当代中国建立新的社会价值观提供了参考。于是在今天青年持续阅读路遥作品的现象中，体现出路遥作品社会文化价值。

在深入推崇文学自身和日益物质化的今天，路遥小说仍然获得了广大青年读者青睐，原因何在？读者的心理趋向是最好的答案。无论现实怎样变化，对个人的自信、对人生执着追求所需要的勇气是不可缺少的。路遥小说对出身低贱的乡村贫民青年作理想化演绎，表现了强大的个人意志。这种强大的个人奋斗意志给当代青年尤其是出身乡村的青年巨大的精神支持。青年读者从路遥小说获得精神鼓励，路遥小说成为当代青年的励志作品。

20 世纪 80 年代，整个社会和读者充满了对现实的思考和对未来的向往，是个性张扬、理性勃发的时代，读者的价值趋向是理性的思考。当时人们对未来现代化世界充满了个人英雄式理想追求，而路遥作品的平民化、个性化、理性化的价值趋向暗合了当时读者的心理需求。于是《人生》成为了时代心灵最佳共鸣作品。高加林的爱情获得了整个社会的关注，不论是读者还是社会上层、评论界都一致推崇。读者获得了强大的精神动力，社会官方文化可以用它引导整个社会的变革，评论界可以更好地展示新的文学法则。

可是现实总是变化多端，1985 年后评论界由于对文学自身形式的追求，路遥传统现实主义的创作被打入冷宫。可是路遥小说包含的无畏的个性追求和强大的理性思考，始终获得当代青年读者青睐。正是为了读者，路遥在为自己的扛鼎之作《平凡的世界》选择何种创作方法的时候，他选择了现实主义。因为他知道这是当代广大读者都容易接受的艺术手法："考察文学是否'过时'，目标应该投向读者大众。一般情况下，读者仍然接受和欢迎的东西，就说明它有理由继续存在……更重要的是，出色的现实主义作品甚至可以满足各个层面的读者，而新潮的作家还做不到这一点。"[①] 读者成了他创作的动力源泉。正是路遥始终坚持以读者接受为创作目的，从而保证了他的作品获得了当代读者尤其是青年读者的欢迎。

20 世纪 80 年代是中国走向物质化的时代，90 年代更是市场化时代，市场化摧毁了整个中国读者心灵固有的信仰。历史往往给人们上演喜剧，昨天曾经热烈向往的理想在今天就变得面目狰狞。80 年代人们对现代化社会有着热切企盼，随着中国社会深入变革，现代化进程在 90 年代逐渐变为社会现实。大众在现实中面临巨大的生存压力，在巨大的利益诱惑下个人逐渐偏离自我，个性逐渐在物质需求的挤压下扭曲变形。人们的心灵追逐于物质，逐渐孤独迷茫，信仰迷失，人格日益卑微。人在现代化的社会

---

① 路遥.早晨从中午开始［A］//路遥全集·散文·随笔·书信［M］.广州出版社，太白文艺出版社，2000：17.

压迫下成了失去良知的变异者。如何救治市场化、现代化造成的人格萎靡症？唯一的就是启蒙。20 世纪 90 年代又开始了对个性的追问，但是这次不同于“五四”时期和 80 年代初中期人们的个性追求，这次人们面对现实自觉抗争，是真正内心的迫切需要。当代青年需要富有理性和意志的小说，而路遥富有美好人格和强大理性思考的小说，正好符合当代青年心灵需求。青年在路遥小说中重新获得了个性追求的兴奋，更获得了抗争欲望的个体支撑——天命式的宗教情怀。于是路遥小说成为广大平民读者最好的精神读物，出身乡村的青年在阅读他的小说时获得了生存动力，自我心灵获得了坚实支撑力。

当代青年更是从路遥小说中一个个具有强烈生活责任感的人物形象中获得生存的鼓励，获得了应对生活苦难的勇气，尤其路遥的代表作《人生》《平凡的世界》中男主人公独特的人格魅力，给当代青年精神鼓励。

首先《人生》《平凡的世界》的主人公不论是高加林，还是孙少平兄弟，他们身上都有一种对任何困难不服输积极奋斗的精神。这种精神是当代青年获得自我，更好应对生存压迫的精神力量。高加林身上有不顾一切的奋斗精神，这就给予当代青年以坚强的精神支撑力。他这种为了实现自我价值而顽强奋斗的精神，成为当代青年人生追求的精神动力，高加林的人生追求获得了当代青年心理共鸣。

《平凡的世界》中的孙少安，他身上具有对生活坚定的信念，在任何生活压力下都坚定而执着生活，这样顽强的生活态度给当代青年巨大的精神鼓励。这是孙少安最吸引当代青年的人格魅力。在生活中，他不管遇到多少人生磨难，始终对生活充满了信仰和责任。他在简短的反思后，重新投入紧张的生活中，生活态度昂扬，使他最终成了生活的强者，实现了自己的人生价值，这给当代青年以巨大的精神鼓舞。

孙少平这个人物身上拥有高加林的坚定，但他没有高加林的浮躁。他拥有扎实而成熟的生活态度，自尊也爱人，具有朝气却不失稳重的气质。他是最有魅力的人物形象，他身上有着当代青年难得拥有的成熟魅力，他的人格吸引着当代青年，引起读者共鸣。

孙少平具有宗教般的生活信念，比他哥哥孙少安的生活信念多了一层哲理性色彩。他对生活的苦难富有宗教式认知，他渴望受难，更愿意用自己强大的个人意志去承受苦难，对苦难是乐观的：“我不是为了扬名天下或挖金子发财。不知为什么，我心里和身上攒着一种劲，希望自己扛着很重的东西，在一个不为人所知的地方，不断地走啊走……或者什么地方失火了，没人敢去救，让我冲进去，哪怕当下烧死都可以……”[①]从这段话可以看到孙少平身上富有乌托邦式青年激情，这种激情含有恒定的信念，具有宗教式的豁达。20 世纪 80 年代以来，当代中国信仰迷失，原来的信仰失落了，新的信仰尚未建立。往昔的富有革命理想主义信仰已成为可笑的历史陈迹，人们普遍处在精神失落的尴尬境地。于是孙少平身上这种富有牺牲精神的信念，极大地弥补了当代青年信念缺失，鼓舞了他们生存的勇气。正是如此，路遥小说获得当代青年持续不断的阅读，反映了当代社会文化心理。

路遥小说自诞生以来就成为中国当代文学和社会的一个独特存在。他的小说风格是现实主义，其独特之处是在城乡交叉地带中反映当代中国社会现实。路遥小说富有理想化的叙述态度，理性而执着的人物形象，悲壮而乐观的生存态度，苦难中不失坚毅的人生态度，这些都成为人们百读不厌的理由。正是拥有了这样的风格，路遥小说才成为当代最受欢迎的畅销书之一。

路遥小说中的爱情多是在城乡交叉地带中乡村青年的爱情。一个个出身贫贱的青年在经历了种种人生苦难后，获得了最浪漫最幸福的爱情。一个个优秀女孩围绕在他们的周围，奉献出一个个理想而浪漫的爱情。可是他们永远处在城市与乡村、现代与传统文化矛盾之中，面临巨大的文化价

---

① 路遥.平凡的世界（第一部）[A]//路遥全集·长篇小说[M].广州出版社，太白文艺出版社，2000：353.

值抉择的痛苦。由于现实和自身无法摆脱的文化劣势，他们在经历幸福而浪漫的爱情后，最终又回到与本身文化身份相符合的起点上，爱情经历了一个可笑却真实的圆圈式轨迹，仿佛生命是一个个轮回。这样无奈的爱情叙事背后是无法摆脱的城乡文化差异下的文化自卑，这也是当代中国生存现实状况中普遍存在的文化现象。正是这样，路遥的作品获得了广泛的阅读，路遥小说拥有了丰富的社会文化价值。

路遥终其一生对自己的乡村土地充满了依恋和赞美，与乡村土地紧密相连的传统文化是他的文化母亲，因而对乡村土地充满了深厚的母性眷恋。这样路遥就形成了以“土地（母亲）”为核心的恋母性心理机制。童年巨大变故和母爱的缺失是他形成恋母性心理机制的心理基础，青年的爱情悲剧和中年的婚姻悲剧更是强化了这一心理。在这一心理机制的影响下，路遥对乡村土地的母性眷恋造就了他小说爱情叙事的“母性化”特征；他对传统依恋造就了他小说爱情叙事的“道德化”特征。一个个浪漫的故事最终是以悲剧的形式结束，一个个孤独而痛苦的灵魂只能回到土地（母亲）的怀抱，在一个个“母性化”的乡村女性怀抱中获得心灵的安慰，赢得生存的勇气。正是在“土地（母亲）”为核心的恋母心理机制下，路遥将一个个发生在现代社会中的爱情作了伦理化处理，具有传统文化韵味。

路遥小说爱情叙事是在一个想突破传统，向往现代的矛盾境地中产生的，反映了作者矛盾的文化心理，看到了我们这个民族自20世纪70年代末以来痛苦的思想裂变轨迹，因而路遥小说具有独特的历史文化价值。路遥用一个个“道德化”爱情说明：在当代中国，传统文化仍然是不可缺少的文化价值。在走向城市化、现代化的过程中，乡村和传统就成为一个个漂泊而孤独的灵魂获得安慰的“母性港湾”，尤其是那些出身乡村、走向城市的人们。

在乡村和土地母性化情怀的支撑下，路遥的小说具有了深刻的大地意识。但是对乡村和传统的深刻认同使得路遥小说的大地意识充满了狭隘性，只有出身乡村才能获得生命的力量，缺少形而上的意义。路遥小说在应对苦难中获得传统的天命式宗教情怀，人们在这样的人生态度下走过一个个螺旋式的生命轨迹。历史视野和社会现实在场感，使他的小说具有了当下实用性，极大地满足了当代读者实用性的阅读心理。

第二章　路遥小说城乡叙事论

在路遥创作的众多文学作品中，城乡始终是无法逃离的叙事空间。无论是《平凡的世界》还是《人生》，都展现了中国现代化的历史缩影，在城市与乡村两种不同的空间中，我们见证了时代的变迁与发展。乡村改革对乡村的影响是全方位的。它既涉及土地所有制和劳动分配方式，也涉及农民的精神世界，包括他们的荣誉观、价值观，甚至基本的生活道德。现代化逐渐改变着人们的生活方式、认知体验和价值选择。乡村在现代文明的影响中面临着更严重的伦理冲突。在外来文化的思想启蒙中，个体价值得到了前所未有的强调，由此，面对传统思想与现代思想的对抗，人们奉行的依旧是传统乡村的伦理道德。

第一节　城乡空间与史诗浪漫主义

一、城市空间与个人价值观

20世纪80年代的中国，土地政策、改革开放等一系列措施的实行，令社会面貌发生巨变，城市化进程也在不断加快。面对新的机遇，出身乡村的青年拥有了更多进入城市的机会。从这个时期的文学作品来看，土地制度的变革和商品经济的实行令乡村人际关系与农民观念产生了前所未有的变化，从获得自信、肯定自我，到追求现代生活，农民逐渐形成了新的价值观，有了现代意识。

孙少平作为《平凡的世界》中一位重量级人物，拥有很多理想化色彩和现代意识，在原西县中学读书期间，孙少平就深受书本、报纸的熏陶，比如，中国的经典文学作品《红岩》《创业史》，以及俄罗斯文学作品《钢铁是怎样炼成的》《卓娅和舒拉的故事》等。在孙少平身上，我们可以看见路遥本人的影子。从双水村到原西县再到黄原城，从乡村到“城乡交叉地带”再到城市，在城乡空间的流转之间，孙少平一直追寻着自己的理想，也在寻求自己的个体价值。《人生》中的高加林与孙少平一样，他们都是接受过高中教育的人，在文化水平、思想水平等方面都远超同乡村民，这也意味着在同乡同龄人中，他们难以获得精神上的共鸣。在乡村集体意识之间，他们的个人价值观显得有些突兀，但他们来到城市后，又始终带着乡村的影子。

二、乡村传统价值观与史诗浪漫主义融合

乡村也称作村落、农村。费孝通先生认为：“村落是一个由各种形式的社会活动组成的群体，具有其特定的名称，而且是为一个人们所公认的事实上的社会单位。村落的特征是，农户聚集在一个紧凑的居住区内，与其他相似的单位隔开一段距离。”[①] 乡村人的道德感来自承认道德秩序的合理性。乡村伦理作为乡村文化的灵魂，在坚守固有属性的同时，也随着乡村变迁在不断转型。乡村变迁是工业化、城市化、现代化元素在乡村的渗透过程，是乡村社会的发展过程。[②] 在改革开放的大环境中，一系列有利于乡村发展要素的出现卸去了农民身上的精神重负，农民价值观发生了很大变化，呈现出崭新的精神面貌。乡村生活在物质生活的丰富结构基础上逐步形成并拥有独特的道德信念、道德价值、道德文化乃至道德传统习俗，其从根本上带给乡村道德生活以特定的道德价值指向。这种道德价值指向又会进一步融入人们的日常生活交往习俗当中，形成特定的道德规范。道德规范从来不是通过外在于人们的主观情感、意志而直接发挥作用的，现代伦理学的看法一再向我们表明：道德规范依赖于我们对生活场景的实践认知以及在此之中不断培养起来的自我反思。因此，道德范畴于道

---

① 费孝通．江村经济——中国农民的生活［M］．北京：商务印书馆，2001．

② 李冰．乡村变迁：新时期乡村伦理的一种解释与构建基础［J］．齐鲁学刊，2021（1）：80-88．

德主体而言不能简化为命令与要求，或是还原为工具性术语，而是始终联通着我们内在的想象空间与情感态度。作为在现代化城市生活全面铺开之前的人类社会生存与交往方式，乡村生活是人类社会生活特别是道德生活的普遍样态。人们因为共同的利益诉求与生产合作需求而在血缘和地缘基础上自觉结为同生共在的道德关系，并随着代际更替而将这种生活方式不断延续下去，由此说来，“乡村生活的这种连续性就体现在乡村的道德记忆之中”，而人们的乡村道德记忆也就成为其书写自身道德记忆的重要语境与思想前提，在乡村道德记忆的叙事展开过程。① 路遥小说创作从来都是植根于乡村这个世界的道德秩序和优越感基础上的，虽然他的小说依然是传统宏大的社会史叙事，进而在史诗的激情中建立高高在上的文学叙事立场和高度。可是五四之后中国现代个体叙事传统又成为每一个优秀的现当代文学家必备的主题和精神，于是都市和个体又成为路遥重要的内在隐然的叙事逻辑。这样的背景下，路遥成功的是将他的创作和叙事放入独特的城乡空间地带这个现代性过渡阶段，将这个空间特有的价值秩序和内涵融合，成为路遥进行文学创作的主要空间背景与价值维度。于是，路遥小说的乡村传统价值观与史诗浪漫主义融合成为其必然。

路遥在小说叙事中突出人在城市与乡村两种不同空间中经历的喜怒哀乐，将人物主体矛盾借助外在的城乡空间进行多元情感表达和冲突叙事。乡村在现实空间里是愚昧与封闭的象征，然而路遥借助文学艺术化处理，成功赋予乡村以德行和神性的优越感。这样的优越感既是 20 世纪 80 年代文化寻根背后对千年传统的致敬，也是中国一直存在的“乡村—桃花源—乌托邦—浪漫主义”传统的再现。小说主人公向往现代文明，渴望走出传统的面朝黄土背朝天的乡村，进入都市空间。现代性强大的神性号召力、现代化历程与市场化打破了乡村封闭的空间。这样的主体追求，致使路遥

① 刘志阳，李斌. 乡村振兴视野下的农民工返乡创业模式研究［J］. 福建论坛（人文社会科学版），2017（12）：17-23.

小说的主人公成为乡村空间特有的一类人。主人公对自己的出身充满了分裂性认知，他们既是乡村的他者，也是都市的另类。《平凡的世界》中的主人公孙少安放弃了现代理想主义，进而将自身对乡村的无奈和悲情转化成更加务实的理性态度。在封闭而无奈的乡村，生存逻辑超越了所有宏大的道德与理性价值秩序。孙少安坚定地拒绝了代表都市和现代的县城教师田润叶的追求，而迎娶了农村传统女子贺秀莲。

第二节 城乡对立与生存苦难

在现代化进程中，城市与乡村之间的价值体系，形成了“城乡交叉地带”这样一个独特存在。“城乡交叉地带”是路遥独创的文学地理空间，讲述这里发生的故事，描绘这里的风景，是他执着于文学的根本动力。

路遥在《面对着新的生活——致〈中篇小说选刊〉》中曾详细阐述过他每次去北京，几乎都会在立体交叉桥上停留许久。“复杂的交叉道路，繁忙的车辆行人，不断地汇聚，不断地分散。有规则中的无规则，无规则中的有规则。这一切组成了一幅多么纷繁复杂的图景。立体交叉桥，几乎象征了我们当代社会生活的面貌。”

一、城乡对立

路遥在作品中，习惯将人物矛盾冲突固定在这一特有的空间维度中，天圆地方，一隅穹庐之下展现世事沧桑变化。路遥毫无疑问是具有预见性的，也是极其聪明的。自中华人民共和国成立起，城乡发展过程中的矛盾便逐渐凸显出来，可是政策导向使这一问题始终徘徊在限定的范围内，没有行之有效的解决办法，路遥作为城乡改革时期的见证者，敏锐地捕捉到了这一现象，他希望为农民、为广大城乡居民，提供一个有关社会问题的正确答案。

《平凡的世界》是以改革开放前的中国农村为背景，那时的双水村村民每年劳动所得由国家统购统销，自身毫无剩余，即使剩余也不能交易买卖，害怕会被贴上“投机倒把”的标签。当时的政策导向和市场计划管制，令双水村十几年未摆脱饥饿与贫困，孙少安一家几十年“穷家薄业”的光景就是最好的例子。孙少平在以城市子弟为主的原西县高中上学时便经常因为饥饿和贫困倍感自卑。在《人生》中，高加林从离开土地到回到土地这样的人生变化，与城市姑娘黄亚萍和农村姑娘刘巧珍之间的感情纠葛，体现了农村子弟的艰难抉择。在《黄叶在秋风中飘落》中，卢若琴拥有身为县教育局副局长的哥哥做依靠，但她放弃县城的优渥环境，毅然来到了贫困的高庙村小学支援教育事业。在《你怎么也想不到》中，省林业学院毕业的高材生郑小芳放弃留校机会以及在大城市工作的机会，毅然回到穷困的家乡，运用水土保持专业知识改善当地的生态环境，这部小说展现了路遥的生态保护意识以及“改善乡村生态”的可持续发展理念。

在路遥小说的故事情节中，往往暗含着两种伦理的冲突。伦理上的冲突表面看起来表现为城乡的冲突，生活方式之间的冲突，现实与个人理想之间的冲突。但实际上主要是两种伦理内在的矛盾冲突。在《人生》中，当高加林和刘巧珍恋爱之后，高加林甚至觉得自己与一个农村姑娘恋爱，简直是一种堕落与消沉的表现。随着两人之间爱情的升温，高加林开始认同这种爱情，但黄亚萍的出现，开始使他的这种观念受到冲击。如果说高加林与刘巧珍代表着传统爱情，那么高加林与黄亚萍之间的爱情则更多的是基于个体的自由选择。在黄亚萍看来，追求幸福是一个人的权利和自由。“我是我自己的，谁也没有权利干涉我的追求。”黄亚萍的性格和处事方式，完全是个人主义的表现。《平凡的世界》中的情节同样是依靠这个矛盾展开。孙少安虽然爱田润叶，但他的观点是："他怎么能和一个公家的女教师一块生活呢？想到田润叶的家庭，他更心寒了。自己和这样的家庭联姻，简直是笑话。"孙少安所秉持的是极其传统的价值观念。而田润叶认为："爱情不一定非要门当户对，门当户对不如两人有情有义，古时候的皇帝女儿还有看上平民老百姓的呢，她们宁愿为了爱情而放弃荣华富贵。"田润叶对爱情的理解显然与孙少安存在着明显的不同，这也是造成最终悲剧的主要原因。

二、生存苦难

从我国乡土社会层面来看，伦理是人们社会生活中赖以生存的思想指南与行动依据，为广大农民提供生存秩序和法则，是乡村世界运行发展的重要体现，对乡村百姓的生活具有重大意义。但随着经济文化和各种外力因素的影响，乡村原有的伦理秩序出现了各式各样的问题，这种现象引起了不少当代作家的注意。对于一个特定的共同体来说，其文明形象也能被彰显为人格化的情感意志，从而充分调动其内在成员间的责任与互助情怀，而责任和互助本身是伦理的源泉。

费孝通认为，中国乡土社会结构是一种"差序格局"。"在差序格局中，社会关系是逐渐从一个一个人推出去的，是私人关系的增加，社会范围是一根根私人联系所构成的网络，因之，我们传统社会里所有的社会道德也只在私人联系中发生意义"。①

雪漠笔下的西部农村以生存苦难为主题进行生态伦理叙事，雪漠以农民儿女的特殊身份，道出了心头巨大的时代忧思。一是民俗伦理，雪漠通过挖掘小说的多元民俗，来展现西部乡村在现代社会语境下的伦理表现，挖掘民俗变异现象来展示"人性的批判"。二是情爱伦理叙事，雪漠从生

---

① 费孝通．乡土中国　生育制度［M］．北京：北京大学出版社，1998：8.

存苦难与传统伦理旧俗对乡村男女构成的威胁、家庭伦理对情爱的束缚等方面，深度展现了人遭遇的两难境地，隐含着作家对乡村男女的同情和关注。不得不说，对乡村浓烈情感和无法割舍的爱，让他在准确表达伦理批判时处于一种矛盾的境地。① 然而，在路遥的书写中，尽管乡村的物质资源匮乏，但乡村的生存苦难是可以通过人的努力改变的，传统伦理旧俗代表着农村人美好的一面，也是路遥本人对于乡村传统伦理道德的认同。路遥写作的主题是“乡土性”的，其固守的伦理也是传统的儒家伦理。路遥将传统的儒家文化与中国现代文化进行了新的整合，使其小说充满着传统儒家伦理与现代伦理之间的冲突，主要表现在人物性格的伦理冲突、故事情节上的伦理冲突、作品主旨的伦理冲突等方面。② 贾平凹曾用“浮躁”评价 20 世纪 80 年代，其评价确实揭示了当时的社会特征。作为乡村深度变革的开端，20 世纪 80 年代一切都是万象更新且躁动不安的。土地、农民、乡村在时代潮流激荡中从内到外都发生了深刻改变。除却社会横向变动的复杂，20 世纪 80 年代乡村变革在纵向历史进程中也占据独特位置。20 世纪 80 年代是中国农村发展史上的重要转折时期，这一时期的制度、文化与人民公社时期形成巨大反差，对乡村社会影响的深度和广度前所未有。对于这场乡村社会变革，作家们倾注深切的人文关怀，他们或者直面现实即时记录，或者追踪关注不断反思，创作了大量的文学作品。这些作品以现实主义创作方法书写社会发展中的历史问题，多为小说体式，凸显出 20 世纪 80 年代文学与现实生活发展的同步性特征。同时作家们以毫不回避的姿态书写社会变革中存在的种种问题，体现出积极参与并探究问题的自觉。当然，由于现实与作家距离太近缺乏历史的沉淀，作家们对 80 年代乡村社会的书写存在着对现象描摹及对问题的深刻挖掘与反思

---

① 甘秀萍．雪漠小说的乡村伦理叙事研究［D］．西南大学，2021. DOI:10.27684/d.cnki.gxndx.2021.001509.

② 何刚刚．徘徊于儒家伦理与现代伦理之间：路遥小说冲突的根源［J］．唐都学刊，2022（6）：81–85.

的局限。[①]

路遥小说反映出乡村的匮乏，在时代的激荡中，城市的迅速发展更凸显了乡村资源的匮乏，这种匮乏既是物质的，也是精神的，因而形成了人物的生存苦难。《人生》中，生存与苦难的碰撞不仅体现在高加林的个人经历上，更体现在整个社会层面上。在高加林人生的起起落落中，可以窥见乡村资源匮乏带来的生存苦难，人与人之间需要通过相互倾轧获得生存资源、成长资源。但是与此同时也有人能够超越苦难，散发出人性的光芒。《平凡的世界》中孙少平也遭遇着乡村资源匮乏的困境。但是孙少平面对这些生存的苦难，并没有自怨自艾，而是在书本中寻找到“外面的世界”，在体力劳动之外的时光里，除开生存，依旧能够以一种崇高的精神去审视这个世界。也正是处于这样一种超越苦难的精神价值，孙少平始终在追求自己的“世界”，在自己的劳动及阅读中寻找自己存在的价值与意义。小说《人生》中高加林虽然最后被所有人嘲笑，可是，路遥依然用黄土地的博爱容纳了这一切，仍然给予高加林应有的体面与尊严。刘巧珍虽然囿于乡村的文化壁垒，处处显示传统乡村女性的不足。但是她为了爱情全力付出，即使面对爱情背叛，她依然用她深沉的爱包容一切。这样的美好成为全书最震撼的故事情节之一。刘巧珍的爱情悲剧是她苦难人生的一部分。虽然路遥小说中的人物，大都生活凄苦，可是他们从不祈求别人的施舍，他们坚信通过自己的努力，可以改变自己和这个凄惨的世界。同时，他们也知道这个世界从来都充满了各种难以控制的命运悲剧和喜剧，面对悲剧，应从容面对，面对喜剧，保持谨慎，不骄不躁。正是这种精神，让路遥的文学和艺术作品中的人物具有了真实性和典型性。《平凡的世界》中孙少平和孙少安二人可谓在苦难中前行，没有一刻享受过生活。千年乡村的世事苍凉，造就了路遥小说中的人物对苦难、幸福、悲剧、快乐等持有

---

① 樊会芹，王姿涵.论20世纪80年代乡村社会的文学书写［J］.信阳师范学院学报（哲学社会科学版），2022，42（6）：123-127.

一种不张扬的超越性解读。因此，孙少平经历着生活苦难却依然有美好的爱情给予他安慰，即使他的爱情以悲剧结束，他依然从痛苦中走出来，彻底认清了自己生命的本质。他知道他生来就是平凡人，虽然自己努力地活着和奋斗着，可是现实告诉他，平凡的人生是他的归宿。于是，他骄傲地戴上墨镜，潇洒地拒绝了可能的爱情慰藉，如同一个苦行僧一样再次回到他的煤矿，选择做一个生活苦难却精神自由的人。

第三章　路遥小说伦理叙事论

作家的文化内涵、价值取向，以及生活经历极大影响着作品的形式和内容。路遥的小说在一定程度上反映了路遥的世界观、人生观与价值观。路遥的语言是抒情性的，表现出对生活的热情；同时，他的语言也是写实性的，显示出他追求客观效果的自觉意识，也包含着充满说服力的真实性。无论是《人生》还是《平凡的世界》，不仅叙述了时代的变迁与城乡的变化，更反映出生存在“城乡交叉地带”的个体间复杂多样的伦理关系，大体分为家庭伦理关系与都市伦理关系。

在《人生》中，家庭伦理关系包括高加林与刘巧珍的恋人关系、高加林与高玉德的父子关系、高加林与高玉智的叔侄关系、高玉德与高玉智的兄弟关系、高加林与德顺爷爷的同村关系、高加林与高明楼的同村上下级关系、刘巧珍与马栓的夫妻关系、刘巧珍与刘立本的父女关系、刘巧珍与刘巧玲的姐妹关系、刘巧珍与刘巧英的姐妹关系、高明楼与刘巧英的公媳关系、高明楼与刘立本的亲家关系等。都市伦理关系包括高加林与黄亚萍的恋人关系、高加林与张克南的高中同学及情敌关系、黄亚萍与张克南的恋人关系。

在《平凡的世界》中，伦理关系更为复杂多样。家庭伦理关系包括孙少安与孙玉厚的父子关系、孙少安与孙少平的兄弟关系、孙少安与贺秀莲的夫妻关系、孙少安与田润叶的青梅竹马关系、田润叶与田福堂的父女关系、田润叶与田润生的姐弟关系、田福堂与田润生的父子关系、田润生与郝红梅的夫妻关系、孙少平与侯玉英的同学关系、孙少平与郝红梅的初恋关系、孙玉厚与孙玉亭的兄弟关系、孙玉厚与孙家奶奶的母子关系、孙玉厚与孙兰花的父女关系、孙兰花与王满银的夫妻关系。都市伦理关系包括田润叶与李向前的夫妻关系、孙少平与田晓霞的恋人关系、孙少平与顾养民的同学关系、田晓霞与田福军的父女关系等。

路遥小说中的伦理问题反映了社会现实具有超越时代的文学价值。他以细腻的笔触描述出人在命运面前的无力感，以及现实生活残酷的一面。文中对“人被命运推着走”是这样描述的：

“一切都毫无办法。对于一个普通人来说，只好听命于生活的裁决。这不是宿命，而是无法超越客观条件。在这个世界上，不是所有合理的和美好的都能按照自己的愿望存在或者实现。”

当田润叶知晓孙少安与山西女子结婚时，路遥这样描述她的情绪：

“毋庸置疑，她是一个普普通通的人，她的思想、气质、感情，优点和缺点，都是属于普通人的。但普通人和出类拔萃的人一样，也有自己的欢乐和痛苦，只不过不为大多数人了解罢了。人们宁愿去关心一个蹩脚电影演员的吃喝拉撒和鸡毛蒜皮，而不愿了解一个普通人波涛汹涌的内心世界……”

路遥借讨论金波在城镇的婚恋问题道出了社会统一的婚恋现象：

“对于大多数在城市有职业的女孩子来说，找对象当然要找有工作的。在城市没有正式工作，就意味着什么也没有。”“在中国目前的社会里，很多情况下，感情往往并不是男女结合的主要因素，而常常要受到其他因素的制约和支配。”

当描述孙少平在地下做矿工的艰辛时，路遥发出了这样的感慨：

“我们承认伟人在历史过程中的贡献。可人类生活的大厦从本质上说，是由无数普通人的血汗乃至生命所建造的。伟人们常常企图用纪念碑或纪念堂来使自己永世流芳。真正万古长青的却是普通人的无人纪念碑——生生不息的人类生活自身。是的，生活之树常青。”

当孙少安看到幸福欢快的场景却流下心酸的泪水时，路遥这样描写孙少安的内心活动：

“哭、笑，都是因为欢乐。哭的人知道而笑的人并不知道，这欢乐是多少痛苦所换来的……透过这五彩缤纷的场面，他又回到了那似乎并不遥远的过去，回到他辛酸的童年。他想起他穿着破烂衣裳，和扎着羊角辫的润叶在这同一地方念书的情景……”

由此可以看到，路遥的小说不仅讲述生活中平凡却不平淡的故事，还道破了现实生活的艰辛与残酷，说出人们的所感所想。路遥以自身经历为蓝本，书写城乡个体之间的伦理关系，以乡村为主，都市为辅；而都市在本质上也是有着乡村特性和传统伦理道德的都市，是路遥脑海中的都市。

第一节　家庭伦理与个体价值

在路遥小说中，每个人物都是巨大关系网中的一环。在家庭关系网中，每个人的思想和行为都会影响到其他人，因此处于关系网中的人需要有集体意识。从儒家思想的层面来看，路遥小说中的家庭伦理显现出以“仁”“义”“礼”“智”“信”为核心思想的君子、礼仪、中庸，以及“义”“孝”“和”文化。代表人物如《人生》中的刘巧珍、德顺爷爷，《平凡的世界》中的孙少安、田润叶等。在家庭关系网中，个人的价值主张被削弱，一切以家族、家庭集体为导向。但个体由于无法实现自己的意愿，会与大集体也就是家庭关系网中的人有碰撞和摩擦，继而生出矛盾。对此，文学与历史中均有丰富的故事。比如，在路遥的笔下，当双水村出现“桃色事件”时：

“从古代到现代，似乎有一条不成文的‘法规’：此类‘桃色事件’可以不经官方，由户族与户族之间解决。这就意味着暴力与战争。在历史上，这种事件往往酿成了惨痛的流血和屠杀。户族、种族之间的冲突，也许是人类最大的悲剧。这种战争往往是由一些鸡毛蒜皮引起的，而且根本分不清谁是谁非，结果就让许多人毫无意义地倒在了血泊之中。”

除此之外，在路遥小说中，家庭伦理与个人价值的冲突、博弈乃至为此产生的悲剧也屡见不鲜。比如，在《人生》中，高加林因为叔父的关系再次进城工作，那时的他与刘巧珍还保持着恋人关系，他们在高家村的经历原本使得高加林坠入与刘巧珍的恋情中，并准备放弃再次进城。在高加林即将选择家庭伦理时，进城工作的消息却打破了他刚构建好的乡村与家庭伦理世界。伴随在城市中的经历以及黄亚萍借“大雁”诗歌等对高加林的启蒙和引导，再加上黄亚萍对他的感情，高加林逐渐挣脱传统中国乡村家族、家庭集体生存伦理，转而追求个体价值与尊严，不顾父亲和德顺爷爷的劝诫，毅然决然抛弃刘巧珍而投向黄亚萍的怀抱。又如，在《平凡的世界》中，贺秀莲作为孙少安的妻子，在原本没剩多少的大锅饭里盛稠的汤水给孙少安喝，给孙少安白馍馍吃。在孙少安看来，妻子的行为是对传统中国大家族集体的不敬，没有传统家族伦理观念，是自私自利的。但贺秀莲的做法出自个体本能，是心疼孙少安、关心孙少安的表现。同时，贺秀莲还想和一大家子分开住，分房子。妻子的本能行为在某种程度上体现出她追求个体价值。可是，这样的行为均被注重集体传统伦理的丈夫孙少安批评和反对。另外，孙少平在失去教书工作后回到家里，立刻由一个具有强烈个体意识、渴望独立自由的现代文艺青年，变成乡村传统大家族里默默无闻的一分子，全面协助哥哥孙少安打理全家族的事务。然而，孙少平还是更想去现代都市生活，通过个人的努力和奋斗，实现个体价值。他是传统乡村世界的新人和反叛者，他是现代社会中富有独立个体价值的优秀公民。因此，他最终离开使他感到窒息的农村大家庭，去往充满个体奋斗可能的现代都市。

路遥小说中有许多错综复杂的婚恋关系，比如，在《人生》中，高加林与刘巧珍的关系原本遭到刘立本一家人的反对，家人都支持有钱的马栓与刘巧珍在一起。但刘巧珍为了追求个体价值，违背家长的意愿而投向高加林的怀抱。在高加林满怀希望去城里工作之时，他为了追求个体价值，抛弃了传统道德观念投奔黄亚萍。刘巧珍迫于家人的压力，转而嫁给了向她求婚的马栓，最终放弃自己的爱情自由，回归传统的乡村集体伦理秩序。至于黄亚萍，她与张克南的结合也是碍于家人的支持和张克南的追求，她选择遵从家庭伦理而不是追求个体价值。黄亚萍在冲破重重心理阻碍对高加林表达爱意时，抛弃了家庭伦理和城乡代沟，表达了内心真实想法，实现了个体价值。在都市里成长起来的张克南看来，他与黄亚萍的爱情对他来说，是理想的家族、家庭背景和个体追求的统一，然而当他知晓黄亚萍与高加林在一起时，他没有怨恨高加林，反而是祝福他们，这又体现了张克南的家庭伦理观念。

路遥小说中不仅有为家庭伦理放弃个体价值的婚姻，还有为个体价值推翻家庭伦理的爱恋，也有家庭伦理与个体价值实现统一的幸福生活。他将世间百态写进书中，每个人都能在书中看到自己的影子，在社会现实和美好理想中感受生活带来的快乐与苦痛。如同书中说的那样“生活永远是美好的，人的痛苦却时时在发生”，路遥出身社会底层，却不敌视社会，相反，他通过个人的不懈奋斗，带动了千百万农村青年在改革开放的巨大变革中积极实现自己梦想的激情和坚韧意志。

第二节　都市伦理与现代价值

路遥小说描写的生活场景是城乡变迁的“交叉口”，文中既有乡村朴实的生活，又有现代繁华都市的先进理念。但需要注意的是，路遥小说中的都市也只能称作“路遥眼中的都市”，本质仍是乡村空间的延伸和变体，是中国传统伦理理念的现代化结果，其价值落脚点在传统道德，并非具有现代启蒙意义的都市。路遥在其小说中不仅描写了城乡变化，更重要的是将自己的人生投射在故事中。路遥出生在一个贫苦的农民家庭，家里人口众多，父亲作为家中的顶梁柱压力重重，为了把孩子拉扯大，不识字的父母只能做些苦力活养活家里人。路遥读书时期，被迫与家人分离，父母将他过继到大伯家。路遥希望自己能通过读书改变命运，摆脱永无止境在土地上耕作劳动的日子，寻找和实现自己想要的生活。于是，他刻苦读书，从贫困的山村一步步踏入城镇，并在城市中实现了自己远大的理想和抱负。

路遥小说中的青年人物形象其实就是路遥的化身，比如，《人生》中的高加林，《平凡的世界》中的孙少平。这两个人物形象早期由于受到了现代教育，接受了系统人文价值和知识的熏陶，思想更进步，眼界更开阔，思考更丰富，看待自己和世界的关系更加有高度。他们的同学以及交往的恋人也代表着当时的都市伦理与现代价值，是引导他们获得个人主体价值的现代启蒙者。在《人生》中，代表都市伦理与现代价值的人物形象为高加林、黄亚萍以及张克南；在《平凡的世界》中，则是孙少平、田晓霞。都市伦理与现代价值在文中占比较少，从这里可以看出，路遥本人更偏向于传统道德观念，歌颂传统价值，让出身卑微的男主人公借助传统乡村德行伦理和神性光辉拥有了审判一切的话语权。

无论是《人生》还是《平凡的世界》，人物的个人成长经历都体现着传统乡村伦理系统向现代都市独立个体伦理系统的转换，以及个人价值向现代价值的转移。比如，《人生》中的高加林就代表了在城市化、现代化进程之中，传统文化与乡村道德伦理价值系统现代化的尴尬局面。高加林是一个接受过高中教育的年轻人，他有着广阔的知识面，并且在读书期间就已经形成了自己的世界观和人生观。虽然他出身农村，是个自卑而敏感的人，但书本给予他丰富的精神世界，使他逐渐摆脱了农村人故步自封、目光短浅的思维。他不愿意守着土地，过面朝黄土背朝天的生活，而是希望能成为一个真正的城市人，融入都市生活，有一份体面且满足精神需求的工作。但事与愿违，他没考上大学，民办教师的工作被高明楼的儿子顶替了。在此境遇之下，他只好回乡。回乡后，高加林被刘巧珍无私而炽热的爱意感动，但总有一瞬间，他会向往城市的生活、城市的风景。在叔父被提拔后，高加林被调到县城工作，当上了县委通讯组的一名干事。在与黄亚萍相处的日子里，他逐渐发觉与刘巧珍已没有了共同语言。当刘巧珍对高加林讲述母猪生了几只可爱的小猪仔时，高加林心里想的却是读泰戈尔诗句的黄亚萍。但在和黄亚萍正式在一起后，他感受到两人之间“隔了一层什么”，在与黄亚萍热恋时，高加林心里并不快乐，也并不踏实。这种心情映射出他在农村与城市之间尴尬的位置，是现代化进程中痛苦的个体产物。在《平凡的世界》中，孙少平的文化背景与高加林相同。不同的是，孙少平既没有屈服于社会体制的束缚，也没有将现代个体追求和主体价值存在理想化，而是远离家乡，到都市煤矿厂做一名矿工。虽然过程艰苦，但他实现了自己的目标，拥有了城市户口，成为城市中的一分子，完成了从农村人到城市人的身份转变，脱离了原本的乡土生活，实现了按照自己意愿生活的目标。路遥在其作品里不断反思中国历史和社会的巨变，进而思考个体现代性的真正体现，个体现代性不在于外在的城市或农村的体制差别，也不是空间的对立，更不是非此即彼的传统与现代的对立，而是个体内心对自由的追求，这样的个体本位主义和巨大的悲天悯人的人道主义情怀，才是真正超越各种外在客观束缚，实现个体真正独立和自由的本源。正是这样，《人生》中，高加林带着巨大的命运尴尬被迫融入乡村大地，而到了《平凡的世界》，孙少平潇洒地拒绝现代大学生金秀的爱情，拿掉遮盖脸上丑陋伤疤的墨镜，勇敢且自主地看着这个混乱而嘈杂的都市空间，毅然决然地迎着寒风，接纳命运。如此的结局，是升华也是顿悟，是进步也是自由，彻底明确了个体与现代性价值系统核心——个体遵从内心真实感觉，自主决定个人生命存在的逻辑。

在路遥的小说中，都市伦理与现代价值不仅体现在个人成长中，还体现在婚恋关系中。在《人生》中，高加林的悲剧在于他完全无法摆脱自己的农民身份，因而也就不可能进入城市，成为市民、工人或国家干部。他注定要在城与乡之间，进行无望的精神流浪，承受被撕裂的痛苦和苦苦挣扎的煎熬。

《平凡的世界》中的孙少平的性格与《人生》中的高加林相似，他们同样是从农村出来的孩子，同样因为受知识的熏陶而对外面的世界充满好奇。田晓霞的性格与黄亚萍也十分相似，他们同样生于都市高级干部家庭，同样有着广博的学识、先进的思想和个人主义观念。与黄亚萍对高加林一样，田晓霞对孙少平有着启迪和引领的作用，两人经历了一段刻骨铭心的恋爱，跨越了身份、地位和家境，并不被世俗干扰。他们在高谈阔论中感受生活的乐趣，这体现了都市伦理与现代价值的统一。

在《平凡的世界》中，田润叶对孙少安是出于个体独立的爱情价值而喜欢他并对他表明心意，但孙少安对田润叶的情感因为外界社会集体身份地位的不同，使得少安不敢去想与润叶的感情，所以少安对田润叶无法抛弃外在的集体家庭伦理，更无法实现自己的个人价值。对秀莲而言，选择孙少安完全是传统的集体家族包办婚姻，巧合的是孙少安刚好是她乡村空间里适合的那个男性对象，他们的结合是无奈的乡村伦理空间的偶然。对田润叶来说，她给少安传递纸条表明心意是个体价值的实现，跟随自己的内心，而她与李向前的结合完全是考虑到她“二爸”的社会利益，没有考虑自己的幸福，而是以家庭伦理为重，忽略自己的个体价值。而在李向前断腿之后，田润叶对李向前有了愧疚之心，对李向前的态度逐渐变好，这时她的家庭伦理与个体价值得到了统一，但家庭伦理仍然占大部分。对李向前而言，追求田润叶是出于纯粹的爱，是个体价值的凸显，这份爱在李向前断腿之前田润叶并没有接受，但在李向前断腿之后情况得到改善，虽然田润叶对他好是出于怜悯之心，不过好在也慢慢转化为了爱意。另一边的孙少平，在他看来，他对郝红梅的隐晦爱意以及他与田晓霞的恋爱关系都体现着个人价值而非家庭伦理。因为接受了知识的熏陶，他的自主性非常强，一切事情都需要自己去争取才能获得。这一点与田晓霞十分相似，她也以自己的个体价值为主，甚至可以为了个体价值而推翻家庭伦理的束缚。但郝红梅却并不是如此洒脱，她知道孙少平的家境不好，所以没有继续这段朦胧的恋爱，而是把目标转向张浩天，想用张浩天家里的权利和家境帮自己摆脱贫困，解决她的户口、工作等问题。虽然她没有以自己纯粹的感情为导向行动，而是在考虑再三后作出对自己有利的选择，这在某种程度上也体现了个体价值的实现。“但是，郝红梅的不切实际的幻想和努力，终于难逃失败的结局。她的三重身份，把她与她所梦想的生活隔绝开来。”[①] 郝红梅不仅没有得到她想要的，而且还变成了寡妇，成为全村笑话

① 李建军．被命运之石覆压的蒲公英——论郝红梅［J］．文艺争鸣，2021（5）：140–156.

的对象。这时，田润生对她无微不至的关爱和照顾让郝红梅对他产生了依恋，他们之间的结合推翻了家庭伦理，向着个体自由价值而生。

路遥的小说不仅体现了城乡之间的差别与联系，还映射出家庭伦理和个体价值的对立与统一。路遥的小说包含了对人性的深刻剖析，通过道德困境和情感纠葛展现人物的内心世界，使读者深入思考人物的行为和决策，理解社会和政治背景对人性的影响。

第四章　路遥小说哲学叙事论

从路遥的文学作品出发，哲学叙事始终贯穿其中，渗透在小说的表里之间，在路遥的书写中，形成路遥小说的哲学叙事论。路遥曾说过："随着城市和农村本身的变化与发展，城市生活对农村生活的冲击，农村生活对城市生活的影响，农村生活城市化的追求倾向，现代生活方式与古老生活的冲突，文明与落后，新的思想和传统观念的冲突等，构成了当代生活的一些极其重要的内容。"传统儒家伦理提倡孝悌观念、集体主义、责任意识，而现代伦理提倡自由平等、个人主义、理性精神。这两种伦理价值在很多时候是冲突的，而路遥小说的伦理认同往往徘徊在这两者之间，充斥着对这些问题的思考，形成了其德行哲学、历史哲学，以及命运哲学的叙事。这种伦理上的冲突，一方面，使得作品本身充满了写实性，另一方面，致使其写作未能摆脱传统的桎梏，故事情节显得平面化与单一化。

第一节　德行哲学

在战国时期，列国纷争，世风日下，为突出儒学的启蒙意义，孟子强调人的主体性，突出“心”的概念，用自我体认的人性本善代替了原始儒学中源于天道自然之“德”。在《论语》中，“心”字仅出现了6次，而“德”字出现了40次；在《孟子》中，“心”字出现了126次，而“德”字出现了39次。这是儒学观念史上的一个重大变化，标志着儒学由重“德”向重“心”转变。“德”的含义也发生了重大转变，从自然天性逐渐变成了人之本性，成为单纯的伦理学概念，以至于后来人们往往从伦理学的学科视角来认识儒学，称为“德行儒学、心性儒学和儒家德行伦理学”。人们往往认为，“德”是道德，是伦理。而作为伦理的“道德”与原始儒家的“德行”概念其实已相去甚远。“子曰：骥不称其力，称其德也。”很明显，马不可能具有道德观念，马之德，不过是马之为马的特性。“君子之德风，小人之德草。”小人和草的共同特性是摇摆不定，德是指特性。“听”字的繁体为“聽”，可以理解为耳朵的特性，因此孔子说“听思聪”。在所有这些语境中，“德”都不是指道德。把德行理解为道德，已经无法看到原始儒学的自然维度和德政的善政取向。

路遥小说中塑造的人物往往游离于传统儒家伦理与现代伦理之间，也正因如此，路遥的德行哲学体现为个体选择与社会现实之间的理性抉择困难的德行悲剧。如《人生》中的高加林，一方面，他固守传统儒家伦理；另一方面，他受到了现代伦理的影响，试图去寻找个体的价值与尊严，寻求自由与平等。《人生》的扉页上有这样一段话："人生的道路虽然漫长，但紧要处常常只有几步，特别是当人年轻的时候。没有一个人的生活道路是笔直的、没有岔道的。有些岔道口，譬如政治上的岔道口，事业上的岔道口，个人生活上的岔道口，你走错一步，可以影响人生的一个时期，也可以影响一生。"高加林的人生关键节点有四个：和刘巧珍恋爱，成了县委大院的宣传干事，决定和刘巧珍分手并和黄亚萍在一起，被张克南母亲举报"走后门"。高加林的困境是双重道德选择的艰难，他只是根据自己现实的生存逻辑进行道德选择，这反映了中国传统的实用理性道德秩序的内涵，但这却使高加林处处碰壁，好梦难圆。他重新回到生养他的那片土地，他所有的理想和抱负如同过眼云烟般难以挽留。他难以承受的是这份打击，更难以面对的是生养他的那片土地，他认清了现实，接受了德顺爷爷的劝慰，而后懊悔地扑倒在土地上。小说《人生》借助高加林展现出中国人的德行伦理悲剧。

德行哲学涵盖了传统道德和传统秩序，两者共同构成了路遥小说中的德行哲学。从传统道德来看，路遥作品中塑造的人物面对传统道德与现代发展的矛盾冲击，尽管受到现代文化的影响，但他们在做重大选择的时候，总会倾向于传统道德观；从传统秩序来看，路遥作品往往以家庭为单位向外拓展延伸，遵循着差序格局和礼治秩序。《平凡的世界》中的孙少安便是如此。孙少安小学毕业后回到双水村，在家里，他孝敬奶奶，把珍贵的白馒头留给奶奶吃；他心疼父亲，因而即使他成绩优秀，依然选择回到双水村支撑起"烂包"的家；他爱兄弟姐妹，对于弟弟孙少平和妹妹孙兰香，他大力支持他们的学业，努力给弟弟妹妹创造条件，对于姐姐孙兰花，他也是能帮衬就帮衬，并且真心爱护姐姐的子女。在村中，他有分寸地表现自己的修养和才能，是大家口中的“能人”、生产队的好队长，在人情世故上做得滴水不漏。而在弟弟孙少平的身上，这两种伦理冲突表现得更剧烈。孙少平读过更多的书，并且因为结识了干部子弟田晓霞，他能接触到内部刊物和《天安门诗抄》，了解外国文学作品。正因如此，他萌生了想出去看看的梦想，而不是像哥哥孙少安那样，能安然接受回到双水村的生活。但面对“烂包”的家庭，他也想帮父亲和大哥承担家庭责任，于是在传统道德和个人理想之间，他面临着艰难的抉择，最后他没有去他向往的远方，而是留在黄原这个“城乡交叉地带”，在现实生活中艰难地维持自己的理想。

路遥通过描写高加林、孙少安、孙少平三个人的人生经历和爱情悲剧，展现中国人一直无法走出的以生存逻辑为内涵的德行哲学观。虽然经历过以心性为基础的主体道德改造，以及现代人格教育，他们依然无法摆脱传统的德行伦理，处处无奈、处处努力，看似是人的悲剧，实质是传统德行哲学的更新困境。

第二节　历史哲学

路遥小说中的历史哲学包含了马克思主义唯物历史观和传统历史循环论。历史循环论是一种唯心主义和形而上学的历史观。历史循环论认为，人类社会的发展周而复始地循环。“历史循环”是一种古老的观念。路遥指出：“我认为，每个人都有一个觉醒期，但觉醒的早晚决定个人的命运。”

在《平凡的世界》中，孙少安的妻子贺秀莲因为喜欢孙少安毅然决然嫁入孙家，为孙家操持大大小小的事情，种地、洗衣、做饭，关心弟弟妹妹，陪孙少安度过砖厂的低谷期，但她在砖厂走向高峰期时罹患癌症，生命由盛转衰，面临人生的终结。而《平凡的世界》中的田福堂带领双水村的村民组建生产队，吃上大锅饭，这个时候，他是双水村的主心骨，也是双水村说一不二的角色。然而，随着改革的发展、生产队的取消，包产到户政策落实后，田福堂这位村支书无人问津，也没有人再重视他说的话，从“能人”到“废人”，田福堂的境遇转换是时代变迁下一类人的缩影，构成了历史哲学叙事中的另一面。

与《平凡的世界》中的少平同样，在《人生》中，高加林已然走出了乡村，但是他在“城乡交接带”面对的生活和生存规则并非他熟悉的，面对种种，他凭借着自己的学识走出了乡村，却也因为自己的认知与选择重新回到了乡村，回到了“原点”。这些情节与思想，在路遥早期的短篇作品中就有迹可循，如：1981 年发表于《延河》（第 1 期）的《姐姐》，作品是通过主人公的弟弟的视角叙述姐姐的婚事。作品最后，父亲自言自语地说：“好雪啊！这可真是一场好雪……明年地里要长出好庄稼来的，咱们的光景也会好过啰……噢，这土地是不会嫌弃我们的……”更是令读者对农民的辛酸有所反思。作者把描写两人的恋情，特别是姐姐对爱情的专注和忍耐放在首要位置。姐姐虽然努力，可是最终还是遵循现实的生存伦理，被迫嫁给不喜欢的人。姐姐最初提倡爱情自由，反对没有真爱的婚姻，可是理想敌不过现实的困境，姐姐无奈的选择令读者产生共鸣。

第三节 命运哲学

路遥小说作品中的命运哲学主要体现在古希腊悲剧、中国人的“天命”，以及萨特积极存在主义背景下的悲剧美学中。古希腊悲剧与中国人所说的“天命”具有一定的相似性，古希腊悲剧起源于祭祀酒神狄俄尼索斯的庆典活动。古希腊戏剧大都取材于神话、英雄传说和史诗，题材通常都很严肃。亚里士多德曾在《诗学》中专门探讨悲剧的含义。他认为，悲剧的目的是要引起观众对剧中人物的怜悯和对变幻无常之命运的恐惧，由此使感情得到净化。悲剧中描写的冲突往往是难以调和的，具有宿命论色彩。悲剧中的主人公往往具有坚强不屈的性格和英雄气概，却总是在与命运抗争的过程中遭遇失败。古今中外，人们都不断尝试解开人生的种种奥秘，或找出某些事情的寓意。在人类的历史上，与命运有关的信仰、传说和神话俯拾皆是。而中国人的“天命”更接近现实生存理性，承认人生各种不幸的遭遇是命中注定的。这与古希腊悲剧中主人公一步步走向既定宿命存在着相似性，但中国人看待“天命”，更多是被动接受和消极地面对现实，实质上可谓“宿命论”。

宿命论是早已有之的一种世界观，最早是源自美索不达米亚、埃及等东方文化中的一派思潮，当时的人类感受冥冥中苍天与人世的变化，而觉得其中有一些必然的定数。此种东方幽冥的思想传到希腊后，成为希腊哲学中的一支，之后再由雅利安人带到印度，加上印度吠陀文化中原有的对命定现象的探讨，而成为印度思潮中重要的一派哲学，即今日我们称为的宿命论。宿命论最主要的学说，即是认为在人类诸多的神秘变化的命运现象中存有一些定数，而这些也可称为必然法则的定数。

1980 年，在《中国青年》杂志上，潘晓发表了一篇叫作《人生的路啊，为什么越走越窄》的文章，提出了“主观为自己，客观为别人”“一切人都是自私的”观点，在大学生中引起共鸣。紧接着，就跟原子弹发生的链式反应一样，大学生闪电般地切入到思想与理论争论中。此时的他们，脑中除了自由、除了自己，似乎再也容不下其他任何的一点东西。他们我行我素、自以为是，不满于成年人对于事物现象的描述和解释，不轻信别人或者是书本上的现成结论。“我想干什么就干什么，我认为对我胃口的我就做，否则就不做。”“个性、自我、主体、意志等充斥着大学生内心深处的感情。”《读者文摘》刊登过某女作家的文章：我越来越不认识自己了，我怎么会变成这样——一个满心想拥抱生活的人，却在生活面前变成一个十足的胆小鬼，一个自以为骨子里充满男子气的家伙，却见花落泪、见景伤情，一个貌似精神产品的创造者，自己的精神世界却是一片寸草不生的荒山野岭……“这是我吗？我不认识自己了。”“我还能找回我自己吗？”失落、孤独、无聊成了他们的主旋律。他们一方面寻求着所谓的自由，一方面又想着证明自己的存在，他们找不到人生的方向和出路。路遥的小说《人生》便是这场争论最好的文学版本，因此小说引起轰动，同时电影版也引起人们的争论，成为当时青年讨论的热点话题。

《人生》中高加林和黄亚萍的爱情关系与《平凡的世界》中孙少平与田晓霞的爱情具有很强的相似性，如黄亚萍与高加林、孙少平与田晓霞这种具有自由精神的爱情都以悲剧结束，由此使得人物命运与故事情节带有一定的相似与雷同。路遥也曾在采访时对于这种“宿命感”式的结果进行了某种意义的辩护。如果高加林没有接受刘巧珍的爱情，没有答应马占胜走后门当记者，没有抛弃巧珍转而和黄亚萍在一起，他也许不会走向失败。回到农村，离开农村，重回农村，命运并不是故意捉弄他，却更像是他抓不住命运给予他的机遇，若能回首往昔，其实他有好多次机会。只可惜他觉醒得太晚，命运的垂怜已经不再原地等待，痛哭流涕也无济于事，“可爱的人”离开，就回不来了。贫穷只是一时的，选择却决定一生。当我们再次把注意点放回之前高加林失去乡村教师工作的那个时刻，他在失去教师工作后不是积极地调整自己，而是怨天尤人。同样路遥笔下的另一个人物孙少平则积极调整自己，勇敢走出去，走出另外一番天地。可见路遥小说中的命运哲学，是在宿命论的基础上加入萨特积极存在主义人生观，勇于面对自我和抗争现实不公。

在路遥的小说创作中，充斥着他个人的哲思。路遥小说中的哲学渗透在叙事之中，折射出路遥文学叙事中对人生的感悟与思考，他的小说作品无疑也经由大众的接受与再传播，得到了多重编码与解码，其哲学叙事具有丰富的面向。

第二部分

影像叙事

第五章 《人生》影像叙事考古

20世纪70年代末，中国从漫长的黑暗中迎来了些许光明的曙光，“伤痕文学”和“反思文学”便以潮水之势占领了人民的精神领地，以鲜血淋漓的场景控诉“文化大革命”给世人带来的创伤，“宣泄”成了文学最主要的功能，字里行间都充斥着生活的苦难、欺骗、悲惨和无可奈何。在压抑、沉痛的艺术环境中，《人生》的横空出世犹如文坛的一匹黑马，迅速产生了轰动。路遥在这部作品中探讨了家庭、阶级、道德和人际关系等复杂议题，引发了人们对社会问题的深刻思考，促使人们反思社会变革中的伦理和道德价值观，并向读者传递了中国农村文化的丰富内涵，反映了中国农村社会的历史演进。如果说电影以空间为叙事载体塑造人物形象、展现故事走向，那么小说则是挣脱时空限制，在时空交错的格局中立体化展示人物性格和故事发展。路遥的《人生》以小说和电影两种不同的艺术形式呈现在大众面前。

小说《人生》所处的时代背景是改革开放时期，城市化进程加快，农村经济体制改革正在进行。20世纪70年代的英雄是劳动青年，而80年代的英雄则是文学青年，“知识”在每个人心中都十分有分量。中国农村在接受外界思想的同时，也受封建传统的影响，故事中的人物面临着传统价值观和现代思想的冲突，在城市与农村之间挣扎，在土地与天空之间徘徊。《人生》讲述的是没考上大学的高加林，在失去担任民办教师的资格之后回到乡村生活，又因叔父官职变动，他“走后门”前往县城发展，最后被他人举报重返乡村的故事。此外，高加林与刘巧珍和黄亚萍的三角关系也成为作者探讨社会爱情价值观的线索。

在小说《人生》发表两年后，众多导演对《人生》电影版跃跃欲试。最后，路遥认可了吴天明的改编思路。导演吴天明，出生于陕西省三原县，原名吴耕，原籍山东莱芜。作为土生土长的陕西人，吴天明对《人生》中的地理特征、气候条件对社会文化、人物心理特质的影响解读得更贴切，他的影像融入了个人理想与文化守望的诉求。他用赤诚之心书写对人民的喜爱，用敏感之心体悟对时代的困惑。

电影《人生》被称为“西部电影的奠基之作”，所呈现出的纪事美学和民俗文化，在一定程度上代表着前期中国西部电影的审美旨趣和价值取向。影片中展现出的浓郁西北风土人情，以及乡村生活与民俗风情喷薄出黄土高原的生活实感和泥土的气息，既是影片中人物情感、性格、行动、命运得以展开的环境依托，也成为与影片故事融为一体的审美元素。表层结构是农村知识青年高加林，在以农村为代表的传统道德与以城镇为代表的现代文明之间的对峙和冲突。这种着眼于中国民族之根的精神主旨奠定了中国电影世界性的视野，超越生离死别和爱恨情仇，流露出别具一格的寻根意识和忧患思想。《人生》通过温柔敦厚的影像表达，缓解了现代文明施加于传统道德的猛烈撞击和强烈吸引，展示出编导在两者之间谋求和解，甚至以传统道德包容现代文明的诗意历史。

《人生》的小说版和电影版体现的主题思想相同，叙事线也大致相同。但电影主要借助空间塑造人物形象，从重点人物和情节着手，省略细枝末节，而小说相对于电影而言，能详细地交代事件起因、经过、结果，以不同人物的视角看待世界，在回顾人物生活经历和心理路程的同时，可以表现人物当下错综复杂的内心活动与行为动机。不过，电影比小说更具浓郁的西北风土人风情，更逼真，更形象，更生动，更有感染力。电影采用视听语言的方式给人以强烈的感官冲击，具有明显的地域风采和特色。“1984年，电影《人生》的上映，首次将西北黄土高原的地貌风貌、民俗景观与人文景致呈现于银幕，吴天明在路遥原著的基础上对《人生》进行了个人化的思考和改造，进一步强化其中蕴含的时代气息。”[①]

小说对黄亚萍的外貌、心理活动和性格的刻画是饱满且丰富的。比如，当她见到在县委大院工作的高加林时，文中这样介绍她的外貌：“她已不像学校时那么纤弱，变得丰满了……两道弯弯的眉毛像笔画出来似的。”作者用细节描写展现高加林眼中黄亚萍的变化，隐约体现异性好友之间的微妙关系。但在电影中，这种微妙的感觉无法以空间为载体准确地表现出来。当黄亚萍从县委大院出来，文中这样描写她的心情和感受：“高加林的突然出现，把她平静的内心世界搅翻了。”紧接着，则是对黄亚萍从中学毕业开始的回顾，立体化展现黄亚萍因高加林出色的外貌、能力与精神追求而产生的爱慕之情，但又碍于高加林农村身份而产生距离的微妙情感。

电影将重心放在了高加林和刘巧珍的感情线上，简化了他与黄亚萍的情感故事。高加林从典型的文学形象成功转变为典型的银幕形象，这种形象的转变同时折射出现代化随着时代在同步推进。电影版的《人生》虽无法像小说那样表现全面，但它采用视听语言的方式给人以强烈的感官冲击，表现力更具象、精细，具有明显的地域风采和特色。比如，在影片开始，以陕北民歌《天下黄河九十九道弯》作为背景音乐，以粗犷广袤的大西北为地域背景，展现了农民面朝黄土背朝天的耕作场景，呈现出陕北地貌的美学特征。电影中刘巧珍偶遇正在耕作的高加林，唱着信天游《叫一声哥哥你快回来》，伴随着悠扬深情的音乐，画面中出现陕北的崇山峻岭、广袤土地，达到了听觉美和视觉美的有机统一，并在天人合一的哲学观中

① 杨欣.乡土·人性·诗意·现实：吴天明电影艺术研究［M］.北京：中国戏剧出版社，2019：29.

得到升华。除此之外，在高加林进县城当干部之时，电影以活泼轻松的钢琴乐作为背景音乐，以蒙太奇的形式展现高加林在县城的生活片段，以高加林的独白作为心情阐述，“生活在一瞬间就发生了巨大的变化。我，一个农民的儿子，从田野上再一次来到城市，我知道，这次进城，再不是一个匆匆过客了，我已经成了这个城市正式的一员。我的理想的风帆，就要从这里启航了”，体现现代社会带给高加林的新鲜感和生命力。背景音乐和民歌的使用，也符合时代特点，当时流行音乐中最重要的就是以《黄土高坡》为代表的歌坛“西北风”，也带动了影坛和文坛的西北风潮。影坛相继出现陈凯歌的《黄土地》、吴天明的《老井》《人生》和张艺谋的《红高粱》；文坛上有韩少功、贾平凹、阿城、莫言等作家，从各自不同的角度关注民族文化精神。几种艺术门类互动互进、相互激发：文学创作给影视制作提供了蓝本，如《黄土地》和《红高粱》；流行音乐猛吹的“西北风”，给黄土高原题材的影视制作提供了现实土壤，并直接影响到影视音乐的风格；而影视音乐，如《女儿歌》《颠轿歌》《酒神曲》等又为歌坛“西北风”壮了声威。

电影版《人生》将重心放在刘巧珍和高加林的人物形象与情感纠葛上，以视听语言手法具象精细地表现社会时代背景、西部自然风光、乡土西部意识以及个体审美理想，显示出吴天明对乡土文化的怀念，并以辩证的角度看待现代社会的两面性，探讨社会爱情价值观，以及农村知识分子是否必须以牺牲传统文化为代价进入现代文化等问题。现如今，疫情结束后的电影市场正面临艺术与商业的博弈，思想的多元、杂糅使得电影面临着文化创新的困境。在此背景之下，分析并借鉴《人生》电影作品对中国民族电影的创作有着重要的现实价值和意义，启迪电影制作者将个人抱负与文化传承诉诸影像表达，与人民共情，体悟时代，创作民族的、世界的电影作品。

第一节　爱情价值观回望与辨析

从古至今，无论是诗词歌赋还是戏剧、电影，爱情都是文学与艺术作品中亘古不变的主题。诗词中，从“关关雎鸠，在河之洲，窈窕淑女，君子好逑”到“相见时难别亦难，东风无力百花残”，再到“此情无计可消除，才下眉头，却上心头”，爱情的喜怒哀乐跃然纸上；戏曲中，从《西厢记》的“情已沾了肺腑，意已惹了肝肠”到《牡丹亭》的“情不知所起，一往而深。生者可以死，死可以生”，再到《桃花扇》的“十里红尘，三生绘制桃花扇，梅红落雪人独看”，爱情的伤肝断肠直抵人心。路遥的代表作《人生》以爱情为基本叙事线索，演绎了一部快乐与痛苦并存、高亢与低缓交织的爱情交响曲，刻画出高加林、刘巧珍、黄亚萍、马栓、张克南、德顺爷爷等鲜活的人物形象，不仅展现出传统道德与现代观念碰撞出的社会爱情价值观，还折射出作者对乡土、城镇、时代以及人生的深刻体察与思索。

在这部以爱情为主要叙事线的人生启示录中，分析《人生》中人物的社会爱情价值观尤为重要。《人生》电影作品以高加林与刘巧珍、黄亚萍三角关系的爱情纠葛为叙事明线，以马栓、张克南与德顺爷爷的爱情为叙事暗线推动故事发展。对高加林来说，爱情可以是低谷时期的救命稻草，也可以是通向高处的万能钥匙；对刘巧珍来说，爱情是心之所向，可以为此奉献一生的东西；对黄亚萍来说，爱情是在限定的现实条件下迸发出的烈火与激情；对马栓、张克南以及德顺爷爷来说，爱情是美好的、纯粹的、超越世俗的。下文将通过剖析每个人物的情感与行为来探讨社会爱情价值观。

一、高加林

高加林是一位相貌堂堂、腹有才气、具有远大抱负的年轻人，但时运不济，没有考上大学的他原本可以在民办学校教书，结果他的工作被村支书高明楼的儿子高三星顶替，一心想去大城市的他只能回到土生土长的高家村当农民耕种田地。在高加林陷入低谷，试图放弃远大理想，说服自己适应农民身份之时，一位以前就对他心有所属却因自己大字不识而自卑的女孩刘巧珍开始了对高加林的追求和示爱。高加林虽在意刘巧珍没受过教育，但因为刘巧珍美丽的外表、温柔的性格和对自己无微不至的关爱，起初犹豫不决、徘徊不定的他逐渐陷入了刘巧珍的柔情蜜意中。虽然他内心知道如果和巧珍在一起就永远走不出这片村庄了，就承认自己要一辈子当农民，再也实现不了心中远大抱负，但是思前想后的他仍然无法抗拒对刘巧珍的思念，眼前的甜蜜将他拽进爱情的旋涡中。对高加林来说，刘巧珍的爱情如同沙漠里的一汪清泉、茫茫大海里的一艘轮船，解救他于水火之中，使他在低谷时期仍能感受到温情和爱意，抚平他浮躁的内心，使他重获生活的动力与斗志。无疑，刘巧珍的出现解救了处于低谷期的高加林，但高加林对满身才华无用武之地的愤懑不平，以及对前往大城市施展才能、获得优质生活的向往和渴望，使得他无法真正愿意为刘巧珍永远留在乡村，这一想法为后来高加林抛弃刘巧珍做了铺垫，高加林对刘巧珍的背叛是必然的。

当高加林因为叔父升迁被内部人员指派到城镇工作时，他很快就从对离开刘巧珍的不舍转换为对城镇生活的期盼。高加林出色的工作表现又激发了从学生时期就爱慕他的黄亚萍对他的喜爱之情。具有现代特质的黄亚萍寻求“自我”和“自主”，不惜打破与张克南多年的婚约，勇敢示爱高加林，追求她心底真挚、纯粹却有着“前提条件”的爱情。高加林虽然在内心深处爱着刘巧珍，但有文化、聪敏、条件优越的黄亚萍让他觉得更合适，尤其是当高加林把爱情和前途联系起来看的时候，刘巧珍只能成为一个优秀的家庭主妇，而黄亚萍不仅自身发展潜力大、平台好，最重要的是还可以给高加林提供更多优质工作机会。权衡利弊的他最终选择了黄亚萍，抛弃了刘巧珍，即使他心里有很多道德上的谴责，他的行动仍然以现实条件为基础进行了取舍。然而，当高加林对生活要求太多时，生活反而会给高加林当头一棒。张克南妈妈得知黄亚萍为了高加林抛弃自己的儿子，于是向领导告发高加林“走后门”。此时的高加林在得知刘巧珍已经嫁人后，也失去了工作，只能再次回到乡村当农民。

黄亚萍曾是这样看高加林的：“有点像小说《钢铁是怎样炼成的》里面保尔·柯察金的插图肖像，或者更像电影《红与黑》中的于连·索黑尔。”但现实中的高加林既没有保尔的勇敢坚强，以及为信仰奉献一切的精神，也没有于连不惜一切代价，利用各种不光彩手段跻身上流社会的野心。现实生活中的高加林是软弱的，对待爱情是不够坚定、不够纯粹的。他的民办教师工作被村支书的儿子挤掉时，他在家里嚷嚷着为自己讨回公道，却连举报信也不敢写；他是那么向往城市的生活，却因为眼前刘巧珍的柔情蜜意而违背自己的本心，无法坚定地拒绝其爱意；当他通过“走后门”到城镇当干部，并被黄亚萍示爱时，他权衡利弊之后抛弃了刘巧珍；当被举报后失去工作并得知刘巧珍已经嫁人时，他又向黄亚萍坦白自己对刘巧珍的爱情……

高加林作为知识分子，他的社会爱情价值观以现实为基础，在他的心中，事业比爱情重要，“他反复考虑，觉得他不能为了巧珍的爱情，而贻误了自己生活道路上这个重要的转折”，如果他的爱情阻碍了他的前途，那么面对再美好的女子他也会望而却步，最多只会沉浸于此时此刻而非做长远打算。例如，刘巧珍对高加林的爱是那么纯粹和无私，她甚至以一种牺牲自我的精神给高加林无限的幸福，但因为与高加林的未来期盼背道而驰，所以高加林对刘巧珍是深爱但不坚定的。如果他的爱情不仅不会阻碍他的前途，甚至还可以为自己的远大抱负助力，那么即使在这段感情中并没有如此顺心，他也会继续经营。例如，黄亚萍对高加林的爱是炙热的，却是有前提条件的。在以前，黄亚萍虽然喜欢高加林，但碍于高加林的农民身份并未对他表明自己的心意。在高加林去县城当干部并工作十分出色时，黄亚萍对高加林的情意又复燃了。另一边的高加林清楚地知道黄亚萍对他的爱意是有条件的，并在很大程度上不像刘巧珍那样从一而终、全心全意地爱自己，但高加林基于自己前途与命运的考虑，仍然选择了黄亚萍，抛弃了刘巧珍。

高加林为了完成自己的理想和远大抱负，丢失了刘巧珍这块“金子”，选择了各方面都和他匹配并可以为他提供更好平台的黄亚萍。在拥有刘巧珍时，他嫌弃刘巧珍没文化，对黄亚萍抱有神秘色彩的幻想；在拥有黄亚萍时，却恼火于黄亚萍的任性胡闹，陷入对刘巧珍的思念。他自身摇摆不定的性格让他无法在两段爱情上作出发自内心的选择。试想如果高加林没有遇到黄亚萍，他会继续和刘巧珍生活在一起吗？答案是不会的。对向往去城市发展的高加林来说，即使没有黄亚萍的出现，也会有其他能为其事业提供帮助的女子出现，而高加林也会义无反顾地抛弃刘巧珍，实现自己的城市梦，因此从某种程度上来说，高加林的爱情悲剧是必然的。生活无法让人兼得鱼和熊掌，高加林不遵从本心，却以现实为中心选择爱情，必定会导致悲剧。

二、刘巧珍

刘巧珍是一位眉清目秀、单纯善良的女孩，她的家境在整个高家村是数一数二的。她虽然一个大字不识，但心胸开阔，有着一颗包容世间万物的心。文中是这样描述的："她虽然没有上过学，但感受力和理解事物的能力很强，因此精神方面的追求很不平常。加上她天生的多情，形成了她极为丰富的内心世界。"刘巧珍很早以前就默默地喜欢着高加林，被高加林的外貌、胆识、才干深深吸引，但碍于自己没文化而感到自卑。在以前，刘巧珍从没有对高加林表露出好感，直到高加林失去民办教师的工作回家乡当农民时，刘巧珍才开始向高加林示爱。刘巧珍对高加林的爱是伟大无私的，是可以牺牲自我的。在高加林与刘巧珍恋爱期间，刘巧珍为高加林穿上他喜欢的米黄色短袖，为他不顾村民异样眼光刷牙，为他逃避马栓的婚约，为他与父母作对，为他考虑他的未来前途；即使在高加林抛弃她时，也不憎恨他，反而从对方角度考虑高加林的难处，并责怪自己的痴心妄想，在父母面前尽说他的好。在刘巧珍已嫁，并得知高加林"走后门"被举报丢了工作之后，刘巧珍不仅没有落井下石，反而请求母亲和姐姐别去奚落高加林，并拉着刘巧英请求高明楼给高加林一个教书的机会。虽然高加林抛弃了自己，但她并没有为此计较得失，而是摒弃了世人的恨，汲取了世间的爱，以纯粹、直达心灵的爱情观升华自己的情感，呈现了在传统道德语境之下人性至纯至美的情感境界。

刘巧珍对自己的爱人高加林是如此温柔，恨不得把世间所有美好都给他。"如果真正有合她心的男人，她就是做出任何牺牲也心甘情愿。她就是这样的人！"然而对待自己不爱的马栓，刘巧珍表现得很是冷漠。马栓三番五次地去刘巧珍家见她，刘巧珍却躲着不见。在马栓和刘巧珍的新婚之日，刘巧珍的悲伤之情溢于言表。刘巧珍对高加林的热情和对马栓的冷漠形成强烈对比，刘巧珍的社会爱情价值观是遵从心灵、坚定不移的。小说中是这样描述的："就她的漂亮来说，要找个公社的一般干部，或者农村出去的国家正式工人，都是很容易的。”然而，她心里只有高加林，已经容不下其他人了。她的爱情摒弃了人世间一切约束，无论是现实原因、地域原因还是时间原因她都不曾顾及，呈现出超脱世俗的、直抵人类内心的本真爱情，体现了刘巧珍身上坚定隐忍、无私奉献的传统美德。

刘巧珍的爱情观与高加林、黄亚萍的爱情观大不相同。刘巧珍有着毫无杂质的爱情观，她之所以形成这样的爱情观，归根结底是因为她成长于乡土之中，她的思想没有被现代文明所影响。并且，她没有受过教育，她对爱情的理解是简单的、纯粹的。当高加林为爱权衡利弊，黄亚萍为爱实现自我时，刘巧珍为爱把自己放在了一个不平等的地位，自我牺牲、不求回报地成全高加林，她的爱伟大得令人心疼，是人类爱情的终极理想。

三、黄亚萍

作为一位见过大世面，受过高等教育的高干子女，黄亚萍落落大方，有着典型的现代女性思想。她看不起农村人，却对高加林刮目相看。她在高中时就经常和高加林一起交流，从小说聊到绘画，从国家大事聊到人生理想。高加林欣赏黄亚萍，却因为自己的家庭、身份地位而感到深深的自卑，黄亚萍对高加林也有着微妙的情感，不过，黄亚萍对高加林的爱是有条件的：“她还不能为了爱情而嫁给一个农民，她想她一辈子吃不了那么多苦！”因此，在高加林的民办教师工作被其他人顶替而被迫回乡当农民时，黄亚萍与他之间的联系很少，但得知高加林被调到城镇当干部时，她平静的内心世界又被他搅乱了，无法抑制对高加林爱慕之情的她，向张克南坦白了自己的情感，取消了与张克南的婚约，大胆主动地向高加林表明自己的爱意，并很快就与高加林谈了一段轰轰烈烈的恋爱。在恋爱的过程中，黄亚萍展现了“自我”和任性的一面，在高加林开会时，黄亚萍会不管不顾地让高加林冒雨找小刀，只为证明高加林是否在意她。不过，好景不长，张克南妈妈揭发了高加林“走后门”之后，高加林失去了工作，黄亚萍的理想和现实又发生了莫大的冲突："她真诚地爱高加林，但她也真诚地不情愿高加林是个农民！"可以说，相对于刘巧珍而言，黄亚萍对高加林的爱是浓烈的，以至于在黄亚萍为这个事实所难过的时候，她也头脑发热要为自己的爱情做出崇高的牺牲："我不工作了！也不到南京去了！我退职！我跟你去当农民！我不能没有你……"但黄亚萍冷静下来后，无法做到像刘巧珍那样没有条件地爱着高加林，经过城市文化和现代文明洗礼的黄亚萍对高加林的爱是有前提条件的。

对黄亚萍来说，相较于高加林，张克南没有潇洒的风度，也没有远大的抱负，这是黄亚萍不喜欢的。然而，张克南在家庭、地位以及物质条件上和自己是十分适合的，同时，他心地善良、细心体贴的特质也是亚萍可以感觉到的。时间一长，黄亚萍发现了张克南的闪光点，被张克南关心打动的她，开始喜欢上张克南。不过究其本质，黄亚萍对张克南的喜欢是浮于表面、一碰就碎的，是权衡过利弊后的，远远没有爱高加林那样炙热、浓烈。因此，当高加林摆脱农民身份后，黄亚萍内心的火焰又重新燃烧起来，毅然决然地抛弃张克南，转而投向高加林的怀抱。事实上，如果没有高加林的出现，她与张克南之间的爱情也不会长久，会有其他优秀的男子出现打破她对张克南的爱意。

黄亚萍的爱情观是典型现代女性和知识分子共有的爱情观，并带有一丝官僚主义气息，具体表现为有着根深蒂固的阶级观念，在意以自我为中心的现实基础。她既会追求罗曼蒂克式的爱情，也会权衡爱情中的得与失。与刘巧珍大为不同的是，黄亚萍有着大小姐的脾气和个性，坚决不会为了外界事物的干扰而委曲求全。无论是她对张克南的日久生情，还是她对高加林的炽烈之爱，归根结底她最爱的人是她自己。她接受张克南的爱是为了让自己不再孤单，她追求高加林是跟随自己内心的想法，她在与高加林的恋爱当中胡闹任性也是为了检验对方对自己爱意的真诚度，而当高加林再次回归农村，她在痛苦之余也能潇洒地对高加林说"祝你们幸福"。种种迹象表明，理想与现实的矛盾冲突使得黄亚萍永远屈服于现实。但就爱情本身而言，若黄亚萍永远将现实因素视为枷锁，把物质因素视为围墙，那么真挚且理想的爱情就会永远远离她。

四、德顺爷爷、马栓以及张克南

在《人生》中，作者对于德顺爷爷、马栓与张克南三个人物的刻画并不算多，但仍然以典型事例勾勒出三个人物的性格，表达了他们对爱情的看法。在德顺爷爷带刘巧珍和高加林到城里拉粪的路途上，德顺爷爷回忆起他二十多岁的恋人灵转。“灵转背着他爸，偷得给我吃羊肉扁食，荞面饸饹……直把我送到无定河畔，又给我唱信天游……”灵转被父母引给了年轻人之后，德顺爷爷的幸福也就灰飞烟灭了，只能在心里惦念着灵转，终身未娶。德顺爷爷的爱情观念与刘巧珍相类似，是纯真而炽热的，爱情在他们心中是富足且饱满的。虽然他们都为土地的子女，有着为爱牺牲、奉献的精神，但德顺爷爷的爱情在某种程度上比刘巧珍的格局更大，传统的道德观念锁住了刘巧珍的自由行为——嫁给马栓，而德顺爷爷并没有被传统道德观念束缚，哪怕是在现实中落了空，但他的内心和行为是一致而自由的。在德顺爷爷心中，爱情的质地与文化程度的高低无关，与生活方式的先进落后无关，甚至与观念形态的道德标准也无关。

马栓和张克南也都是淳朴、善良的青年。在马栓得知自己心爱的女人和高加林相好时，他灰心丧气，但得知高加林不要刘巧珍时，心又动了，并开导刘巧珍想开点。同样地，张克南心地善良，待人诚恳。当张克南被黄亚萍抛弃时，他虽难过，但仍然成全黄亚萍与高加林，并且在得知妈妈去告发高加林时，为了尽量挽回这个局面，将消息及时告诉黄亚萍，也主动向高加林替妈妈道歉。马栓和张克南两人的爱情观是淳朴的、纯粹的，也是单一的、现实理性的。对于他们的所爱之人，会给予尊重、换位思考、成全对方。

五、《人生》的总体社会爱情价值观

中国电影爱情题材经久不衰，有男女地位悬殊的爱情如《梁山伯与祝英台》，跨越生死的爱恋如《胭脂扣》，底层人民的朴实爱情如《劳工之爱情》，战争下的爱情如《无问西东》。而《人生》的爱情观则回归男女人物本身的矛盾，在这之后，人们也注意到男女爱情悲剧的自身问题，把视线从环境聚焦至人物本身。高加林和刘巧珍的爱情悲剧超越了时代的桎梏，直至今天也是充满着现实主义批判性的经典案例。不难看出，吴天明的电影张扬小人物的个性，展现人与命运的抗争，这种来自底层的生命力构成了他的创作图景，为劳动人民的人性活力和真善美作出较为成功的诠释。

高加林、刘巧珍的爱情悲剧并不仅仅是外界因素导致的，更是两者之间的世界观、人生观以及价值观的不同产生的巨大鸿沟所致。《人生》中说到，在高加林失去教师工作之前，刘巧珍会因为自己没文化而感到自卑。当刘巧珍帮高加林卖完馍一起推自行车回家时，高加林表达了他对城市的向往，刘巧珍面对惆怅的高加林，在劝慰他的同时，也表达了让高加林留在农村的想法。在高加林进城工作后，刘巧珍到高加林工作的地方看望他，跟他说母猪生猪仔的事情以及要给他带保暖的狗皮褥……刘巧珍的种种行为无法引起高加林的共鸣，男女双方在精神层面无法达到一致，导致他们逐渐失去了共同话题。双方的爱情悲剧不是遭遇父母的阻挠，只是男女之间在巨大的文化差异下思想观念的不平衡导致的。

追究《人生》中的爱情悲剧根源，除城乡之间的矛盾差异外，还有中国社会体系中错综复杂的人情关系网。高加林的教师工作被书记的儿子顶替，张克南的母亲惩罚儿子的情敌……种种现象都体现了个人价值不是由本人的实力决定，而是由他的身份、政治地位、社会地位等因素决定的。正是由于对现实的大胆批判，小说和电影都引起了人们对于年轻人爱情观、人生观等方面的讨论，反映了时代和社会残酷现实对城乡年轻人的巨大束缚与桎梏。当时，许多年轻人写信请教路遥如何面对类似的爱情及人

生问题，路遥也积极给予回应，并到全国各地演讲，与青年进行讨论。路遥在小说《人生》中引用他的文学偶像柳青的名言——“人生的道路虽然漫长，但紧要处常常只有几步”，时代的道路、年轻人未来的道路均充满巨大的不确定性，这是时代命题，路遥敏锐地抓住并恰当地借助高加林这个角色成功给予文学升华。

第二节　电影《人生》影像文献考察

路遥的小说《人生》诞生于1982年，这一时期文艺思潮呈现出一波未平一波又起的态势，“伤痕文学”“反思文学”以及“寻根文学”冲击着人们的思想观念。在这一背景之下，路遥的《人生》综合了“伤痕文学”“反思文学”以及“寻根文学”的特点，展现了陕北高原的风土人情，表现了改革时期旧道德与新思想、农村与城市的矛盾冲突，更反映了大时代背景下个体的生存发展问题，此书一经出版就获得了广泛关注，引起社会的热烈讨论。

在路遥《人生》大火之时，许多导演争抢《人生》电影版的拍摄机会，吴天明就是其中一位。他与路遥同是陕北人，都对这粗犷而细腻的黄土高原以及九曲回肠的黄河爱得深沉。当吴天明听说有导演打算在四川九寨沟取景拍摄《人生》时，他认为十分不妥，急忙找路遥商量。在将自己的想法和对《人生》的理解表达给路遥听时，路遥认定让吴天明来导演《人生》这部影片，路遥则为影片的编剧。

影像如同活文献，是记录历史的直观文本。通过影像，我们既可以从宏观视角感受社会发展，也可以从微观视角感受风土人情。记录中国西北的影像作品十分丰富，它们将西北文化构建成宏大的多元矩阵，以独特方式展现生命之情感、影像之温度。吴天明作为现实主义的实践者、西部电影的开拓者，其创作特点是将西部别具一格的自然景观和人文景观结合，将传统文化、西北民俗与民族精神融会贯通。作为拍摄西部电影的代表导演之一，吴天明在他的作品中，表达了对故土美景、民风民俗以及传统文化的留恋与赞扬，体现出西北人民粗中有细的性格特点，承载着民族精神象征。电影《人生》以视听语言的方式生动再现了陕北人与自然和谐共处的生态美学以及极具地方特色的民俗文化风情，传统与现代的时间概念被置换为乡村与城市的空间表达。吴天明导演以强烈的历史责任感诗意化地再现特定时期、特定年代的社会文化，揭示传统文化道德与现代文明思想的矛盾关系，展现出中国传统文化和人文精神的独特魅力。

一、人与自然和谐共处的生态美学

中国西部的地理地貌主要为黄土高原、大漠戈壁和高山草原，自古以来，中国西部就是各民族迁徙、交往、通商、征战的通道，也是不同源流的文明体系交汇融合的重要场域。① 因此，相对于其他地方而言，陕北高原受中原文明影响较小，而受游牧文化影响较大。美国学者欧·奥尔特曼曾说："一个社会的价值观、信念和习俗涉及的不仅是'内心的'和'行为的'过程；文化出现在物和物质环境中。"② 自然环境潜移默化着民族特性和民族意识，塑造着民族性格和民族风俗。吴天明的《人生》开启了中国西部电影的发展之路。通过宏观场面表现广袤的大西北，通过近景特写

---

① 朱靖江.边疆的重现——早期中国西北影像文献研究（1870—1949）[J].西北师大学报（社会科学版），2022，59（02）：106-114.

② 杨欣.乡土·人性·诗意·现实：吴天明电影艺术研究［M］.北京：中国戏剧出版社，2019：158.

图 1　1984 年电影版《人生》剧照（一）

图片来源：1905 电影网，人生 – 高清完整版在线观看 – 电影网（1905.com）。

图 2　1984 年电影版《人生》剧照（二）

图片来源：1905 电影网，人生 – 高清完整版在线观看 – 电影网（1905.com）。

图 3　1984 年电影版《人生》剧照（三）

图片来源：1905 电影网，人生 – 高清完整版在线观看 – 电影网（1905.com）。

表现质地松软的黄土地，通过拍摄千沟万壑、成群羔羊展现陕北特有的生态环境。

在影片开始，导演运用大量的镜头表现漫无边际的黄土高原和黄土高原上人们劳作的场景，体现人与自然相依存、相抗争的矛盾关系。影片第一个镜头（0时0分15秒到0时0分32秒）是对锄地农民印在土地上的影子进行特写，表现干裂土地上辛勤劳作的农民。第二个镜头（0时0分33秒到0时0分46秒）是对农民手上不停挥动的镰刀进行特写，表现面朝黄土背朝天的耕作场景；第三个镜头（0时0分47到0时0分53秒）特写黄土上农民锄地的影子和黄土松软的土质；第四个镜头（0时0分54秒到0时1分2秒）近景拍摄农民锄地；第五个镜头（0时1分2秒到0时1分10秒）以远景拍摄在黄土高坡上锄地的农民，黄土与天空交界形成的对角分界线将画面分为两个部分，黄土占画面的四分之三，人与天空占画面的四分之一，直观展现黄土的庞大和人类的渺小。同时，沉闷单调的锄头声表现了劳动人民的无奈与艰辛，体现出人与自然相依存、相抗争的矛盾关系。紧接着，导演又以连续几个摇镜头表现太阳落山时牧羊老人赶羊群的场景和陕北黄土高原千沟万壑的景象。展现了陕北的独特地貌，以及陕北农牧结合的生产方式，呈现了陕北农民的生存状态和生活方式。

图4　1984年电影版《人生》剧照（四）

图片来源：1905电影网，人生－高清完整版在线观看－电影网（1905.com）。

同时，导演以生产活动和生活活动场景表现人与自然和谐相处的关系。首先，从生产活动的角度上看，导演大量展现了人们在黄土地里劳作的场景，比如，在影片9分55秒到10分10秒，导演以固定镜头拍摄刘

图 5　1984 年电影版《人生》剧照（五）

图片来源：1905 电影网，人生 – 高清完整版在线观看 – 电影网（1905.com）。

巧珍等姑娘在玉米地锄玉米的场景，大片的绿色围绕在刘巧珍身边，炽热的阳光打在刘巧珍脸上，暗示着她对高加林的回乡感到欣喜和激动。在影片 10 分 48 秒到 11 分 17 秒，导演以过肩拍正反打镜头展现高加林背草堆的场景。在影片 13 分 05 秒到 14 分 45 秒，挎着菜篮的刘巧珍与正在锄地的高加林相遇。在影片 14 分 45 秒到 14 分 58 秒，导演以摇镜头展现高玉德挖菜的场景。刨土、挖菜、锄玉米、背草堆……这些场景遵循了生态美学生发的规律，生产劳动和审美艺术构成了艺术审美的生态化环节，影片捕捉到了人们在遵循生态规律和生产规律的同时形成的生产实践形态的生态审美。从影片中的人物造型和道具来分析，劳作过程中的男女都是以头裹毛巾的形象出现的，道具选用了具有陕北地域特色的旱烟袋、馍等，表现出了陕北地区的自然风貌和人文气息，这些正是自然的人化体现，使人们在原有自然生态的基础上达到了人与自然的和谐共生。①

① 王萍 . 电影《人生》的生态美学探析［N］. 中国电影报，2022–07–27（011）.

图 6 1984 年电影版《人生》剧照（六）

图片来源：1905 电影网，人生 – 高清完整版在线观看 – 电影网（1905.com）。

其次，从生活活动的角度上看，乡村生活在某种意义上也是十分有趣的。高加林与刘巧珍在麦秸垛旁月下抒情的场景将中国特色的传情达意方式巧妙地用环境表现出来，颇有趣味性。在影片 45 分 51 秒到 45 分 59 秒，高加林与马栓正在对话。高加林："马栓，你别瞎跑了，巧珍有对象了。"马栓："谁？"镜头一转，深邃的夜空，挨在一起的草垛中传来高加林和刘巧珍的说话声。刘巧珍："你怎么说？"高加林："我说，远在天边，近在眼前！"刘巧珍："你真的这么说了？"高加林笑着说："嗯！"刘巧珍："你敢！"高加林和刘巧珍依偎在一起，靠坐在麦秸垛下。伴随着蛐蛐的叫声，深夜显得更加安静，天空中的星星将这一静谧的夜晚点缀得颇具浪漫色彩。这种具有乡土气息的恋爱生活场景，使得高加林与刘巧珍被幸福和美好包围起来，成为高加林与刘巧珍谈情说爱的秘密花园。

吴天明的《人生》中充斥着大量的黄土景观，展现着西部壮丽秀美的自然风光，表现了豪爽大方、耿直善良、坚韧顽强的西部人，弘扬了中华五千年悠远深沉的民族文化。在吴天明的电影中，展现着沟壑纵横的地理环境，塑造着人们的精神面貌，原本现实可见的自然景色转化为想象的艺术审美和文化观念，实现了具象到抽象的转变。

二、极具地方特色的民俗文化风情

民俗一直是中国电影中不可或缺的重要元素，它以象征的方式作为叙事内涵，以造型的方式作为画面特色。无论是《大红灯笼高高挂》的捶脚习俗、《黄土地》的婚礼仪式、《红高粱》的制酒传统还是《老井》的集体打井，都体现出浓厚的东方魅力和传统氛围。基于此，中国电影吸收民族优秀文化，继而也变得更具国际性。

路遥曾说："无论怎样，只有把自己熟悉的本民族的东西真实地、艺术地、丰富多彩地表现出来，作品所流露的一切才可能使世界上更多的人理解和感受。"电影如同一架桥梁，使得原本不被大家所熟知的文化通过影像化的生动展现方式，让人们理解甚至感同身受，让本地人、中国人乃至全人类感受地方文化的魅力，真正实现民俗文化既是民族的，也是世界的。吴天明作为电影《人生》的导演，在表现小说的人物、故事以及主题的同时，非常注重对民俗文化风情的展现。虽然小说《人生》中也有关于民俗文化的描写，但电影《人生》中的民俗文化风情的比重明显变大，电影中的民俗文化风情不仅起着推动叙事、借景抒情的作用，还展现出对文化遗产的传承和弘扬。

首先，电影《人生》的民俗文化风情体现在信天游的运用上。陕北民歌原本是西北黄土高原的传统民歌，多数是触景生情，即兴编唱，根据社会生活从不同程度表现陕北人民的喜怒哀乐，分为劳动号子、信天游、小调等，其中，又以信天游最广为流传。信天游作为陕北民歌的主要形式之一，是陕北人民抒发感情、传达想法的最直接、形象的方式，不仅反映陕北人民的生产生活方式，更体现陕北人民积极乐观的心态和顽强拼搏的精神。在影片开场 1 分 02 秒到 2 分 08 秒，伴随着黄土高原上农民劳作场景的蒙太奇，出现了《天下黄河九十九道弯》的配乐。在这首歌的映衬下，独特的地形地势显得更复杂，劳作的人民显得更渺小，人们的生产生活、生存方式也显得更艰难，从而更鲜明地表现出陕北人民勤劳勇敢、不惧困难的精神。同时，这首歌出现在影片开头，“九十九道弯”不仅说明黄河的弯曲，还预示着原乡记忆中场域的复杂性，以及漂泊者还乡的艰难性[①]。

除《天下黄河九十九道弯》外，还有《走西口》《叫一声哥哥你快回来》信天游歌曲出现在影片《人生》中。《走西口》出现在影片59分48秒到1时01分27秒，德顺爷爷骑三轮车载着高加林和刘巧珍去城里拉粪时，讲述了德顺爷爷年轻时与灵转的爱情故事，《走西口》则是灵转当时对即将与她分别的德顺爷爷唱的歌。随着回忆推进，德顺爷爷唱起《走西口》，两三句后，影片中响起了女声版的《走西口》，将观众的思绪拉向灵转，沉浸在二人过去的回忆中。《叫一声哥哥你快回来》在影片中出现了五次。

第一次是在影片13分07秒到14分01秒，刘巧珍动情地唱着这首歌，手里提着装满瓜的篮子向正在劳作的高加林走去。这是刘巧珍第一次向高加林表达爱意，通过信天游表现平日里难以表达的爱情，以开阔奔放的曲调和直抒胸臆的歌词来表现感情的炽烈、深沉。

第二次是在影片32分24秒到33分28秒，高加林后悔接受刘巧珍的爱意，刘巧珍的歌声从远处传来，镜头切到刘巧珍，歌声也由远及近。此时的歌声对高加林来说象征着刘巧珍对他炽烈的爱意，是感性的；而高加林为自己前途担忧以至于后悔接受刘巧珍的情意，是理性的。在高加林的主观镜头中，他的心里话与刘巧珍的《叫一声哥哥你快回来》交织在一起，体现高加林的感性与理性在做强烈对抗。紧接着，镜头切到玉米地里的刘巧珍，她的歌声更加清脆嘹亮，不仅表现出她炽热的爱情，也预示着高加林的感性战胜了理性，将回到城市生活这一想法抛到脑后，继而沉溺在刘巧珍的柔情蜜意中。

---

① 张春.从原乡记忆到西部电影：重返“80年代”看《人生》改编及其价值［J］.电影新作，2019（06）：50-56.

第三次是在影片 46 分 45 秒到 47 分 07 秒，高加林与刘巧珍坠入爱河，两人依偎在草棚中，刘巧珍在高加林耳边唱这首歌。这表现出热恋中的刘巧珍大方地对高加林展现自己对他的爱意。

第四次是在影片 1 时 12 分 21 秒到 1 时 14 分 42 秒，高加林被安排去城镇工作，与刘巧珍在大马河桥分别，此时背景音乐响起了这首《叫一声哥哥你快回来》，表现出刘巧珍对高加林万般不舍却也希望他能如愿到城镇工作，两种情绪交织在一起，刘巧珍的悲伤与不舍融进信天游的这句"你快回来"当中，歌曲的旋律相较之前更为舒缓悠长，配乐的女声以近似于哭腔的演唱方式表现此刻刘巧珍的惆怅与不舍。

第五次是在影片结尾 2 时 09 分到 2 时 10 分 18 秒，高加林背着行囊迈着沉重的步伐从城市返回高家村，此时响起《叫一声哥哥你快回来》的熟悉旋律，表现工作与刘巧珍都已失去的高加林物是人非之痛。

图 7　1984 年电影版《人生》剧照（七）

图片来源：1905 电影网，人生 – 高清完整版在线观看 – 电影网（1905.com）。

其次，电影《人生》的民俗文化风情体现在高加林去县城卖馍时路上人们赶集和集贸市场热闹的场面中。在赶集路上，路遥在小说中这样写道："更多的庄稼人大都是肩挑手提：担柴的、挑菜的、吆猪的、牵羊的、提蛋的、抱鸡的、拉驴的、推车的；秤匠、鞋匠、铁匠、木匠、石匠、篾匠、毡匠、箍锅匠、泥瓦匠；游医、巫婆、赌棍、小偷、吹鼓手、牲口贩子……都纷纷向县城涌去了。川北山根下的公路上，蹚起了一股又一股的黄尘。"

电影中的场面要远比文字描述形象、生动、真实得多。在影片16分26秒到17分57秒，导演以多种景别展现人们赶集的场面。影片中，导演以大远景展现集市的热闹，摇镜头拍摄坐在拖拉机上的人、牵牛的人、挑担的人，深焦镜头展现各样的人赶往集贸市场，紧接着摇镜头拍摄坐在马上的老奶奶，老奶奶后背放着一篮子禽类，一个骑自行车的人穿过镜头。然后，导演以几个特写镜头拍摄了人们手里拿的喇叭、簸箕、锯子，以中景移镜头拍摄在人群中拿着一篮子白馍馍的高加林。刘巧珍骑着自行车从镜头后景到镜头前景然后出画，骑着驴正在和马栓说话的刘立本看到刘巧珍急忙喊她，她装作没听见快速往前骑。之后又是一个远景镜头以宏观视角展现赶集的场景，以及其中骑自行车的、开车的、走路的人。镜头切到高加林惆怅的神情和沉重的步伐，随后以一辆车飞驰而过切到下一场景。总的来说，导演在展现热闹的赶集场景时，用多个景别、多种拍摄方式和纵深的场面调度，生动形象地再现了陕北的赶集场景，使观众对陕北农民的日常生活有了更加形象且深刻的理解。

图8　1984年电影版《人生》剧照（八）

图片来源：1905电影网，人生－高清完整版在线观看－电影网（1905.com）。

再次，集贸市场的场景也能体现出陕北民俗文化风情。小说中这样描写集贸市场："县城南关的交易市场热闹得简直叫人眼花缭乱。一大片空场地，挤满了各式各样买卖东西的人。以菜市、猪市、牲口市和熟食摊为主，形成了四个基本的中心。另一个最大的人群中心是河南一个什么县的驯兽表演团，用破旧的蓝布围了一个大圈当剧场，庄稼人挤破脑袋两毛钱买一张票，去看狗熊打篮球，哈巴狗跳罗圈。市场上弥漫着灰尘，噪声像洪水一般喧嚣，到处充满了庄稼人的烟味和汗味。”电影《人生》是在19分51秒到23分18秒展现集贸市场场景的。导演以摇镜头展现棉被铺中正在弹棉花的人、衣服店里买衣服的人、路上摆摊的小商贩以及挑物件的人。摇镜头摇到人群中茫然无措的高加林，马战胜从远处走来，他们的谈话在热闹的集市中显得格格不入。聊天结束后，画面切到被卖的猪和正在被数的钱，猪发出的惨叫声映衬出高加林难受的心和惆怅的思绪，也象征着高加林如那头猪一样处在十分被动的境地。同时，画面以连续快切的片段展现了被人掰开牙齿的驴、踩钢丝耍杂技的猴，以及忙碌开心的人，他们有的正欣赏音乐，有的正和老友聊天，有的吃着肉饼，有的吹着喇叭。在以大远景展现集市的热闹场面后，镜头一转，以高加林主观视角拍摄正在观望他的路人，表现高加林此时的拘束。刘巧珍走到一个卖瓷娃娃的摊位前远远地看着高加林，假装把玩手里的工艺品。当高加林走进报刊阅览室时，刘巧珍在毛线铺观望他。这一场景中，背景音有人们的吆喝声、唱歌声、弹弦声，一幅民俗集市风景画生动地展现在观众眼前。

图9　1984年电影版《人生》剧照（九）

图片来源：1905电影网，人生－高清完整版在线观看－电影网（1905.com）。

图 10　1984 年电影版《人生》剧照（十）

图片来源：1905 电影网，人生 – 高清完整版在线观看 – 电影网（1905.com）。

图 11　1984 年电影版《人生》剧照（十一）

图片来源：1905 电影网，人生 – 高清完整版在线观看 – 电影网（1905.com）。

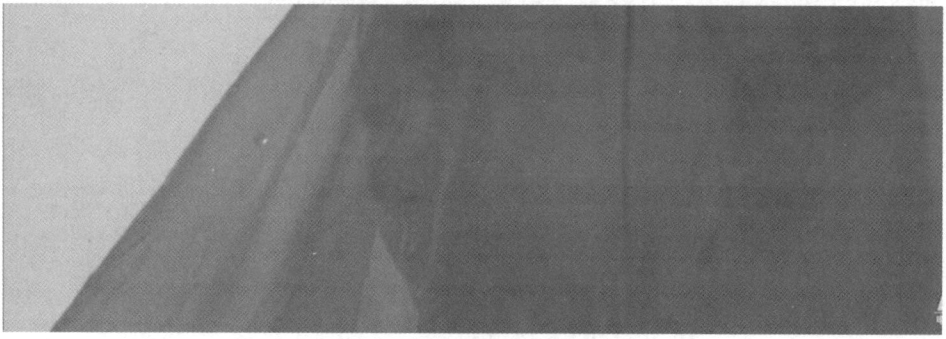

图 12　1984 年电影版《人生》剧照（十二）

图片来源：1905 电影网，人生 – 高清完整版在线观看 – 电影网（1905.com）。

最后，电影《人生》的民俗文化风情体现在婚姻习俗中。大西北千百年来信奉天命，注重传宗接代和生死之事，在婚丧嫁娶这类“人生大事”上有着独具特色的民俗文化景观。在共计233页的小说中，对刘巧珍婚姻的描写只占6页，而在130分钟的电影中，对刘巧珍结婚场景的展现从1时52分10秒到2时0分17秒，足足8分钟，可见吴天明导演对婚姻习俗展现的重视。相较于小说《人生》而言，电影《人生》对于婚姻习俗展现得更生动具体，也更富感染力。

导演对婚姻习俗的拍摄分为以下两个部分。

第一部分，导演通过喇叭、喇叭师傅的面部表情、鼓面、铜锣、镲等十个特写渲染喜庆的氛围，镜头频繁出现了吹唢呐者各式各样的吹奏方式和神情细节。再以一个大全景介绍婚宴乐队的篝火场面，摇镜头缓慢扫过正在院中和黄土坡上围观的孩子与大人。紧接着，又一个摇镜头跟随第一个、第二个、第三个端菜人的脚步，接力棒式地环绕院子拍摄，端菜人穿过人堆，路过极具特色的庭院门槛，展现出陕北结婚习俗的浓烈氛围感。

第二部分，导演开始表现室内的热闹场面。移镜头从对菜的描写转向周围吃菜、喝酒、端菜以及正在吆喝的人。接下来的镜头则是展现婚房中的新娘。导演对“喜”字茶几、“喜”字化妆台、“喜”字瓷盆以及红被子等嫁妆进行特写，极具风俗性。窗外看新娘的孩子与被看的新娘形成对照，孩子的兴奋与新娘刘巧珍的低落形成强烈反差。随后，刘巧玲从孩子堆里入画，进入房间抚平刘巧珍内心的伤痛。紧接着，拍摄燃着的鞭炮以及玩鞭炮的孩子来冲淡此前悲伤的基调。特写刘巧珍脚上的绣花鞋跨过两道红门槛，代表着对婚姻的祝愿。导演以刘巧珍的主观镜头拍摄——刘巧珍透过朦胧的红头纱看到高加林的窑洞，以客观镜头拍摄——窑洞中冷清的氛围和沮丧的高加林父母，这两个镜头形成对比，场外的热闹与场内的萧瑟越发凸显出爱情的悲剧性。吴天明用长达八分钟的镜头表现热闹喜庆的婚礼场面，与此氛围格格不入的刘巧珍更像是爱情悲剧中的祭品。刘巧珍被抱出窑洞上马的镜头是极具仪式感的，表现出她虽然崇尚新思想，企图冲破重重阻碍，但依旧被困在像窑洞一样的农村固有思维中，手上铐着隐形的枷锁。吴天明电影中时常出现以极乐衬极哀的场景，导演对披着头纱的刘巧珍进行特写，以对吹唢呐以及对红头纱上的一滴泪的特写，向观众展现出配乐的喜和画面的悲，以声画对立的方式更鲜明地表现刘巧珍内心的伤痛。在喜悦的唢呐声与人们的欢呼声中，刘巧珍的绝望被无限放大，作为新娘的幸福在此刻化为乌有，随之而来的是爱情悲剧的无尽苦痛。

三、总结

在电影中注入民俗文化，不仅能有效参与叙事，还能体现人们的心理状态，反映社会问题，在与传统现实主义区分开来的同时，更能引起人们深层次的思考。

电影《人生》通过视听语言表现陕北地方人与自然和谐共处的生态美学以及极具地方特色的民俗文化风情。导演运用大量的镜头表现漫无边际的黄土高原和黄土高原上人们劳作的场景，体现人与自然相依存、相抗争的矛盾关系。同时，导演以生产活动和生活活动场景表现人与自然和谐相处的关系。电影《人生》的民俗文化风情体现在对信天游的运用上、集贸市场以及婚姻习俗的场景中。与小说《人生》相较而言，电影《人生》能更精细准确且生动形象地表现改革开放前后陕北农村与城镇的文明冲突，以及陕北特有的民俗文化和自然景象。吴天明导演作为土生土长的陕北人，在以电影方式展现《人生》故事的同时，尽可能地在其中注入文化特色“陕北味”，更具“中国味”。吴天明的电影无时无刻不在凸显“寻根”，随时随地都在怀念“乡土”，在现代观念与传统思想的碰撞之中，表达对故土深沉的爱，对民族优秀文化的传承。多年过去，陕北地区的风俗文化有些已经随时间的流逝而消失，但影像却使陕北民俗得以永久保留。

第三节　当代中国影像叙事对比

自古以来，爱情是艺术家在作品中常拿来表现的主题。例如，元杂剧《西厢记》第一次正面提出以“有情”作为婚姻基础的理想，对于青年男女之间天然吸引形成的冲击礼教樊篱的力量进行了由衷的讴歌。又如，《牡丹亭》以“情不知所起，一往而深，生者可以死，死可以生”的精神内核突破封建制度的束缚性，展现了青年男女向往与追求自由爱情的心理。再如，《长生殿》以唐明皇和杨贵妃至死不渝的爱情来揭示安史之乱前后的社会与历史现实。《桃花扇》通过侯方域与李香君的凄美爱情故事揭露了明末的官场腐败与历史的矛盾，借离合之情写兴亡之感。爱情在动荡不安的年代，不仅关系个体情感，也会被社会情绪影响，进而影响社会主题表达。电影作为当代最受大众青睐的艺术形式之一，所表现的爱情与中国传统戏曲中表现的爱情有异曲同工之妙——讴歌唯美而纯洁奉献的爱的精神，借助富有魅力的个体爱情故事对社会现实进行批判。

电影作为与人们密切相关的艺术形式，紧密关注社会现实，积极呼应社会现实所承载的沉重时代主题。在不同的时代空间里，电影中的爱情故事不仅限于表现个体的感受，更多的是展现大时代背景下被赋予的社会现实价值和思想主题，以“反抗旧思想”和“冲破旧束缚”为目的，表现年轻一代如何理解爱情、体现新的时代价值观念。从1977年恢复拍摄到20世纪80年代前期，经历了“文化大革命”的电影业总体上处于转型状态，在此期间，电影也被赋予了承前启后的重要任务。[①]这一时期的电影以乡村爱情现实题材为主，以歌颂爱情的纯洁美好和无私奉献抚平历史创伤，以青年的情感困境反映社会现实问题。与《人生》同时期的电影有《天云山传奇》《牧马人》《芙蓉镇》《老井》《黄土地》与《红高粱》等，这些电影都是由小说改编而来的，与小说同时引发社会广泛关注。谢晋的《天云山传奇》《牧马人》以及《芙蓉镇》“反思三部曲”中的“患难爱情”成为关键情节。谢晋以强烈的历史责任感，站在时代和国家的高度完成对人性的描述。《天云山传奇》对“伤痕”爱情做了一次浅浅尝试，《牧马人》进一步探讨，《芙蓉镇》达到巅峰。

一、《天云山传奇》

《天云山传奇》讲述了1957年，知识分子罗群被打成“右派”，未婚妻宋薇离他而去，而宋薇的同学冯晴岚在危难时刻与他组成家庭，二人相濡以沫共渡难关的故事。电影有意淡化主人公在政治运动中的遭遇，以爱情弱化苦难，并将“伤痕”编织成为因祸得福的浪漫故事。在影片中，导演以冯晴岚用板车拉着病重的罗群冒雪前行的剪影作为影片开场，表明他们也正与生活中的“风雪”对抗，在大环境的“风雪”之下艰难前行。冯晴岚在影片中是信仰和正义的象征，她无私奉献、顽强拼搏、不惧艰难险阻的精神得到了升华。传统的“纯真小姐与落难公子”情节架构，以一种

① 陈琰娇.“失恋”作为“事件”——论20世纪80年代转折期电影的爱情叙事［J］.南开学报（哲学社会科学版），2021（04）：31–38.

美好愿景的方式给正处于低谷的人一丝希望。

与《人生》相比，《天云山传奇》中的主人公过于理想化，而《人生》中的主人公更接近于现实中的真实人物。《天云山传奇》将受难历史神圣化，而《人生》关注改革现实与城乡之间的真实矛盾。两位作家借助小说阐述的立场有所不同，一个关注历史悲剧，另一个关注现实苦难。

在《天云山传奇》中，罗群与宋薇真心相爱，但由于罗群被打成“右派”，宋薇性格软弱，嫁给了她不爱却可以给她稳定生活的吴遥。另一边宋薇的闺蜜冯晴岚深爱着罗群，愿意陪他在低谷时渡过难关，冯晴岚说：“爱一个人就要探讨他的灵魂。”在《人生》中，高加林如同宋薇，在生活的压力与个人前途和命运的利诱下舍弃爱情。高加林与宋薇的性格相似，在大时代困境之下，不能硬气地反抗世俗偏见，而是随波逐流，只求自保。

罗群是那一时期成千上万被迫害的知识分子代表，他不同于许多最后含冤而死的人，而是等来了平反的那一天。他之所以能坚持下来，除身边有冯晴岚外，主要是因为他心中有理想与希望。他说：“我悲观过，也失望过。可是后来我想，有人把我开除了，革命没有开除我，人民没有开除我，我自己更没有开除我自己。我想，要在可能的范围之内继续努力为党工作。”而冯晴岚心中的理想和希望更明确，从来没有动摇过，并且影响了罗群。这两个人物之所以有点理想化，没有宋薇真实，也与这一点有关。[①]在《人生》中，刘巧珍被视为传统美德的化身，路遥曾说过，他认为刘巧珍是他心中最好的女子。在高加林抛弃刘巧珍后，刘巧珍没有任何怨言，只怪自己不好。高加林因为被举报被机关辞退又一次返回家乡，在刘巧珍大姐想好好教训高加林时，刘巧珍却急忙阻拦，还力求大姐给高加林说说好话，让高加林继续当教师。刘巧珍以世间大爱和朴素的人情包容高

---

① 黄世智.谢晋对思想深度的追求——论《天云山传奇》的深层话语［J］.新闻研究导刊，2018，9（17）：116–117.

加林，让刘巧珍这个人物形象具备扎实的现实性逻辑。

二、《牧马人》

《牧马人》改编自张贤亮的小说《灵与肉》，讲述了许灵均被打成“右派”，来到西北牧场劳动，得到当地牧民的关怀、照料，并与农村姑娘李秀芝结成连理，“文化大革命”结束后，他放弃了到美国生活的机会，决定留下来建设祖国的故事。与《人生》相比，两者在乡村爱情影像叙事中的相同之处是社会与时代的发展对爱情给予各种困境和束缚。不同之处则是，《牧马人》的主人公为爱情舍弃去美国发展的机会；而《人生》的主人公为获得自我发展，舍弃了爱情。

《牧马人》体现的社会时代问题是：许灵均被错划为“右派”；许灵均的父亲为了大好前途，不顾国家利益而坚定不移去美国发展。首先，许灵均被错划为“右派”，展现了那个时代的荒谬。年仅 17 岁的许灵均由于父亲在解放前夕去往美国，被划为“右派”，并被批斗，下放到西北祁连山下的牧马场工作。其次，许灵均的父亲为了前途去美国发展的行为说明了人才流失的时代问题。

在《人生》中，高加林高中毕业，当上了村小学的民办教师，可是这个职位被村长高明楼的儿子高三星找关系“走后门”顶替了。高加林的社会身份，一夜之间从教师变成农民，这展现出当时的社会体制问题，也是当时改革的重点对象。有些人奉行官僚主义，以所谓的“权力”“关系”操纵、控制人们，是改革初期最大的问题。马占胜在看到高加林的叔叔升官后，在体制内部操作了一番，借助体制漏洞，使高加林一夜之间从农民成为城镇机关里的一名记者，这一现象也映射出当时社会中存在腐败问题，进而呼应改革开放大背景和时代主题。

《牧马人》和《人生》的不同之处在于，《牧马人》的主人公根据爱情这个核心作出抉择，最终舍弃去美国发展的机会，而《人生》的主人公始终以现实利害为出发点，爱情不过是地位和利益的附属品。《人生》主人公高加林与乡村姑娘刘巧珍相爱，在有机会进入县城机关作记者后，他抛弃了原来的爱情，开始与城市姑娘黄亚萍的另一场爱情。两部作品里，因为不同的爱情叙事立场，两位主人公对爱情做出了不同取舍。

两者对比，《人生》中的爱情过于世俗化而令时代青年产生共鸣；而《牧马人》中的爱情看上去至高无上，超越现实的束缚。然而，两者都忽略了对爱情本体的描述，缺乏对爱情主体精神的本质探讨。

三、《芙蓉镇》

电影《芙蓉镇》分上、下两集，讲述了在芙蓉镇里，美丽动人的胡玉音在“四清运动”及“文化大革命”中的遭遇。影片中，“右派”秦书田与“新富农”胡玉音因共同的境遇结为夫妻，相互扶持走过了艰难岁月，他们两人有着类似的经历与困境，在互相给予力量的过程中谱写出一段动人的爱情故事。

与《人生》中坚强女性为落难男性提供支撑不同的是，《芙蓉镇》中表现的是坚强男性为落难女性提供支撑，使其重拾信心。胡玉音在落难时与幽默诙谐的秦书田携手共进，以“癫狂”的生活方式与扭曲的社会进行抗争。秦书田作为“右派”，没有被屈辱和政治苦难吓倒，而是以戏谑的方式对待这荒诞的世界。在秦书田与胡玉音扫街时，电影剧本中是这样描述的：秦书田与胡玉音在街拐角的墙边，他们的身子不觉依偎在一起。两人的头越靠越近，秦书田的胡子刺到胡玉音，胡玉音不禁红了脸，轻轻地将秦书田的脸推开。他们都很兴奋，也很紧张。胡玉音半边身子探出墙角，秦书田伸出手臂把她搂了回来，再也没松开。[①]

“扫帚”在影片中充当着两人情感变化的象征物。胡玉音手拿扫帚时，

---

① 古华、阿城、谢晋·芙蓉镇［J］. 电影新作，1986,（04）.

不光彩的身份让她心情低落。而扫街时，秦书田带动胡玉音跳起华尔兹，胡玉音也从悲伤的情绪中走出，变得俏皮灵动。当两人开始接近时，两把扫帚并排而立，当两把扫帚相接触时，两人的情感也开始交汇。当胡玉音与儿子拿着扫帚相依为命时，扫街的动作变得迟缓却坚定。她的耳边不断响起秦书田“活下去，像牲口一样活下去”的声音。[①] 除此之外，当胡玉音哭倒在丈夫黎桂桂坟前时，秦书田开导她，让她积极面对并适应现在的生活。当两人被赐白对联受辱时，胡玉音在秦书田乐观心态的带动下，以豁达的方式为自己贴上白对联，并举行婚礼。

《芙蓉镇》与《人生》的相同之处在于，两者均借助美好爱情让个体遭受的社会不公和苦痛得到纾解，对大时代下小人物的命运进行了刻画与描写，歌颂了个体美好心灵与顽强不屈的品质，同时，也体现了小人物在宏大历史背景之下的无助与渺小，表现现实生活中的农民、知识分子等遭受的不公与苦难，进而揭示社会问题和历史错误，展现时代的变化。

四、《黄土地》

在电影《黄土地》中，翠巧姐姐和翠巧的婚姻都与爱情无关，唯一近似爱情的是翠巧与党员顾青暧昧的关系。顾青是外来者和闯入者，在翠巧眼里，顾青所在的世界是美好的，令人向往的。顾青对翠巧来说是希望和光明。翠巧欣赏顾青，也想成为延安自由的一分子，然而乡村的枷锁困住了翠巧，翠巧夜渡黄河，走向远方只是导演赋予的一个美好理想。《黄土地》展现出的是愚昧、盲目的西部蛮荒民族群像，生活在这片土地上的人们被传统枷锁控制，在道德礼教秩序下个体无法觉醒，哪怕外来者带来的启蒙之光，也是脆弱和不完整的。

然而，在吴天明的电影中，农民始终是有尊严的，无论城市的发展有

① 于佳佳．寻找爱情的位置［D］．河南．河南大学，2021：25.

多少诱惑，这里的农民始终对乡村道德和土地拥有固执的信仰，这样的信仰与德行力量，让乡村世界的人也拥有了主体性。《人生》中，刘巧珍首次找机会与高加林打招呼，拿了家中自留地的甜瓜，水灵的大眼睛忽闪忽闪，腼腆地笑着说："我种的。"刘巧珍作为文化水平低、不识字的农村青年女性，没有高尚的精神追求，她通过劳动获得自豪感和生命力，使她的形象更加真实、生动，具有女性魅力。在高加林进城工作之后，刘巧珍寄给高加林的书信中，内容大多关乎农作和劳动，一方面，因为身为农村女性，农耕、畜牧在她的生活中占据了较多的时间；另一方面，刘巧珍虽然会在高加林还是教师时心生自卑，但劳动本身并不会让她感到自卑，她会兴致勃勃、满含骄傲地对心上人讲述这些琐事。

《黄土地》不仅表现了爱情，还表现了许多爱情以外的革命、民主、解放、女性、启蒙等时代主题，展示出女性解放和民族解放的复杂性。在"农民的故事"中，影片采用"以土为主"的手法表达农民与土地之间深厚而复杂的历史本体性依存关系。在"女儿的故事"中，出现了两次相似的迎亲场面，这意味着买卖婚姻的延续。在第一个迎亲段落中，翠巧是旁观者；在第二个迎亲段落中，憨憨变成旁观者，而翠巧成了当事人。由此，反映了在乡村落后的封建婚姻制度下，女性的悲惨命运。在"党员的故事"中，影片把顾青放在视觉中心位置，展现出一种启蒙者的优越性视角。尽管影片表现了顾青对翠巧的同情，但在潜意识中，仍然维持着一个"启蒙男 + 落后女"的男性中心主义模式。这也呼应了影片"革命 + 启蒙立场"，进而引起对启蒙立场与个体革命间复杂关系的反思。

五、《老井》

吴天明的《老井》是当时著名"寻根文学"作品同名改编的电影，也是"寻根文学"电影代表之作。影片将乡村伦理与传统文化作为刻画重点，并引发端肃沉郁的哲学思考。《老井》讲述的是家中长辈逼迫年轻寡妇段喜凤“娶”一个倒插门女婿，老井村青年孙旺泉因父亲被炸死在井中，不得不放弃个人的人生理想，听命于长辈作了年轻寡妇段喜凤的倒插门丈夫。孙旺泉的恋人赵巧英高考落榜后回村务农。此后，孙旺泉把全部精力放在了打井上，与恋人赵巧英采用科学方法测定出老井村第一口井的井位。全村人日夜为打井奋战时，突发塌方事故，赵巧英和孙旺泉被封在井下。两人在生命可能就此终结之际，情感骤然升温，然而，他们被人成功救了出来。于是，两人不得不分开，一个继续作村里的倒插门女婿，另一个离开家乡走向遥远的南方都市。

《老井》无疑比吴天明的其他作品更原始、更西部、更传统。影片中“牺牲自我，成全集体”的思想正体现了中国传统集体主义族群观念。《老井》与吴天明的其他电影作品最大不同之处在于，《老井》中并没有将城市和农村进行比较，没有表现出二元对立的立场，而是以更宏观的视角书写乡村伦理与传统文化，反思传统文化与现代个体之间复杂且无奈的关系，展现中国人顽强而坚毅的生存勇气。显然，吴天明心中那杆秤偏向于传统一方，无论是《老井》还是《人生》，都传递出对乡村伦理秩序和传统道德信仰的热爱与留恋。比如，在《老井》中，赵巧英和段喜凤作为传统女性的代表，各自具有独特的闪光点，凸显传统女性朴实善良、无私奉献的品质；在《人生》中，刘巧珍的大爱与宽容体现了乡村伦理和优秀传统文化下人性的真善美。

《人生》作为中国西部片的开山之作，从悲剧创作的角度来讲，既是高加林的性格悲剧，也是他作为特定年代下的农村青年被禁锢于土地无力挣脱的命运悲剧。在工作方面，高加林在进城打工时因高傲的性格与张克南母亲发生冲突，又在与黄亚萍相恋后彻底激怒了她，引发了她的报复性举报，致使自己失去工作；在爱情方面，他被刘巧珍的温柔善良打动，却也无力抗拒黄亚萍提出的“大城市有大发展”，最终“鱼”和“熊掌”他都失去了。《人生》之所以停留在悲情层面，是因为高加林的不甘与愤懑，他的放弃与选择都以个人抱负的现实理性为标准，缺乏命运悲剧的特征。

这与《老井》中的孙旺泉不同。老井村的村民，自出生起就背负着打井的使命，这是一种由生存环境决定的生存“天命”，为了打井，母亲失去儿子，孩子失去父亲，妇女失去丈夫，即便是孙旺泉以外的非主要人物，也都因这种失去的累积蒙上了浓重的悲剧色彩。作为核心人物的孙旺泉“委曲求全”入赘段喜凤家，又在老支书的重托下担起科学打井之责，饱受其苦，可以说，与高加林相比，他的行为动机更显高尚[①]。

除此之外，《老井》与《人生》的不同还在于《老井》更崇尚知识文化和科学精神，而《人生》中的知识分子高加林却没有得到周围人的厚待，处处被传统乡村世界人们和城市机关人员奚落、鄙视。在《老井》中，赵巧英与孙旺泉同为拥有知识的现代青年，所以他们能一起打井，他们之间的爱情与他们相同的文化层次有着千丝万缕的联系，也与老井村村民迫切渴望改变自己的命运有着密切关联。而在《人生》中，农民处于自我满足的生活状态，文化知识对他们的人生来说并不存在决定性影响，因此高家村的乡村环境是高加林的束缚，高家村成为高加林一定要逃离的牢笼，这也导致《人生》更着重表现男女之间的各种不平衡、不平等，爱情更多是个体生存和发展路上的一件附属品。

六、《红高粱》

电影《红高粱》是一部描绘农村生活和中国历史的史诗性作品。其主题包括家庭、爱情、权力、政治以及时代变迁。电影反映了中国的传统文化、家族价值观和政治历史，同时探讨了爱情和欲望在极端政治环境下的挣扎。电影《红高粱》以其朴实的叙事方式呈现了中国农村家庭爱情的故事，它不仅描绘了人物之间的感情纠葛，还将这段感情融入家族、历史和

① 崔国琪.中国西部片的悲剧美学意蕴初探——从《人生》《黄土地》《老井》说起［J］.电影新作，2020（01）：49-53.

政治背景之中。在《红高粱》中，导演张艺谋通过极具视觉冲击的画面和音乐营造了深沉而充满浓烈情绪的氛围。“红高粱”在电影中是一个重要的象征物，既代表着生命、坚韧和顽强的精神，也是家族的象征。红高粱的生长、丰收与家庭和国家的命运紧密相连。《红高粱》影片中作为叙事人的“我”并不曾亲历影片中的故事，也不是目击者，只是由于血缘关系了解故事进而成为故事的转述者、传递者。“我”与故事之间有了一段朦胧离奇的历史距离。与“我”年岁相仿的观众正置身于时下复杂的时代意识形态氛围之中，很容易形成对影片的认同心理。

《红高粱》上映前后，中国意识形态氛围可被概括为“茫然失措”四个字。茫然失措的原因有以下两点：一是在中西方文化的碰撞中，人们对中国文化的信念正在解构；二是在东西方共产主义与资本主义两大世界的对立中，人们对苏联式社会主义的信念正在解构。《红高粱》展示了改革开放时期，以实事求是的立场，敢于直面现实与历史困境的中国人全新的时代反思。

《红高粱》从美学风格上来看，与尼采的悲剧观最为相近，即狄俄尼索斯精神代表的生命活力。九儿与酒坊众伙计殒命于枪林弹雨之中，这样的“毁灭”比之《人生》更为壮烈，比之《黄土地》更具激情，比之《老井》更为悲惨。但从人物命运悲剧的角度来讲，九儿的结局与刘巧珍屈服于现实嫁于马栓、翠巧渡河溺亡皆不同。她和酒坊众兄弟是死于大历史环境，是脆弱的个体与宏大的历史命运的巨大矛盾，而非她个人简单地追求个体自由、反抗旧式婚姻的结局。抛开结尾再来看《红高粱》，九儿的自由意志在客观环境中得到了张扬，她的反抗是有结果的。《红高粱》的内核杂糅了生命、自由、婚姻、战争等多个元素，战争作为一切的终结，为这首生命史诗画上了休止符。相较于悲剧精神展现的自然、至高意志之于人类个体的不可战胜性，《红高粱》则更侧重讴歌自由与野性的原始生命力量，富有激情特征，虽具有历史的崇高感，却丧失了纯粹的艺术崇高的悲剧感。

20世纪80年代小说改编的爱情叙事电影，多是呼应时代主题的爱情悲剧。其影像爱情叙事均以爱情以外的社会主题和宏大的历史逻辑命题置换爱情本体，多是以歌颂爱情抚平历史和现实的创伤，以青年的情感困境反映历史困境与社会现实问题。与电影《人生》相比，同时期的电影《天云山传奇》《牧马人》在爱情叙事中突出爱情的纯粹性和神圣性，爱情是整个电影故事的中心，人物过于理想化；而《人生》中的主人公更接近于现实中的人。与《人生》中"坚强女性为落难男性提供支撑"所不同的是，《芙蓉镇》中表现的则是"坚强男性为落难女性提供支撑"，激发落难女性的刚强，使女性重拾信心。《老井》则将乡村世界传统和伦理秩序合理化，对现代爱情给予一定审视。《黄土地》以革命和启蒙话语引领爱情，最终爱情成为不确定的现实悲剧。《红高粱》爱情突出个体的主动性和生命力，在爱情的升华中个体获得了对历史和现实的担当。然而，真正纯粹的爱情从来都是这些电影的叙事缺陷。

第六章 《平凡的世界》多元媒介传播

1991年3月，路遥小说《平凡的世界》获得了中国第三届茅盾文学奖，此时距离《平凡的世界》第一部的发表已过去5年。其间，从书籍出版的艰辛与曲折，到中央人民广播电台小说连播栏目连载后书籍的热销，既彰显了媒介传播的力量，又体现出不同媒介形式之间互动的必要性。从小说发表到书籍出版，再到广播剧、电视剧、有声书等多种媒介形式的传播，《平凡的世界》文本通过不同的媒介，将双水村的世界展现在更多“平凡人”的面前。

截至2023年，小说《平凡的世界》的媒介形式主要有广播、书籍和电视等，对小说情节根据不同的媒介形式及各自的传播特点进行了删改，使《平凡的世界》文本生发出不同的解读。

第一节　广播媒介传播力审视

20世纪80年代，随着十一届三中全会的召开，国内的政治、经济、文化逐步开放，社会思潮和文化观念也发生了巨大转变，文化艺术事业蓬勃发展。文学上的“朦胧诗”，戏剧上的“探索戏剧”，美术上的“星星画展”和“八五新潮”，音乐上的流行音乐和摇滚乐，电影上的“第五代导演”等，无一不是对传统现实主义创作方法的反抗与对传统审美的怀疑。[①]广播剧作为一种新的文学载体，传播接受的门槛低于纸质媒介。对于当时我国近五分之一的文盲受众群体而言，广播剧是他们接近文学殿堂最便捷的路径；对于传播者而言，这也是促进文艺作品获得最广泛传播效果的良好方式。小说《平凡的世界》通过权威的中央人民广播电台，以广播剧方式，将故事情节与听众的日常生活联系在一起，打破传统志怪传奇类广播剧风格，以写实主义与日常化叙事风格，拉近文艺作品与听众的距离，借助广播剧的故事性使“平凡的伟大”这个核心主题在广泛传播的基础上，

① 吴保和.《中国电视剧史教程》. 北京：文化艺术出版社，2010.8.

潜移默化地被大众接受。

20世纪80年代，我国广播媒体正处于发展的繁盛期，一方面，半导体收音机已较为普及，但电视机尚未大量出现在普通百姓的生活中；另一方面，我国当时还存在着数量不小的文盲群体，据统计，“1982年，我国15岁以上文盲共22996万人，成人文盲率为34.49%；1990年，我国15岁以上文盲共18161万人，成人文盲率为22.21%”。[①]文盲群体往往只能通过广播接收媒介讯息，也正是通过这种“用耳朵阅读”的方式，这部分听众完成了对《平凡的世界》故事的阅读。乘着广播的翅膀，《平凡的世界》的受众由读者扩大到了听众，打破了文化层次、地理因素、城乡差异等造成的传播壁垒，作品的接受范围进一步扩大，而中央人民广播电台的权威性，更是加快了路遥文学作品在听众中流传的速度。同时，广播剧的巨大成功也带动了印刷机的飞速运转，先前第一版《平凡的世界》仅印刷了3000册，尚且无人问津，而在广播剧播出之后，该书数次加印仍供不应求，一时间洛阳纸贵。[②]

《平凡的世界》真正在全国范围内引起社会各阶层的广泛关注还是在1987年中央人民广播电台《文艺连载》栏目对其进行连载之后。1988年3月27日中午12点30分，中央人民广播电台AM747频道《长篇连播》节目准时播出《平凡的世界》第一部，李野默富有磁性的男中音，透着一些深沉、粗犷与豪放，随着电波传遍中国大地各个角落：“一九七五年二三月间，一个平平常常的日子，细濛濛的雨丝夹着一星半点的雪花，正纷纷淋淋地向大地飘洒着……”《平凡的世界》一经播出，就受到了全国人民的欢迎。据中央人民广播电台统计，因播放《平凡的世界》而收到的听众来信，创1988年中央人民广播电台《长篇连播》节目听众来信量之最。《平

---

① 国家统计局社会与科技统计司国家教育委员会成人教育司．我国80年代扫盲情况研究［J］．教育研究，1995（11）：24–33．

② 何易．《平凡的世界》传播接受研究［D］．山东大学，2021.DOI:10.27272/d.cnki.gshdu.2021.000918.

凡的世界》广播剧先后播出3次，听众超过3亿人，在中央人民广播电台播出的广播剧中，听众数量长期位居前列。①

从传播媒介的发展情况来看，20世纪80年代初，便携式收录机、迷你收音机开始普及。随着从农村到城市的经济结构调整，基层老百姓的生活条件得到很大改善。吃饱了、穿暖了的中国人，开始渴望获得精神文化生活，因此，当时价格不菲的台式收音机一时成了热销品。

《平凡的世界》中有这样一段情节，改革开放后，从外面“闯荡”回来的金富靠着夸张的衣着和时髦的收音机成为双水村的红人，双水村的村民都争相去金家湾看热闹，由此可见，收音机对村民来说，是除庄稼、牲畜、农具外的新鲜玩意儿，也是他们了解外面世界的窗口。在信息闭塞的村庄，掌握信息是重要的权力象征。田福堂正是因为村支书的身份而拥有可靠的消息来源和政治权威，在大队生产的年月里，能为村民把握正确的政治方向和生产方式，受人尊重，拥有绝对的话语权。

同样从“媒介拥有权”的角度来看孙少平和田晓霞的爱情，或许可以帮助我们更好地理解他们这种结合方式的“超阶层性”。高中时期，孙少平与田晓霞因共同演戏和宣讲革命故事而结缘，在此期间，他们能有机会进行深层次的对话，并碰撞出思想的火花。为了让孙少平进一步拓宽视野，田晓霞还专门向他推荐了《参考消息》《辩证唯物主义和历史唯物主义》《马丁·伊登》等书报读物。其中，《参考消息》作为当时“独一无二的报纸”，具有刊载外国以及中国港澳台新闻稿件的特权。能够阅读《参考消息》，代表着人的一种政治身份和社会地位。②《参考消息》和《天安门诗抄》是孙少平与田晓霞之间的小秘密，在传递这些讯息时，两人的情愫也跨越“信息鸿沟”、跨越阶层。在两人情感升温的情节中，孙少平

---

① 崔瑜.论大众传播媒介对《平凡的世界》的传播［J］.黑龙江教师发展学院学报，2020，39（07）：118-120.

② 张瑶.视听政治、身份象征与资本分配——论《平凡的世界》中的媒介生活［J］.文化研究，2021（03）：125-137.

和田晓霞走在火车轨道上，面对疾驰而来的火车，田晓霞给他念诗“只有永不遏制的奋斗，才能使青春之花即便是凋谢，也是壮丽的凋谢”。两人在大雨中相互表白的时候，书中这样写道：“在我们的生活之中，还有什么能比得上人与人心灵的融洽更为珍贵的呢？不是家庭、职业、社会地位和其他条件接近的人，相互间心灵就更能接近；而实际上，生活中常有的现象是，两个人尽管其他方面的条件殊异，可心灵却往往能接近和相通——她和少平正是这样的。”两人在古塔山做下约定时，田晓霞吟诵了尤里·纳吉宾的《热尼亚·鲁勉采娃》，在田晓霞牺牲之后，孙少平还是按照他们之前的约定再次来到古塔山，回忆着田晓霞念的《热尼亚·鲁勉采娃》……在孙少平和田晓霞两人的交往中，原本属于高干家庭的媒介资源以及内隐的眼界和思维方式，从知识内容到世界观、方法论都传递到了最底层乡村青年孙少平身上，田晓霞富有高度的眼界、思想使得这种“超阶层性”的交往表现得并不明显，但是，对孙少平来说，“超阶层性”的交往使他走出了乡村的牢笼，摆脱了狭隘的农民眼界，知道了双水村外的黄原、西安的兵马俑、北京的天安门广场，感受到了辽阔而丰富的大千世界，岂能甘心囿于双水村这一方小小的天地之中。可孙少平的家庭和社会阶层却并不能随着他的精神世界而改变，这也是孙少平身上悲剧性的来源——美好的个人理想与“烂包”的家庭现状之间的矛盾，让孙少平陷入两难境地。他对家人的爱与责任让他不能作一个“逛鬼”，但是他对自由和理想的追求又让他不甘心过“面朝黄土背朝天”的农民生活，孙少平还是更愿意在外面的世界证明自己的价值。

《平凡的世界》广播节目的出现“生逢其时”，不同于精英知识分子的视角，路遥的《平凡的世界》以平凡的笔触书写跨越十几年的同时代的个人奋斗史与社会变迁史。村内与村外的世界，与听众的日常生活紧密相连，引发听众与广播故事的心灵共鸣。在韩炳哲看来，倾听是一种非被动的行为：它的突出之处在于一种独特的主动性……在他者开口之前，“我”便已经在倾听，或者说，“我”做倾听之态，以使他者开口……倾听者是一个共振空间，在这个空间里，他者畅所欲言。[①] 在这个媒介空间中，大众与广播形成一个特定的时空场域，在倾听的过程中，大众对《平凡的世界》中的他者产生认同感，并且把双水村的历史投射到自己的生活中。

从广播传播的特点来看，20 世纪 80 年代的广播系统具有传播迅速、信息量大、受众多、覆盖广、声情并茂、富有亲和力等优点，与此同时，线性传播选择性差、转瞬即逝、不易保存是它的劣势所在。作为重要的大众传播媒介以及传播系统的重要组成部分，人民广播不断走入大众的日常生活，重塑人与人之间的社会关系，对社会发展作出了不可忽视的贡献。《文艺连载》栏目通过连载《平凡的世界》，将当代人的生活与当代文学联系在一起。经过十年的文化荒漠之后，大众对于知识有着极度的渴求，这在很大程度上促使广播除进行意识形态宣传外，还承担了文化普及和人文重建的责任。[②] 不同于外国广播，中国广播自诞生之日起，就承担起了政治宣传的责任。因此，对国内的听众来说，广播具有政治公信力，建立在这种公信力之上的文化节目自然而然地具备了强大的传播力度。无论是城市还是乡村，这种“阅读”方式都降低了受众门槛，提高了传播覆盖面，《平凡的世界》也因此成为家喻户晓的故事。并且，在“阅读”过程中，广播是一种伴随性的媒介，收听广播节目，并不耽误听众做农活或家务，在生产力和科学技术尚不完善的 80 年代，广播更契合大众的需求。

然而，广播是以线性的方式传播的，线性传播是以传播者为起点，以受传者为终点的单方向传播，其互动和反馈机制较弱。为弥补这一缺失，中央人民广播电台的《文艺连载》栏目开通了“听众来信”渠道，增加了反馈环节，与听众的互动加深了听众对该节目及《平凡的世界》文本的喜爱程度。然而，广播传播的信息依旧无法储存，定时、定档播出的节目也无法回放，这些广播媒介固有的劣势依旧无法消弭，但这一劣势反而促进了书籍《平凡的世界》的热销。

---

① 韩炳哲，《他者的消失》，中信出版集团，2019 年版，第 108 页 .

② 黎风：《广播影视与文化传播》，西南师范大学出版社，2008 年版，第 35 页 .

第二节　书籍出版与畅销反思

在《平凡的世界》文本被广泛接受的今天，难以想象《平凡的世界》的发表和出版并不是一帆风顺的，而是经历了一波三折。《平凡的世界》的出版历程，也折射出中国从20世纪80年代末到现今的社会思潮和文学风格的“变”与“不变”。

《平凡的世界》第一部完稿于1986年，1986年11月在广州《花城》杂志上全文刊发。1989年，路遥《平凡的世界》三部全部出版，从此与时代潮流和国人的精神生活紧密相连。文学传播活动作为人类社会活动的一个子系统，是一个动态、连贯和复杂的信息互动过程，它包含了文学作品出版、发行、宣传、借阅，以及文学批评等若干环节。[①]《平凡的世界》出版艰难不仅是作品本身内容造成的，也涉及时代变迁下文学观念、读者接受度、媒介传播力的转变。文学作品的出版、发行、宣传等工作，并非单纯的文学创作，还需要出版界、文学评论界等多方参与，尤其在20世纪

① 杨敏．文学传播与中国现代文学［M］．长春：吉林大学出版社．2017：14.

80年代末，书籍的出版不仅仅是文化传播的需要，也需对作品的商业价值进行考量。

《平凡的世界》第一部的书稿完成后，路遥先将其交给《当代》杂志社，但青年编辑周昌义拿到书稿后完全提不起阅读的兴趣，最终以组稿已满为由婉拒并退稿，之后《平凡的世界》第一部又陆续被几家杂志社退稿。中国文联出版社官方微博曾在2015年公布关于《平凡的世界》的审核意见档案，珍贵的手写报告成为展示当时的编辑对小说评价的一手资料。从首次曝光的意见内容可以发现，路遥的这部长篇小说起初名为《普通人的道路》，当时中国文联出版社的编辑宋文郁在读完小说第一部的初稿后，主张将作品更名为《平凡的世界》，对此路遥本人也比较满意，因而后面的两部作品均沿用此名。几份审读报告的重要内容包括：路遥撰写这样一部规模宏大的作品，力图将当代城乡的社会生活全景式展现，小说塑造了丰富的人物形象，将普通人的劳动、追求、欢乐与挫折、痛苦、矛盾纷繁地交织在一起。作家以细腻真实的笔触，慢慢在读者面前铺就时代变革中的普通人走过的艰辛曲折的道路。路遥谙熟农村的生活，具备很强的写实状物的能力，尤其能精准把握农民勤劳质朴、憨厚善良的内核，深入挖掘主要人物思想的变化以及心灵的成长。

在确定出版前的发稿签字单上，责任编辑李金玉的意见为："这是路遥的第一部长篇小说，规模宏大，思想深刻，内容丰富，艺术质量较高，建议发稿。"资深编辑顾志成在审阅后评注："作者路遥的《人生》曾轰动文坛，促进了西部文学创作的发展。《平凡的世界》是由编辑李金玉付出极大努力组来的，堪称'佳作'。"

与后来的火热传播不同，《平凡的世界》起初在文学评论界遭到了普遍忽视和质疑，这与20世纪80年代中国受到西方现代主义文学思潮的冲击有很大关联，中国传统的现实主义文学观念开始转变，无论是"内容"还是"形式"。路遥始终坚持着现实主义的风格与传统，在社会背景变迁与时代思潮的涌动下，路遥的"不变"折射出文人对现实主义的坚守以及对自己文学创作方向的选择。路遥曾说，他要“背对文坛，面向大众写作”，这是中国改革开放新时期文学观念分化的必然现象。当时文学界和主流意识形态，在思想解放运动中不断推进文艺新潮运动，纯文学和大众文学审美意趣的分离，是文学界的专家与大众之间的“认知鸿沟”，这也成为《平凡的世界》接受度呈“两极化”的主要原因。

五四文学革命时期，以茅盾为首的现代作家，提出并践行“为人生”的社会写实主义小说观。胡适早在《文学改良刍议》中便主张写实主义，他介绍的“易卜生主义”，就是一种“为人生”的文学。“为人生”的文学观或小说观在理论上的主要表现有：对于人生的执着探求，关注社会现实问题，展现了鲜明的文学功利观念。“为人生”的小说家大多突出小说创作的思想性和社会价值，他们在理论上强调“为人生”的社会批判立场，揭示现实问题，反抗黑暗的社会。人生派小说家和理论家倡导文学“为人生”，强调文学的真实性，为了达到文学的真实性，作家必须有真实的感情及鲜明的个性。人生派大部分作家认为，作品既要展现生活的客观，也要展现情感的主观，因为“见得真切，自然会写得真切”。到了1923年左右，人生派小说逐渐被乡土小说替代。路遥的创作则是重拾人生派作家的精神和乡土小说的现实主义力量。

另外，值得探讨的是，20世纪90年代以“人性”“审美”为主导的当代文学史叙述中，也“遗漏”了《平凡的世界》这部著作，而市场经济的兴起和文学消费的兴盛使《平凡的世界》在大众读者群体中掀起一阵热潮。由此，《平凡的世界》在被接受过程中出现了学院派文学史叙述“冷”与社会大众接受“热”的“两极化”现象。与路遥同时期创作的作家，如贾平凹、余华、张炜、陈忠实等都践行着现实主义创作原则，评论家却对他们的作品兴致一般。这是因为这些作家已经开始在写作中尝试对传统的现实主义手法进行“改造”，既尊重客观存在的历史性和可辨认性，留存“诗道真性情”的精神内核，又自觉地吸纳现代主义等先锋文艺手法，如夸张、神秘、戏谑、荒诞等合理成分，拓展了现实主义创作的边界，丰富了文学的表达技巧和思想内涵。如贾平凹的“商州系列”既是对传统“寻根文学”的探索深化，也是为“重铸和度量”民族自我形象做出的努力。

路遥作品中的现实主义有些不同，路遥走的是自觉体认和继承以柳青《创业史》为代表的社会主义现实主义路径。路遥显然不是时代随意的附和者，他坚持的是传统现实主义创作方法和厚重的“史诗”叙事话语，其历史的沉重和强大的社会现实素描性，让一些理论家无法找到批判85思潮的着力点，对柳青和路遥等接近“自然主义”的现实主义创作美学，处于一种无法准确评判的尴尬境地。

值得注意的是，路遥并不回避现代思潮和先锋手法，而是站在向经典现实主义回归的立场上展开创作，他基于对现代派的充分认识，经过了审慎的思考与判断，最终决定使用现实主义手法写作《平凡的世界》。在“史诗性”创作的追求上，路遥在创作谈中明确分析了柳青的现实主义传统，将生活小事和宏大叙事相结合。与此同时，路遥并非一味地进行纪实和微观素描，而是选择了一种更还原现实的方式，一方面，摆脱了意识形态的裹挟；另一方面，直面社会矛盾，反映真实生活，尽力恢复经典现实主义的原貌。从这个意义上来看，路遥并非一位独立于时代和潮流的作家，而是通过其严肃、忠实的书写参与20世纪80年代文学史的建构。

在互联网技术的更新和影响下，当代读者的需求不断发展变化，阅读碎片化、场景化需求促使出版行业由传统出版向网络出版快速转型。为适应这一变化，谋求发展出路，出版行业将传统出版形式与互联网相融合，催生出有声书这种出版形式。有声书依靠自身即时性和陪伴性的特点，成为新时代炙手可热的出版形式。2019年12月3日是路遥诞辰70周年纪念日，喜马拉雅平台独家上线长篇小说《平凡的世界》有声书，邀请资深小说演播人杨晨、张震倾情演绎。出品方新经典创新实验室·音频出版主编刘恩凡在接受采访时表示，他们对这部有声书付出了行业内较高的制作成本和时间成本，只为追求最好的后期效果。有声书播出后产生强烈反响。

第三节　电视剧改编与类型省思

经济的发展和科技的进步使电视机在20世纪90年代走入了中国的千家万户。随着电视机的普及和电视“第一媒体”地位的奠定，广播的媒介地位一度下降，收音机成为家庭中的闲置品。《平凡的世界》也跟随时代潮流进军电视界，由小说文本改编成电视剧，从“乘着广播的翅膀飞翔”到跟着电视机走入千家万户，用视听双重感官塑造出一个“平凡的世界”。

《平凡的世界》曾于1990年、2015年先后两次改编成电视剧，时间跨度达20余年，展现了《平凡的世界》文本在时代的变迁中散发出持久的人文魅力和影响力。

在改编过程中，编剧选取了陕北人衣食住行、民歌、方言等众多表现形式，有效地将观众带入情境中。叙事修辞的视听化表现过程中，影视时空、修辞手法、旁白处理亦可圈可点。1990年，《平凡的世界》由潘欣欣导演改编成14集的电视剧作品，由于当时的技术条件不成熟，因此篇幅有限，对原著的情节以及人物都有所删减，但1990版电视剧依然遵循忠于原著的文学改编原则，细致地再现了作品的相关细节。相较于原著小说而言，这版电视剧无论在人物形象的塑造，还是在叙事情节的铺陈方面都遵循了小说的叙事线索和人物脉络，将小说现实主义风格与不懈奋斗的精神予以全方位展现。这版电视剧堪称“90年代的影视经典”。

一道道山梁、一条条土路、一排排窑洞，不论是对村落风貌的再现，还是对地缘关系、家庭血缘亲情的表达，抑或是对乡土文明的重温，都是真切而自然的。除以双水村为叙事空间的背景表现外，剧中展现的城市风光也同样给人以历史代入感，无论是拥挤的街道、熙攘的人群，还是家居摆设的小物件，都让观众仿佛回到那个年代，看到那群“平凡人”的日常生活。

1990版电视剧在人物形象上将小说中涉及的人物分明地予以再现，除主人公孙少安、孙少平，以及田晓霞外，孙少安的母亲、金波、金光亮、刘玉升等也悉数登场，以现实主义视角还原出小说中双水村的风貌。

2015年新版电视剧由著名导演毛卫宁执导，共56集。电视剧一经播出便得到了广泛的社会关注，观众口碑极佳，北京地区平均收视率达4.01%，城市平均收视率为0.76%。

吴保和将中国电视剧史分成了三个阶段，分别是产生与停滞阶段（1958—1977年）、复苏与发展阶段（1978—1989年），以及成熟与繁荣阶段（1990—2009年）。1990年播出的《平凡的世界》正处于中国电视剧的成熟与繁荣阶段。一方面，电视的制作技术相较先前有所提升，艺术表达具备了相应的条件；另一方面，改革开放和电视台自负盈亏等政策使艺术创作者开始更多地注重艺术表达与娱乐性，倾向于创作观众喜闻乐见的作品。由于技术和资金的限制，1990版《平凡的世界》只有14集，相对较少的集数，直接导致剧容量较小，大量原著情节被删减。1990版《平凡的世界》既是由当代文学作品改编的电视剧，又在剧中展现了农村生活，这也从侧面展示了中国20世纪90年代电视剧从“题材化”走向“类型化”的创作转型。

对于《平凡的世界》电视剧的类型定义，从事农村题材影视剧研究的薛晋文认为，这些不同的概念背后或存在着鲜明的“意识形态色彩”，或带着文学领域的“惯性思维”和狭隘的使命意识，均不能涵盖农村电视剧创作的内容、审美特点及创作指向。在此基础上，他倾向于使用“农村题材电视剧”这一概念，一是指农村电视剧创作的事实层面，二是指农村电视剧创作的价值层面。事实上，“农村题材电视剧”也是当前电视剧领域中使用最广泛的一个概念，不仅在国家广电总局备案立项的时候作为分类之一（分为现代农村和当代农村），还被影视研究界的大多数学者在介绍涉及农村、农民生活的电视剧时沿用。农村题材电视剧以表现农村生活为对象，用影像的方式为当代70多年来中国农村的政策、社会环境，以及农民的精神面貌做了可贵的记录，同时，也为文艺创作领域留下了众多的精品力作。尤其在20世纪80年代到90年代，影视界兴起了农村题材电视剧的创作热潮，出现了一大批直面农村改革环境、剖析农民精神困境的精品制作。其中,“农村三部曲”《篱笆·女人和狗》《辘轳·女人和井》《古船·女人和网》以及《外来妹》《女人不是月亮》等电视剧，不但取得了较高的收视率，而且获得了飞天奖、大众电视金鹰奖等多个奖项。为农村影像在银屏中留下了闪亮印记的同时，也为中国城市化进程中的农民、农村生活的变迁书写了成长的轨迹。

因此，丁莉丽把2015版的《平凡的世界》划分到农村题材电视剧，并从“互文性”的角度来讨论经典IP改编的得失。虽然导演遵循忠于原著的原则，但受到篇幅和技术的限制，电视媒介对小说《平凡的世界》还是进行了一定的删除与改动。1990版《平凡的世界》删除了与孙少平有关的两段不甚重要的情感戏份。众所周知，与孙少平有过感情纠葛的女性先后包括郝红梅、田晓霞、惠英嫂。实际上，在原著中，还有两位女性在孙少平的生活中引起过波澜。一位是曹菊英，她是曹书记的独女，孙少平外出务工，第一次就碰到了对他极为照顾的曹书记夫妻二人，而孙少平也因为自己的善良、老实、不计得失赢得了曹书记的关注，孙少平的落户问题、煤矿的招工指标都是在这位曹书记的帮助下完成的。孙少平在曹书记家做小时工的时候就曾为曹菊英补课，曹书记极为偏爱少平，想招揽他作女婿，可心气高的曹菊英并没有看上孙少平，曹书记也只好作罢。

另一位便是金秀，在原著中也是对孙少平有影响的一位女性，金秀是金波的妹妹，她充分了解孙少平，懂得孙少平的好，在她心里，再没有一个人能像“少平哥”一样拥有她喜爱的品质。孙少平在矿难中被炸伤之后，金秀在医院照顾孙少平，勇敢地向孙少平吐露了自己的心声，虽然这份情感被孙少平在深思熟虑后拒绝了，但金秀依然是鼓励孙少平在那个对未来迷茫、内心极度痛苦的阶段重燃信心之人。

这两段情感，在1990版电视剧《平凡的世界》中被删除，其主要原因在于这两段情感并不影响故事主线的延续和主题的表达，但无疑也会让孙少平这个原本鲜活的形象单薄了不少，诸如此类情节的删除比比皆是，电视剧为了保证故事情节的连贯性和完整性，在剧集长度一定的情况下，必然会删减一定的情节，而删减的情节在一定程度上会影响故事的饱满程度。

2006年，1990版《平凡的世界》导演潘欣欣在接受《文艺报》采访时表示：“电视剧的长短并不影响反映原作的主题，中外不乏其例。”因此，编剧、导演必须进行大刀阔斧地删减，但导演也表示：“这部小说是值得重拍一部三四十集以上的连续剧的。”可见，1990版电视剧中部分情节也确实受到了剧集篇幅的限制。导演为还原原著，使用了多种视听技巧，但仍有部分情节进行了调整。

1990版《平凡的世界》中情节的改写，主要围绕着不改动整个故事基本发展脉络的前提下完成，对细节处的改写不影响原著故事的推进。典型的情节改动是孙少平在上学期间与郝红梅的情感，在原著中，郝红梅是孙少平在上学期间，触动了孙少平初恋情节的女性，两人因为贫穷、自尊、爱读书互相吸引着。原著中这份青涩的情感有大量的描写，孙少平发现，虽然郝红梅因为家庭的贫困总是吃不饱，穿着带着补丁的衣服，但她是班里最漂亮的女生，他的内心泛起了波澜。

后来，两人互相借还书籍时积累了情感，最终，郝红梅因为城里人班长顾养民而背离了孙少平，使得孙少平陷入极大的痛苦之中。这段恋情在原著中有详尽的描写，但在1990版电视剧中却仅仅被意向化地呈现，几次借书，借粮票，发铁锹，球场投球的重要情节在第一、二集中被一带而过。这样的改动是必须的，也是电视剧对原著改编的必然要求，对和电视剧原著主题无关的情节进行适度的更改，使得其更加符合突出主题和主要人物的需要。

《平凡的世界》的改编无疑重新唤起人们对原著阅读的愿望。“文学经典的确定最终不是他者的行为，而是具体的读者的行为，只有与经典实际相遇和攀谈着的读者能够让休眠的文本重新复活，进而使经典被确定。”①在影视作品中，孙少平和孙少安两个人物起到了贯穿全剧的作用，他们二人的奋斗史形成了两条相互交织的线。在普通大众眼中，他们代表了为了生活、人生奋斗的有为青年，给人以精神上的激励，是大多数人的榜样。这在很大程度上要归功于编剧对文学作品中人物形象的重新架构，使之形象更加鲜明、生动，具有代表性。

与1990版《平凡的世界》同时期的电视剧有《渴望》《篱笆·女人和狗》《辘轳·女人和井》《编辑部的故事》《康熙大帝》《戏说乾隆》《新白娘子传奇》等，题材涵盖了家庭、农村、喜剧、历史等，以及琼瑶系列电视剧《梅花烙》《鬼丈夫》《水云间》等，琼瑶创作的这些电视剧是把娱乐性放在了第一位。

与《平凡的世界》同年播出的典型电视剧《渴望》，以三个普通家庭为中心，歌颂“东方女性”刘慧芳，向传统伦理道德重新呼唤。《渴望》播出后，在全国引起极大轰动，刘慧芳的人生故事深深打动了广大观众，使

---

① 王确.文学经典的历史合法性和存在方式［J］.文学评论，2007,（02）.

她成为中国传统美德的化身，成为中国人心目中最美丽、最理想的女性，得到了人民广泛的认同和喜爱。但是，刘慧芳身上的旧式妇女印记也引起了争议，关于刘慧芳究竟是“社会主义新女性”还是“封建传统道德的化身”，两种观点争论不休。

《渴望》与《平凡的世界》的实景拍摄方式不同，《渴望》是中国电视剧史上第一部采用基地化拍摄的长篇电视连续剧，99% 的戏份都在摄影棚内拍摄。此剧采用多机拍摄、现场切换、同期录音方式，只有少量的后期制作。[①]

在 1991 年的《社会科学》期刊中，戴翊和王淑珍指出了电视剧《渴望》的优点：“马克思指出：‘具体之所以具体，因为它是许多规定的综合，因而是多样性的统一。’决定刘慧芳、王沪生、宋大成等主要人物形象真实感的，正是这可贵的具体性。特别是女主人公刘慧芳，体现了中国劳动女性善良、温柔、朴实、刚毅的优良品格和自我牺牲精神，有一定的典型意义。电视剧多方面地展示其崇高的心灵境界。”[②]

1991 年，北京电视艺术中心拍摄的《编辑部的故事》开创了中国电视剧长篇系列喜剧先河，该剧以电视系列剧的方式反映了社会百态，取材于社会的热门话题，讲述了当今社会的人和事，巧妙地触及了当时社会中普遍存在于人们思想、观念、道德、伦理等方面的种种问题。该剧用语诙谐幽默、大胆、戏谑，让观众捧腹之余，引人深思。

《编辑部的故事》具有讽刺和调侃风格的台词，成为观众心中的时代警句。从创作手法来看，喜剧通过诙谐的台词及对喜剧性格的刻画，引导人们对丑陋的、滑稽的予以嘲笑，对正常的人生和美好的理想予以肯定。《编辑部的故事》并非全然纪实，但正是通过这种比现实夸张一点的创作界限，描摹了当时的社会现实，是当时人民心灵的真实写照。

---

① 吴保和，《中国电视剧史教程》，文化艺术出版社，2011，第 156 页 .

② 戴翊，王淑珍 . 电视剧《渴望》的得失［J］. 社会科学，1991（04）：62-65.

20世纪80年代初，琼瑶凭借其小说率先进军大陆，掀起了一股“琼瑶热”，随后几部琼瑶剧也立即捕获了大批少男少女的心。这种接近真实的幻想剧情带给观众精神上的满足。“一方面，它想成为‘现实主义的’作品，与观众的经验建立联系从而使其具有可信性；另一方面，它要保持其消遣性，必须适应媒介和类型剧的惯例规范与要求。”①

中国于20世纪90年代开始，逐渐步入社会主义市场经济，言情不再是简单地歌颂爱情，而是彰显人的真性情，甚至夸张地将人的复杂情感放大，而这些台词就是实现夸张的最佳法宝，一切演员的表情、动作都无法媲美语言的直白表述。观众沉浸在剧本建构的世界中，因而不觉得台词突兀，相反，他们对极具特色的“琼瑶式”台词颇为认可。琼瑶的一系列电视剧凭借强烈的戏剧冲突和俊男美女的表演，创造“引爆点”，一时间成为人们的谈资。

1993年，继琼瑶上一部作品《青青河边草》后，上海有线电视台又隆重推出了69集电视连续剧《梅花三弄》，此剧由《梅花烙》《鬼丈夫》《水云间》三部独立成篇的系列组成，均以“梅花”为引子，描写了从清末民初至近代的三段凄婉动人、曲折缠绵的爱情故事。在惊天动地、死去活来的爱情纠葛中，观众又一次领略了“琼瑶式”艺术魅力，在播映期间，该剧一度成为沪上市民街谈巷议的热门话题。②

作为《梅花三弄》的第一部，《梅花烙》讲述了白吟霜和皓祯的爱情悲剧，小说中的白吟霜是一位在封建社会艰难生存的女性，在她的格格身份未被揭露前，门第、身份的悬殊令她与皓祯的爱情道路布满荆棘。白吟霜不畏艰险、始终如一地追随着心爱之人，即使生命受到威胁，也决不退缩。

琼瑶小说中女主角不幸的身世遭遇往往会引起读者同情，她们坚定的

① ［英］索尼娅·利文斯通.《理解电视：受众解读的心理学》.龙耘译.新华出版社，2006,，P5.

② 王正才.《梅花三弄》得失谈［J］.电影评介，1994（09）：33.DOI:10.16583/j.cnki.52-1014/j.1994.09.039.

意志和永不退缩的精神力量，让读者看到了光明与希望。这些女性为爱情做出的种种努力最终得到了回报，这既是作者对她们积极追求美好爱情给予的肯定，也是对人间真情的肯定。①

《梅花烙》的故事背景设定在清朝，但故事纯属虚构，属于“戏说”类型的历史言情剧，在跌宕起伏的剧情与人物形象的塑造间，成为观众茶余饭后的谈资。其中，饰演白吟霜的陈德容凭借这个为她量身打造的角色，收获无数关注，成为当时炙手可热的琼瑶女郎代表。

2015 版电视剧《平凡的世界》一共拍摄了 56 集。在忠于原著的基础上，接续原著多线交织的叙事方式，但将叙事重心转移到孙少安身上，在情节的发展和人物的活动上安排了三条线索，都以时间为序，并将这十年间我国发生的一些重大历史事件罗列其中。

为了突出孙少安的人物形象，2015 版《平凡的世界》将散落在原著中关于孙少安的故事巧妙地串联起来，甚至将孙少安没有参与的情节也强加在了他的头上。在原著中，孙少安并未参与村民豁水坝的事件，而是去了山西向秀莲提亲，但是在剧中为了体现孙少安作为生产队长那种超乎常人的果敢与智慧，孙少安被安排去罐子村等村寨找村支书谈判放水，将孙少安塑造成一位农村变革时代不可或缺的传奇人物。

编剧在对原著人物进行删减时，最大的动作是将原著里孙少安和孙少平身边的两个朋友金波与田润生合二为一。因为在原著里，孙少平的玩伴金波和孙少安的玩伴田润生的故事是分散的，若是生硬地将两人都写入电视剧中，不但不能兼顾两人的人物形象，还会减弱两人的性格特点。因此，在电视剧改编中直接删减掉了金波这个角色，将金波的角色使命赋予了田润生，于是田润生与男一孙少安和男二孙少平都有牵连。此外，由于电视剧改编将金波与田润生两个人物角色合二为一，金波在军队里与西藏

① 张毅敏 主编. 昭通师范高等专科学校学报 2009 年合订本［M］. 昭通师范高等专科学校学报编辑部：第 58 页。

姑娘的恋情也被一笔带过。剧中，为使孙少安的角色更饱满，在孙少安和田润叶的感情线中增添了很多原著中没有的情节。例如，田福堂在双水村瞒着田润叶给村民发喜糖、田福堂在发现孙少安与田润叶的情愫后和孙少安的争论，田润叶在孙少安的婚礼当天亲自送去礼物。这些情节的增加，不仅丰富了孙少安、田润叶的人物形象和两人之间的浪漫情愫，而且加大了情投意合的两人却因现实而不能在一起时来自社会和家庭的阻力与障碍。

除情节上的变动外，2015 版《平凡的世界》在声音的运用上也别出心裁。2015 版《平凡的世界》采用大量的旁白，一方面使观众重温了听广播剧的感觉；另一方面加强了电视剧的文学厚重质感，对人物心理活动这种比较抽象的内容也能进行较好的展现，在情绪表现上具有较强的抒情性。

综上所述，1990 版《平凡的世界》电视剧以题材多元性和主题现实性在中国 20 世纪 90 年代多元类型的电视剧中成为特别的存在，而 2015 版《平凡的世界》以其原汁原味的场景布置、极具地域性的陕北民歌的穿插、活灵活现的人物塑造，以及思想深度，引起新时代观众的共鸣。

第四节　多元媒介传播生态研究

在传播学视角中，信息是传播学研究的指向目标，信息如何产生、有何特征、如何在介质间（此处介质指社会学意义上的个体人或群体人）流动、最终会发生何种变异、产生何种影响……这些问题均在传播学要考虑与解答范畴之内。① 传播学研究大家拉斯韦尔在其 1948 年发表的学术论文《社会传播的结构与功能》中提出了影响传播学至今的“5W”理论。拉斯韦尔认为，传播可以分为 5 个部分，即“谁”“说什么”“通过什么渠道”“对谁说”“产生什么效果”。

5 个部分中“谁”是传播主体，“说什么”是传播内容，“通过什么渠道”是传播媒介，“对谁说”是传播对象，“产生什么效果”是传播效果。与上述 5 部分相对应的是 5 种分析：针对传播主体的控制分析（Control Analysis），针对传播内容的内容分析（Content Analysis），针对传播媒介的媒介分析（Media Analysis），针对传播对象的受众分析（Audience

① 白明胜 . 深远的民间意义——论〈平凡的世界〉[D] . 吉林大学，硕士论文，2006 年 .

Analysis），针对传播效果的效果分析（Effect Analysis）。简而言之，拉斯韦尔主导的传播学可以用以下模式说明：信源—编码—信号—译码—目的地。

以《平凡的世界》为例：路遥的人生、爱情与事业经历，生存的社会环境构成了传播学意义中的“信源”；该著作的写作过程则是信息“编码”的形成过程，在这个形成过程中路遥不同于其他作家的创作理念、写作手法，显然相当于其独特的信息编码特征；著作的写成既是“编码”的终结，也是“信号”的开始，“信号”阶段的信息与“信源”“编码”的信息有着本质的不同，前者既属于作者也属于读者，而后者仅属于作者，换而言之，前者兼具公众性与私人性，后者仅有私人性；“译码”可以比拟为读者的阅读过程，这个过程中不同读者的生活经历、知识积累与阅读理念使“译码”在不同读者间产生了不同的认知差异；“目的地”是认知差异的终极表现形式，类似于“信号”，“目的地”亦具有公共与私人双重属性，但是这种类似仅仅是表层的类似，二者实质上是不同的，因为“信号”的私人属性属于作者，而“目的地”的私人属性则属于个体范畴内的读者。在路遥一以贯之的自我写作要求中，“真正艺术作品的魅力，正在于作家用生活的真情实感去打动读者的心。因此，生活首先要打动作家的心，作家才有可能用自己所描写的生活去打动读者的心”。[①]《平凡的世界》历经多种媒介形式传播，其文本样态随不同媒介特性变化，但无论如何变化，都始终遵循着“信号”到“目的地”的传播路径，从私人创作到公共性的传播。路遥从自己的亲身经历出发，在广播、书籍、电视等多种媒介传播中感动着一代又一代的受众。

21世纪以来，《平凡的世界》成为当代文学经典，被官方和学界重新认可，也逐渐得到新一代年轻读者的广泛认可。但是，貌似趋向“统一

---

① 李建军.文学的诸问题——为纪念路遥逝世七周年而作，时代及其文学的敌人［M］.中国工人出版社，2004.

化”的接受现象背后，显示了《平凡的世界》在纯文学和通俗文学之间难以逾越的鸿沟，两种文学理念的分离导致《平凡的世界》在接受过程中的“两极化”现象依然明显。

《平凡的世界》出版后30余年间，社会大众读者对其阅读的热情不减，见证了《平凡的世界》的“不平凡”之处。特别在进入21世纪后，网络媒介的快速发展拓宽了传播的渠道，有声读物、电视剧、相关的电视节目等文化产品丰富了大众的选择，经过二次传播更拓宽了大众对于《平凡的世界》的接受度。一部作品出版后只要进入读者的接受视野，作者就无法完全决定它的命运。伴随时间的累积和空间的拓展，文本字面意义之下会不断生发出新的观点、解读与想象，《平凡的世界》的传播同样体现出这种“未完成性”。[①]

尽管这部作品在很长一段时间内没有得到学院精英群体的足够重视，一些理论批评文章也曾发出贬损、质疑的声音，但是小说问世30余年来始终受到普通大众的喜爱与推崇。无论是使用电视、手机、电脑观看，还是走进剧场亲身感受，融媒体时代的读者，正越发灵活自由地参与《平凡的世界》相关的文学世界中，并从中汲取源源不断的精神力量。

《路遥传》的作者厚夫曾作为某档电视节目嘉宾讲述《平凡的世界》中的故事，节目以舞台剧的方式呈现了《平凡的世界》中双水村砖厂寻求制度变革的一幕。郭涛（饰孙少安）、杜淳（饰孙少平）、薛佳凝（饰田晓霞）等实力派演员参演。

值得一提的是，为了更好地重现经典，在剧本围读会上，每位演员都用心揣摩剧本。节目戏剧总导演田沁鑫表示，高标准选拔参演人员并对其严格要求，保证了戏剧表现的思想性和专业性，演员唯有对国家和时代满怀敬意，才能在舞台上最大限度地发挥出深厚的表演功力，将角色的内心世界诠释到位。而布景氛围、明星自带的传播力等都起到锦上添花的作

① 何易.《平凡的世界》传播接受研究［D］. 山东大学，2021.

用，帮助更多人感受到来自文学经典的恒久魅力。更重要的是，期待今天的学生能透过一本经典，与作者相遇，与自己的本心相遇，从成长必经的种种困惑和困境中跳脱出来，在阅读中不断检省自我，在生命的真实里诞生内容，明确未来人生成长发展的方向和目标，“犹如奔腾的河流，涓涓以自顾，滔滔以自新。涓涓与滔滔，向着书的堤岸与无尽的远方，尽情奔流，一往无前”。[①] 总的来说，《故事里的中国》以融媒体的创新形式，多元立体推介、宣传了路遥的《平凡的世界》，“善用‘流量’的感染力，不仅讲好了中国故事，阐释了中国精神、中国价值和中国力量，更用综合的电视手法将之诠释得生动可感、触及人心”[②]。

无独有偶，电视节目《非常向上》也把《平凡的世界》纳入节目内容，指导青少年学生的阅读。自从《平凡的世界》成为《高中语文新课标》和《北京考试说明》推荐的必读、必考书目，再次提升了《平凡的世界》的普及率与热度，《平凡的世界》也从大众读物走进教科书，成为今时今日莘莘学子的“必修课”。而《非常向上》系列节目更像是一位耐心、细致的电视老师，精准、高效地助力青少年阅读、把握《平凡的世界》。当现实主义色彩的“苦难文学”走进当代青少年的精神世界，《平凡的世界》带给他们的不仅是书中故事情节的起伏，还是中国当代史的真实写照，孙氏兄弟的奋斗精神不断鼓舞着当代青少年。让包括亿万青少年在内的广大读者感到震撼的依然还是孙少平的“世界”。孙少平作为全书的第一主人公，他既是现实环境中养育的人却又具有一种“卓异性”，即孙少平的“世界”在生活中很不容易遇到，他的“世界”是“远方的世界”。孙少平对“远方”的渴望和探寻离不开他的青春阅读，也被看作小说“华彩中的华彩”。书籍把孙少平从沉重的劳动中拉了回来，让他变成始终有自己内心生活和精神构建的人，阅读更能让他从狭小的、封闭的、刻板的

---

① https://www.iqiyi.com/v_17loarlsq08.html.

② 王笑菲．泛娱乐化时代文IFC类节目的创新样态探析——以《故事里的中国》架起文化自信的桥梁［J］. 传播力研究，2019,（3）351-392.

甚至是苦难的现实中冲决而起，像一只大鸟一样翱翔于远方。青春阅读的浸润洗礼使孙少平的思想越发激荡开阔，前所未有地鼓漾出清澈而深邃的生命源流。正是走在因阅读而变得更加辽阔、广远的人生道路上，青年孙少平才触碰到“利他无私”的真挚爱情，才有勇气义无反顾地选择不走捷径的奋斗，才会在最平凡的劳动中体会到一个精神坐标闪耀的“远方的世界”。

除电视节目之外，由陕西省文化厅主办，陕西人民艺术剧院承办，还将《平凡的世界》改编成了话剧。话剧《平凡的世界》由孟冰担任编剧，宫晓东担任导演，陕西人艺老中青三代实力演员共同打造。2017 年 10 月 18 日，陕西人民艺术剧院《平凡的世界》，在西安正式建组。随后，全组人员便马不停蹄地赶往延安市延川县进行采风活动。延川县是路遥当年成长生活过的地方，也是小说《平凡的世界》里原西县的原型，而此次采风活动的重要地点郭家沟，更是小说里双水村的真实写照。相信通过本次采风活动，话剧《平凡的世界》全组人员都会更加真切地感受到故事环境以及人物本身的特质，获得更多的生活细节。而这一切都是为了能更好地为大家呈现一台高质量的演出。中国著名剧作家孟冰告诉记者，这个剧本从筹备到完成，用了八个月，五易其稿，还会根据观众反馈进行微调。“写之前看书就看了两个多月，看原著和路遥的传记，到路遥故居采风，采访他过去的同事、同学。”这样的精神与路遥创作《平凡的世界》时严谨、认真的态度是全然一致的。观众对陕西人民艺术剧院的话剧《平凡的世界》也提出了褒扬，尤其是道具和舞台的设计，旋转的舞台宛如时间的流动，在有限的空间里尽可能多地丰富了场景，在有限的时间内展现了鸿篇巨制的主要故事。

2019 年 2 月，被评为 2019 年度国家舞台艺术精品创作扶持工程。2019 年 11 月 5 日，第八届“国际戏剧学院奖”颁奖盛典上，陕西人民艺术剧院有限公司《平凡的世界》获第八届“国际戏剧学院奖”优秀剧目奖。

电视剧版本《平凡的世界》从1990年的初次改编到2015年的再次改编，每个改编版本都彰显了其所处年代的时代风貌，这除原著小说丰厚的文化底蕴与精神价值外，也饱含着改编者对作品在不同表现层次上的理解与感悟，体现着不同的时代风貌与社会意识形态，并且与观众接受的宽容度有着密不可分的关系。观众在欣赏过程中，可以看到其中诸如“文化大革命”、社会主义市场化改革这些历史大事件以及由此而带来的诸多影响，不禁让人感慨在如此迅猛的市场化改革进程中，谁才是中国社会改革的主体。而这些影响不论是对作品中的主人公，还是对欣赏他们的观众，作品中散发出的正面的人生价值都是毋庸置疑的。尽管每个版本都有其各自的缺陷与不足，但各版本对于人物的刻画以及叙事情节的呈现程度来讲，既反映着特殊历史时期的环境因素，也在几代人的心里留下了深深的时代印记，都让人感受到了其背后深厚的精神感召力，这是值得肯定的地方。路遥笔下这部人物形象众多、虚实线索庞杂，具有史诗般品格的文学名著改编成电视剧确实并非易事。总的来说，两个电视剧版的《平凡的世界》对原著的改编是成功的。

文学作品的影视改编总是随着时代发展应时而变。就文学作品的改编而言，应正确处理原著与新兴视听艺术以及传播媒介环境之间的相互关系。同一部作品通过不同版本电视艺术造型手段或在不同传播时代环境内，均能呈现出不同的风格和特征。文学作品的影视改编在很大程度上起到了向大众进行经典的再次传播和推介的作用，但艺术呈现方式的流变应当始终坚守自身文化底蕴立场。1990版电视剧的改编基本遵循于原著的创作风貌，而2015版电视剧在小说的基础上进行了大胆的艺术再创作。它们都在不同程度上折射出不同时期创作者对路遥原著的不同解读，也同时折射出他们所处的时代环境与思想意识的流变。但无论是哪个时期的改编，作品散发的积极正面的人生价值都是永久的，这才是经典作品的价值所在。只有顺应历史发展的潮流，融合观众的时代接受心理，把握作品中的精神内核，才能使经典作品在不同的历史时期中都能焕发生机。

从出版的“一波三折”到“乘着广播的翅膀飞翔”，再到两个版本的电视剧传播，路遥小说《平凡的世界》走出了一条不平凡的多元媒介传播道路，正是路遥文学作品对精英话语的突破，才证明了“积极的受众”的存在。“积极的受众”这个术语指的是人民具备的智慧和自主权。该词既是对媒介权力的嘲讽，也是对人民权力信念的表达。受众可以通过三种方式扮演积极的角色：通过个人对媒介产品的阐释，通过集体对媒介的阐释，通过集体的政治活动。①《平凡的世界》文本从平民视角出发，到从80年代现代派的文学潮流之中突围，走入印刷媒介，再到广播媒介传播听众“反哺”印刷媒介，《平凡的世界》文本受众的积极选择，传递了大众的需求和声音。受众的积极主动指的是他们能“社会地”理解媒介信息。也就是说，受众不仅仅是看、读或者听媒介信息，也不仅仅是独立地阐释这些内容并坚持自己的意见。相反，媒介是我们社会生活的一部分，我们在社会环境中与媒介进行不断的接触。②而媒介内容的多义性，也正是通过不同的受众，建构了不同的阐释，赋予了文本不同的意义。对于《平凡的世界》的文本内容，大众对其的理解构成了主流的解读，在孙家两兄弟的奋斗史中，看见中国当代城乡改革史、发展史，并且在主流阐释之外，看到读者积极阅读带来的巨大的、全新的文学阐释空间。

多元媒介的传播可以发现传播的特性各有不同。如《平凡的世界》起初出版的不顺利，与印刷媒介的特点有关——以负载线性符号为主，适合用来传播高深、复杂或篇幅较长的内容，这也意味着把控印刷媒介的是精英知识分子，与普通民众的审美意趣有所差异。并且，在当时还有许多人是文盲的实际情况下，即使拥有《平凡的世界》这本书也不一定能完全阅读。直到1987年中央人民广播电台《文艺连载》栏目对其连载之后，《平

---

① 大卫·克罗图，威廉·霍伊尼斯，《媒介·社会——产业、形象与受众》，北京大学出版社，第310页.

② 大卫·克罗图，威廉·霍伊尼斯，《媒介·社会——产业、形象与受众》，北京大学出版社，第311页.

凡的世界》通过广播即时性的线性传播，让不识字的大众用耳朵“阅读”，脱离了纸媒一次只能一个人看的缺点，用声音创造了一个共同的时空，容纳了想要迈入文学殿堂的大众。而到了1990年《平凡的世界》电视剧的播出，电视媒介集字、声、像、色于一体，富有极强的感染力，是综合传播文字、声音、图像、色彩、动态的视听兼备媒介，既具备报纸、杂志的视觉效果，又具备广播的听觉功能，还具有报纸、杂志、广播不曾具备的直观形象性和动态感。通过张宝庆、郑保国、任冶湘等演员的生动演绎，呈现了一个黄土高原的世界，在一道道坎、一道道沟之间，积淀着中华民族生生不息的奋斗精神和绵绵不尽的丰富情感，也正是这些耕耘与奋斗，才能在黄土高原上修筑一块块田地，结出一颗颗果实，在观众心中激起一次次强烈的共鸣。而2015版的《平凡的世界》电视剧对《平凡的世界》进行“再传播”，在新的时代背景下，经典IP再次引发新老观众的共鸣。而有声书、电视节目、话剧等再次丰富了《平凡的世界》的媒介形式。在一次次的改编中，《平凡的世界》也增添了自身的厚度和文化内涵，在新的时代拓展自身的文化价值、社会价值以及历史价值。

文学作品在经典化的过程中，就是它的一部漫长接受史。经典作品是一本不断被发现的书，具有无穷的意蕴。不可否认，《平凡的世界》中孙少平、孙少安兄弟生活奋斗的时代已经离我们越来越远，但每个人的心中永远都会有一种超越物质的理想以及人生价值的信仰，只是我们没有机会把它激发出来。每个人心中都有某种对自我价值、人生尊严的理想，而《平凡的世界》恰恰能带给我们精神上的激励，给予我们争取梦想的精神和面对现实的勇气。路遥《平凡的世界》能历经几十年时间的检验成为文学经典，首先，离不开小说文本自身的审美信息、艺术魅力和广阔的可阐释空间；其次，政治权力话语和意识形态逻辑的认可与推崇为文学经典的确立提供了强大动力；最后，21世纪以来飞速发展的大众多元传媒发挥的推介力量和普通读者的接受趣味、阅读需求都对《平凡的世界》的接受传播起到不可忽视的作用。可以说，《平凡的世界》既是一部记录时代变革的雄浑史诗，又是一部讴歌奋斗进取、勇敢善良品质的力作，它更与时代的发展脉搏紧紧相连，是一部弘扬中国精神、传播社会主义核心价值观的历久弥新的主旋律经典。《平凡的世界》文本在不同媒介的传播之下，不断经典化，感动着一代又一代“平凡人”，书写着中国人的奋斗史。

第七章　21世纪路遥小说影像传播研究

第一节　21世纪传统媒体传播考察

进入21世纪以来，《平凡的世界》在20多年间，发售2000多万册。在豆瓣App上，累计超过37万人打分，并且都是9.0以上的高分。与此同时，《平凡的世界》占据各高校图书馆借阅资料榜首，入选“中国改革开放40周年最有影响力小说”和“语文新课标必读书”。《平凡的世界》成为中国当代文学史上发行量最大、影响最大、受众最广的伟大作品。《平凡的世界》是路遥最后的呕心沥血之作，总字数超过百万，以其恢宏的气势和史诗般的品格，全景式地表现了改革开放之后，中国城市和乡村发生的巨大变革，凸显了人们的社会生活以及思想情感发生的巨大变迁。

《平凡的世界》于1986年12月首次出版，据不完全统计，截至目前已经出版了超过33个版本。其中包括：1986年12月，中国文联出版公司出版的《平凡的世界》第一部，1988年4月和1989年10月相继出版的《平凡的世界》第二部和第三部；1986年12月，陕西旅游出版社和经济日报出版社联合出版的《平凡的世界（上中下）》；1989 年 10 月，中国文联出版公司再版的《平凡的世界（全三部）》；1990 年 1 月，人民文学出版社出版的《平凡的世界》；1993 年，陕西人民出版社出版的《平凡的世界（全本）》；1994 年，中国文联出版公司再版的《平凡的世界（全集）》；华夏出版社于 1996 年 10 月出版的《平凡的世界（第一部）》，于 1998 年 2 月再版的《平凡的世界》，于 1998 年 8 月推出的《平凡的世界》全三册。

从以上出版的年份以及次数来看，在 21 世纪之前，路遥小说的受欢迎程度逐年增加，特别是在 20 世纪 80 年代以后，其小说每隔两年就会再版，引起了不俗反响。《平凡的世界》小说跨度从 1975 年初到 1985 年初，全景式反映这十年间中国城乡社会生活的巨大历史性变迁。20 世纪 70 年代后期，中国经济体制僵化，国民经济发展缓慢，除此之外，在文化方面，当时的社会出现了断层现象，全民族的文化水平停滞不前，甚至倒退。直到 1978 年，改革开放的春风吹遍神州大地，国家的工作重心全部转移到了经济建设上来，国家的经济发展开始慢慢步入正轨，在家庭联产承包责任制的影响下，依靠土地生活的农民分到了赖以生存的土地，他们的生活从此得到了根本性改变。这些政策上的影响，都在《平凡的世界》中有深刻的体现，孙少安一家分到了自己的土地，依靠土地开起了砖厂，全家的经济状况开始慢慢好转。最后，他还依靠赚到的钱办了学校，教育下一代。1977 年，国家恢复高考，开始选拔人才，文化断层、人才短缺现象才有所改善。《平凡的世界》中，孙兰香和金秀通过高考分别考取了北方工业大学与省医学院，从此改变了自己的命运。

进入 21 世纪以后，中国的文化政治经济得到迅速发展，中国的国际地位进一步提升。2000 年，党的十五届五中全会第一次提出了“文化产业”的概念，打破传统计划经济体制下的国家统包统管文化事业的模式，发挥市场在合理配置文化资源中的基础性作用和发展文化事业中的积极作用，在全社会逐步形成共识。在实践中，公益性文化事业与经营性文化产业的分界日渐清晰；在观念上，“两手抓、两加强”的文化改革与发展的基本思路逐渐形成。在这样的文化产业方针指引下，国家的文化事业逐渐繁荣，呈现出“百花齐放”的繁荣局面。

在此背景下，底层出身的人们，都想要通过自己的奋斗与努力，乘着时代的浪潮干出一番“大事业”，改变自己的命运。这一阶段，在文坛上充斥着各种思潮，如“先锋文学”“反思文学”等，但这类文学作品对广大老百姓来说过于阳春白雪。与之相反的是，《平凡的世界》选择“拥抱”平凡大众。路遥曾经说过：“社会是由普普通通的人民组成的，是他们平凡而伟大的活动，构成了人类历史上一幅幅色彩斑斓的画卷，也使得人类生生不息，向文明进化。作家写他们，他们又给作家荣誉。这种相互交融的鱼水关系，注定了生活在他们中间的作家只能为他们高歌吟唱。”《平凡的世界》是奋斗者的精神食粮。

广州出版社于2000年1月出版了《路遥全集：平凡的世界（全三册）》；中国青年出版社于2000年10月出版了《平凡的世界（上中下）》；贵州人民出版社于2002年出版了《平凡的世界》；陕西旅游出版社于2004年3月出版了《平凡的世界》；人民文学出版社于2004年11月出版了《平凡的世界（全三册）》，于2005年1月出版了《平凡的世界》全三部，于2006年6月出版了《平凡的世界（全三册增订版）》《平凡的世界：高中部分（上中下）》，于2007年9月出版了《平凡的世界（全三册）》；人民美术出版社于2008年8月出版了《平凡的世界（上中下）》；人民文学出版社于2009年12月出版了《平凡的世界：文学类（共三册）》；北京十月文艺出版社于2009年1月出版了《平凡的世界（套装共三册）》，于2010年1月出版了《平凡的世界（套装全三册）》；北京出版集团和北京十月文艺出版社联合于2011年出版了《平凡的世界（普及本）》，于2012年3月出版了《平凡的世界（套装）共三册》，于2013年5月出版了《路遥全集：平凡的世界（套装共三册）》，于2017年5月出版了《平凡的世界》，于2021年6月出版了《平凡的世界（全三部）》。

根据以上出版情况，不难看出，进入21世纪以后，《平凡的世界》出版量依然有增无减。伴随网络与计算机的逐渐普及,《平凡的世界》在传统媒体领域经久不衰，展现出其巨大影响力。

在《平凡的世界》第一部写完之后,《花城》杂志以及《小说评论》杂志邀请专家针对《平凡的世界》第一部展开相关研讨会，许多专家对《平凡的世界》第一部评价不高，并且认为“这是一部写法陈旧的作品”，于是出版此书的事宜被暂时搁置。之后路遥想要将《平凡的世界》第二部发表在《花城》杂志上，当时《花城》杂志以“内部意见分歧”为由拒绝了路遥的发表请求。可以说，广播电台的介入，才扭转了《平凡的世界》的命运，使《平凡的世界》起死回生。1988 年 3 月 27 日至 8 月 2 日,《平凡的世界》由中央人民广播电台播出，并在全国引起惊人反响。据中央人民广播电台统计,《平凡的世界》当年的直接受众超过 3 亿人。节目播出期间，中央人民广播电台收到了 2000 多封读者来信，也创下长篇小说联播历史之最。在此基础上，路遥很快就交付了《平凡的世界》全三部文稿，小说顺利出版后，创造了惊人的销售业绩。

由于小说的惊人销量，以及小说取得的巨大社会影响力，电视导演看到了小说影视化的潜力。1990 年，由中国电视剧制作中心制作，潘欣欣导演的《平凡的世界》正式和观众见面。2000 年之后,《平凡的世界》小说热度依然居高不下。碍于之前潘欣欣导演的电视剧版的《平凡的世界》受当时摄影设备的影响，画质和效果不佳,《平凡的世界》新版电视剧应运而生。

2015 年，由著名导演毛卫宁导演的《平凡的世界》问世，并且在北京卫视、东方卫视播出。这一版本《平凡的世界》总投资超过 1.2 亿元，总体收视率呈“低开高走”的趋势，在业内公认的索福瑞 CSM50 收视榜单上，该剧始终在第六、第七的位置徘徊，收视率在 0.6%~0.9%。百度指数的搜索值一度达到了 622500，远远超过同时段的其他电视剧。而在《平凡的世界》出品方华视影视的相关工作人员手里，还有另一份收视率——来自酷云 EYE 的数据。根据这份数据,《平凡的世界》自开播起，就一直保持在收视前三的位置，获得了良好的口碑。当时人民网、新华网、《人民日报》等多家主流媒体争相对《平凡的世界》新版电视剧进行报道，使其影响力进一步扩大。

在1990年版《平凡的世界》中，路遥作为编剧之一，参与了电视剧剧本的改编。因为体量很小，只有14集，在许多细节体现上存在不足，在人物的刻画上也有不足。正如潘欣欣导演所言："每一集人物有不同侧重，主题也有不同侧重，事件相对集中，尽量做到首尾呼应，集集相连，引导观众在被叙事表现吸引的同时对主题有所认识，对深层意念有所感知。"

在对主角塑造上，特别是对孙少安以及孙少平的人物塑造上沿用了早期舞台剧和红色经典戏剧的模式，对主角以及非主角采取"正派人物"与"反派人物"的概念化区分，这与原著中的形象塑造是较为吻合的。① 结合时代特征，路遥笔下的人物，男性都充满热情、智慧，以及向上的活力，女性基本上都贤良淑德，1990年版的《平凡的世界》整体符合当时的审美。小说是这样描述孙少平的："他直起身子来，眼睛不由得朝三只空荡荡的菜盆里瞥了一眼。他瞧见乙菜盆的底子上还有一点残汤剩水。房上的檐水滴答下来，盆底上的菜汤四处飞溅。他扭头瞧了瞧，雨雪迷蒙的大院坝里空无一人。他很快蹲下来，慌得如同偷窃一般，用勺子把盆底上混合着雨水的剩菜汤往自己的碗里舀。铁勺刮盆底的嘶啦声像炸弹的爆炸声一样令人惊心。血涌上了他黄瘦的脸。"

书中描绘的孙少平和电视剧中的孙少平差不多，虽然自卑但坚毅勇敢。反观孙少安的人物塑造，就缺少了干事情的冲劲儿和略微精明的气质，在电视剧中，孙少安的人物形象过于木讷死板。受拍摄能力、拍摄器材等方面的限制，1990年版《平凡的世界》在摄影以及后期的呈现上略显粗糙，但瑕不掩瑜，最大限度地尊重了原著故事和主题。

---

① 杨文静.《平凡的世界》电视剧新旧版本比较研究.[D].西安：陕西师范大学，2017.

2015年版《平凡的世界》中，导演毛卫宁为了贴合原著，在情节设计、人物台词、道具置景、服装选择等细节上，都融入了地道的陕北特色，包括让演员们扎白羊肚头巾，贴合陕北地区人物的打扮。为了展现出那个时代物质的匮乏，人物由于长期营养不良呈现出的精神萎靡、身体浮肿、说话无力等状态，演员们只好饿着肚子拍摄，这都是为了从身体到心理等多方面向那个年代的陕北农民靠拢。

在情节上，2015年版《平凡的世界》对剧情进行了调整。最关键的是，对孙少平和孙少安两个角色的故事做了重新安排。在原著中对孙少平的描写和刻画远远多于孙少安，而在2015年版《平凡的世界》中，剧情明显多向孙少安倾斜。在原著中，路遥对孙少平这个人物倾注了大量的心血，大段的外貌描写以及心理刻画，都展现出孙少平不可撼动的主角位置。但在电视剧中，导演毛卫宁将刻画的重点转移到了孙少安身上，包括孙少安18岁当上了队长，去山西相亲再到结婚，参与村里的大小事务等都在剧中有细致的体现。对于这些细节的转变，毛卫宁导演坦言道："电视剧表现了小说中95%的故事情节和人物关系，只对个别情节和人物做了删减调整，还原度极高。"此外，这部剧全程在黄土高原拍摄，随着时代发展，现在的陕北和路遥笔下的陕北已截然不同。因此，2015年版《平凡的世界》刻画的重点从孙少平转到孙少安身上，也是为了符合时代特点与观众审美。

为了找景，贴合路遥笔下的陕北，毛卫宁和剧组走访陕北多个县，包括路遥的家乡以及他生活过的地方，几乎重建了书中的村庄和县城。毛卫宁说道："有些场景有基础在，那就去翻建、修围墙，有些就是完全重建的。我们修了一个供销社、扩建了一个学校，故事的主要发生地双水村，基本是再造的。我们甚至重新修了一段铁路、建了一段水坝，搭了一个被洪水淹没的城市一角，这些都是小说中提到的内容。还有煤矿，由于在真正的煤矿里拍摄太危险，所以也是搭建的场景。有一场打枣节的戏，因为拍摄时不是产枣季节，我们在一片枣林里买了枣挂上去，美术置景比都市戏还花钱。”

为了更好地贴合原著，还原路遥笔下的《平凡的世界》，除几位主要演员外，群众演员基本上都是当地人，电视剧基本上保留了小说的风格和气质。该剧描绘了 20 世纪 70 年代陕北农村窑洞、煤矿地、学校、供销社等生活场景，孙少安的白羊肚手巾，孙玉厚的羊皮袄，各种各样的馍馍，各家各户居住的窑洞……这些原著中展现的特色符号出现在屏幕上时，激起了很大一部分观众的怀旧之情，同时，也满足了现代年轻人对那个时代的好奇心理。《平凡的世界》电视剧中，不乏浓厚的历史氛围和极为鲜明的地方特色，特色符号的展现和大众文化因素的拓展，使得电视剧吸引了各年龄段的观众。

《人民日报》发表评论指出：一些所谓现实题材的作品，“动辄香车名包、豪宅泳池，营造极富阶层的奢侈想象，以炫富的姿态构建脱离现实的场景，疏远于广大观众的生活实际，让很多观众难有真心的共鸣”。并不只是影视作品，很多小说也是“凌空蹈虚”，书写伪现实，背离观众，背离老百姓，难以让读者追捧与产生价值认同。在大变革的历史背景下，文艺作品更关注现实，关注大时代下小人物的命运，关注普通人，才会得到普通人的关注，这样的文艺作品才有广泛的群众基础与持续的生命力。

第二节　21世纪新媒体传播凝视

进入21世纪以后，随着《平凡的世界》电视剧热播，多种艺术形式改编的《平凡的世界》争相与大众见面。2017年12月，由孟冰编剧、宫晓东导演的话剧《平凡的世界》在陕西人民艺术剧院正式首演，此后在全国多个城市展开巡演。2018年1月4日，《平凡的世界》登陆国家大剧院并在戏剧场展开为期3天的话剧演出。同年9月27日，由中国作家协会《小说选刊》杂志社、中国小说学会、人民日报海外网主办，青岛市作家协会承办的“中国改革开放40周年最有影响力小说”评选在青岛揭晓，《平凡的世界》入选。12月18日，在庆祝改革开放40周年大会上，路遥获得了“改革先锋”荣誉称号，当时给路遥的颁奖词是：他深入生活、扎根人民，将文学创作融入改革开放伟大实践中，用心用情抒写改革开放故事。特别是，他勇于改革文坛风气，创作了长篇小说《平凡的世界》，展现了我国城乡生活和人民思想情感的巨大变化，颂扬了拼搏奋进、敢为人先的时代精神，激励了一代又一代青年人向上向善、自强不息，积极投身改革开放的时代洪流，产生了广泛而深远的社会影响。主流媒体和主流奖项对于路遥小说的认可，以及相关影视作品的播出，极大地带动了小说的销量，使得路遥的小说在网络空间再次畅销。2015 年 12 月 10 日，亚马逊中国官方表明，由影视作品带动图书销量增长已是不争的事实，在《平凡的世界》电视剧播出之后，图书销量上涨了 6 倍。

随着新媒体的迅速普及，传统媒体处于一个十分尴尬的位置，在融媒体时代，新兴媒介层出不穷，2000—2010 年是网页新闻、搜索引擎、BBS、博客、论坛社区等新媒介的时代。2010—2023 年是微博、微信公众号、播客、抖音等短视频、小程序、网络直播、AI、大数据、ChatGPT 等万物融媒的时代。新媒介的发展对于传统媒体是一个巨大的挑战，导致书籍、报刊、广播、电视等传统媒体走向衰退。

随着网络化和移动媒体的普及，无纸化阅读成为阅读潮流，书籍、报刊的电子版资源传播盛行。电子书获得渠道多样，购书方便快捷，且比纸质书更加便宜，因而成为新时代大多数年轻人获得知识的主要来源。然而，这样的现实对于书籍的出版来说却是灾难性的：首先是出版社纸质书的印刷量不断降低，市场出货量低；其次是实体书店不断倒闭；最后是大量报纸、杂志纸质版停刊。

在豆瓣至今保持着 8.8 高分的 2015 版电视剧《平凡的世界》，是 21 世纪路遥小说影像化改编的佳作。当年，随着电视剧《平凡的世界》热播，同名长篇小说《平凡的世界》阅读热潮兴起，很多读者选择购买电子书，然而，当时诸多电子版本的《平凡的世界》竟未获得正规合法授权。路遥去世之后，路遥之女路茗茗是其作品著作权唯一拥有者。2008 年，她正式授权北京十月文艺出版社，以图书形式独家出版发行路遥全部作品。2015 年 3 月 19 日，路茗茗正式委托律师，针对未经授权在互联网与移动终端等平台上使用路遥作品的相关机构的侵权行为发表严正声明：“近期，受电视剧版《平凡的世界》影响，路遥的著作再次受到关注，各种网络侵权行为亦愈演愈烈。目前，互联网和移动终端上出现的路遥作品的电子版下载或在线阅读均构成侵权，相关机构或平台应立即停止此类不法侵权行为，相关搜索引擎应立即断开有关侵权链接，否则著作权人将坚决诉诸法律，追究其侵权行为。”虽然采取过很多法律措施，但截至目前，让人遗憾的是，网络上依然存在许多低价出售的电子版《平凡的世界》。

无论是书籍、话剧还是游戏，都属于知识产品，是通过知识、智力结合资本、劳动等因素的投入而产生的满足消费者物质或精神需求的创造性成果。知识产品没有特定的表现形式，既可能体现在某一实物产品或服务之中，也可能以独立的价值形式体现，其主要表现为：科学技术、发明创造以及文学艺术作品等。[①]知识产品最大的一个特点就是可复制性，现代社会，其产生最大价值的原因也是其可高效、低成本进行复制。新媒体网络化时代，每个网络用户都可以从互联网上获取产品，然后进行复制。而对生产商来说，只要第一份产品被复制出来，多拷贝一份的成本几乎为零。互联网高效、低成本的大规模可复制性，让大量低成本盗版违法成本低且容易逃避法律责任。除此之外，互联网快速传播特性也是盗版作品猖獗的重要原因。加上产权归属的复杂性，导致维权成本极高。

新兴网络和移动媒体的实质是对传统的广播和电视的表达路径给予迁移与增容。于是，在广播领域，播客成为重要的广播新媒体。喜马拉雅、荔枝 FM、网易云等在线音频分享平台的诞生，挤占了传统广播的市场，同时担任着广播媒介功能。许多自媒体从业人员，利用《平凡的世界》在喜马拉雅、荔枝 FM、网易云等平台的播放量，赚到了自己的第一桶金。

以喜马拉雅 App 为例，输入“平凡的世界”出现了相关音频文件 1810 个，其中，付费音频文件 486 个，免费音频文件 1324 个。其中，付费音频文件播放量最多的是“平凡的世界 01：少平艰难上学路”，播放时长为 15 分 48 秒，播放量为 1765.4 万次。

---

① 陆雄文．管理学大辞典［M］．上海：上海辞书出版社，2013.

图 13　喜马拉雅《平凡的世界》有声图书截图

图片来源：喜马拉雅 App。

除此之外，《平凡的世界》新版电视剧也在短视频平台，如字节跳动旗下的西瓜视频、火山小视频、抖音、抖音极速版等进行传播，不少自媒体人员对电视剧版《平凡的世界》进行剪辑，并配上解说，此类短视频也受到新媒体用户的喜欢与追捧。以抖音为例，“平凡的世界”词条一共有 75.3 亿播放量。其中，“野草追剧”和“老兵追剧”重新剪辑配音的《平凡的世界》点赞量与评论量位居前二。

“野草追剧”于 2023 年 4 月 30 日发布了标题为“满满一碗肥肉，看着就馋”的《平凡的世界》解说短视频，得到了 17.4 万次的点赞，1 万次的评论，以及 34986 次转发。在评论区，用户之间的互动非常热烈，其中一条热评“那个年代这样的事情太多了”更是收获了 1.2 万个赞。“野草追剧”的粉丝数量也突破了 130 万人。

“老兵追剧”则在 2022 年 9 月 13 日，发布了标题为“一个充满理想，一个充满浪漫，两个精神世界丰富又般配的人，却永别了，田晓霞是整本书中最大的意难平”的视频，收获了 15 万次点赞，2 万次评论，以及 1.9 万次转发。其中的一条热评“《平凡的世界》的主旨是，我们要接受自己的平凡，但不接受平庸”得到了 800 多个网友的支持点赞[①]。

① 数据来源：抖音 App，数据统计日期 2023 年 6 月 30 日。

图 14　抖音账号“老兵电影”首页面

图片来源：抖音 App。

在喜马拉雅音频网站上，搜索“人生”和“路遥”，共有 117 个音频文件，其中，播放量最高的仍然是“新经典”，2023 年 10 月 30 日总播放量为 3334.3 万次。根据主播主页资料可知，购买路遥全本《人生》的有声读物，虽然需要 39 个喜点（合人民币 39 元），但由于主播张震和杨晨的精彩口播，特别是张震充满磁性的声音，依然获得不俗的销售业绩。

图 15　喜马拉雅《人生》有声图书截图

图片来源：喜马拉雅 App。

小说改编的电影《人生》1984年上映，时间较早，但今天依然在抖音平台上有着较高的讨论热度。其中，抖音账号“启航影视”的总粉丝量为98.1万人，发布电影《人生》的解说短视频，对电影本身的内容进行了深刻解读与二次加工，得到了2万多次点赞和2000多个评论。抖音账号“小丑电影”在2023年10月发布的电影《人生》的解说版本也获得了极高点赞量。

图16 抖音账号小丑电影《人生》解说视频页面

图片来源：抖音App。

2023年，中篇小说《人生》改编为电视剧《人生之路》，由阎建钢执导，陈晓、李沁、张嘉倪、王天辰等主演，在爱奇艺、央视一套播出，取得了不错的播放成绩与社会影响力。《人生之路》在爱奇艺播出之后，累计播放量超过19.84亿次，评论也超过2万次（截至2023年10月30日），其中，获得点赞最高的评论为网友“是非林君”于2023年7月19日发布的“‘人人都骂高加林，人人都是高加林’，人往高处走，追求自己的幸福有错吗？如果是你，你会怎么选？”这条评论也被众多网友回复。

在抖音、快手等短视频平台上，《人生之路》也有较好的传播度，而

《人生之路》相关的抖音话题视频总播放量更是突破了36亿次[①]。电视剧《人生之路》在抖音上注册了官方账号“电视剧《人生之路》”蓝V企业号，并上传电视剧中最精彩的部分。截至2023年10月30日，其官方账号粉丝数量已经突破了49万人次，其中，发布于2023年4月5日标题为“约定好过下次生日的人，再也见不到”的短视频更是得到了80万次点赞，评论更是达到了惊人的2.7万条。从评论区不难看出，网友还是对“恋爱”“结婚”这些话题比较感兴趣，电视剧人物的处境也引发了他们的共鸣。这些数据也从侧面证实，电视剧《人生之路》的观众还是以年轻人居多。

目前，业内有“得抖音宣传者得天下”的营销认知，在抖音上注册官方账号进行电视剧或者电影的片段展示，已经成为当下公认的快速、有效的宣传路径。抖音平台上的视频多是精彩的预告或故事片段，可以极大引起人们的好奇心，以及看完整片子的欲望，成功达到营销目的。

电视剧《人生之路》播出期间，路遥的原著小说《人生》在网络销售平台上的搜索量以及销量也大幅上升。京东图书大数据显示，在电视剧《人生之路》开播之后，《人生》的搜索量同比增长110%，带动相关书籍的整体成交额同比增长185%。此外，包括《平凡的世界》在内的路遥其他作品的销量也有不同程度的增长[②]。抖音、快手等移动媒体的快速传播，进一步带动电视剧播放量的上升，形成一个良性循环，这成为当前新媒体时代文学与影像作品良性互动发展的典型。

---

① 数据来源：抖音App，数据统计日期2023年10月30日。

② 电视剧《人生之路》开播即爆 京东原著图书成交额同比增长185%［EB/OL］. 2023-03-24, https://www.donews.com.

第八章　路遥与当代作家影像互鉴

第一节　路遥与贾平凹影像互鉴

贾平凹与路遥、陈忠实并称为“文学陕军的三大代表”。贾平凹的小说和路遥的小说一样，因为丰富的文学叙事和巨大的人文关怀被改编成了影像作品。

在类型、题材风格上，贾平凹的小说和路遥的小说明显不同。路遥从时代的角度出发，倾向于对现实的描摹，注重以一个小的家庭和一个容易被人遗忘的“地方”作为写作的出发点，从一个家庭人物的命运走向，去窥探时代的浪潮和历史的转向对个人的影响，反过来记录时代和呈现历史，是现实主义路向。贾平凹的小说，多具有传统“传奇色彩”，主题清奇，语言烂漫，亦邪亦正，更具有浪漫主义倾向。路遥和贾平凹均将叙事的重心放在乡土与农村世界，但是两者笔下的乡土、农村迥然不同。

路遥采用白描的写作手法，为我们展现了非常原始、落后与充满大自然野性、未经开化的陕北农村。反观贾平凹笔下的农村，则具有某种荒诞的神秘色彩，他的书中可以看到那些现在看不到的乡村民俗与封建迷信的场景：通灵、算命、婚丧嫁娶、孤魂野鬼、儒释道法、奇人异事等，这样奇观化的展现，满足了许多读者对于乡村的神秘性和传统性的猎奇心。

贾平凹小说风格和题材丰富多变，早期小说充满了乡土田园气息，采用经典叙事结构，主要是赞美、歌颂和怀念商山洛水。贾平凹生于陕西商洛的农村，是典型的农家子弟。他非常了解传统乡村风土人情和社会习俗，对商山洛水有着深深的感情和依恋。他早期的小说为读者展现了西部农村的风土人情和社会变迁，也反映了时代的变化给传统乡村带来的思想和生活上的巨大变化。他后期的小说突出传奇叙事，魔幻感和灵异性充斥，展现出贾平凹无限饱满的想象力，其现代魔幻现实主义风格明显。如长篇小说《怀恋狼》，老狼被道馆的老道士所救，居然懂得感恩叼来金香玉送给老道士。还有一开始老猎人无名的头疼怎么也医不好，以及关键时刻相机总会出现故障，这些情节都是具有灵异色彩和魔幻感的，魔幻现实主义叙事风格处处展现。

在小说改编的影视作品中，贾平凹和路遥的作品经过相关导演的二次创作，产生了全新的意义与价值内容，在爱情、文化、影像风格方面各有特色，异彩纷呈。一个凝重深沉，另一个诙谐讽刺。

一、爱情伦理

贾平凹从20世纪80年代以来一直都是当代中国风格独特、创作力旺盛、具有世界影响的作家。其小说改编多为电影，其中，代表性作品有琪琴高娃导演的电影《月月》、胡柄榴导演的《乡民》、颜学恕导演的《野山》。其中，《野山》被一致认为改编得最成功。故事核心突出爱情叙事，以上三部作品都很好保持了对于文学原著的忠实性。《月月》讲述了一女两男的三角爱情纠葛。秦岭山脉的一个村庄里，住着月月父女俩。天大旱，地里的庄稼全让太阳晒蔫了。从小和月月一起长大的才才来到她家，帮助月月挑水浇地，不辞辛苦。同村的门门从江那边借来一台抽水机，他对月月讲，用它浇地就不发愁了。才才和月月爹认为农民就是土命，一桶一桶地挑水比什么都实在。可是，抽水机的使用使得月月爹改变了想法。门门向月月表达了爱情，于是门门和才才产生了矛盾。月月穿上了门门给她买的新衣服，导致了她和才才分手。但是，月月并没有跟门门走，她希望两个人的优点能结合起来。超出许多观众期待的是结尾，月月谁也没有选择，而是期盼得到两个男人优点集合而成的“复合男人”。

《野山》大胆地讲述了伦理题材禁忌的“换妻”的故事。在封闭的80年代西北山村中，青年禾禾不甘于作农民，成日“折腾”，无奈烧砖、养鱼、卖豆腐都不走运，本分的妻子秋绒，带着刚出生的孩子和他离婚。农民灰灰老实本分，一心种田，作为大哥在生活上很关心孤儿寡母的秋绒。妻子桂兰性格刚烈，无法生育，却也向往着新事物，帮助禾禾养蚕、养飞鼠。在一系列误会后，灰灰以为禾禾和桂兰私奔，打了桂兰后与她离了婚，并与温柔的秋绒结婚，继续过着本分而贫穷的农民生活。禾禾进城后终于赚到了钱，带着拖拉机和磨面机回到家乡，并最终与桂兰在一起。如果说《人生》的爱情悲剧深深影响了主人公的命运，那么《月月》和《野山》则集中刻画埋藏在爱情背后的现实，突出戏剧性，注重对传统文化的反思。这与当时的社会背景以及历史语境是分不开的。新时期改革开放全面开展，人们在不断接受新思想与开拓新视野，同时也在积极思考自身生存和生命价值。在时代的浪潮面前，电影中的两个家庭打碎之后的重新组合，恰是呈现新时期人们全新的生活秩序和爱情理念。桂兰和禾禾作为两个家庭里面顺应时代变化的创新者，他们有着相同的新思想，桂兰和禾禾不喜欢循规蹈矩、平淡无味的生活，养蚕、养飞鼠，希望能通过个人努力发家致富，而灰灰和秋绒却安于现状，保守平庸。最终通过离婚再婚，让思想创新者和安于现状的人各自重组家庭。

除此之外，影片刻画了当时农村和城市之间巨大的差异，通过众生相，主要人物禾禾和桂兰、灰灰和秋绒以及其他的村民，折射出那个时代农村山沟里人们的生存现实，突出反映刚刚改革开放时期，新旧思想的冲突。电影中禾禾的爱情观念还是保守的，尽管自己是保守乡村里有一定独立人格的人，已经对桂兰动心已久，但还是没有说出口。通过这样纠结的爱情观念，禾禾压抑的内心世界便透露出来，由此人物的性格就具有了多面性与复杂性。对于桂兰的爱，禾禾长期处于矛盾的斗争心理之中，其受制于传统理念的压迫，冲破这一禁锢的过程是漫长且痛苦的。[①]

路遥小说和改编的电影《人生》，核心是爱情叙事，围绕刘巧珍和高加林以及黄亚萍三人之间的爱情选择展开。高加林的爱情选择是与其生存的环境息息相关的，爱情是生存的一部分，功利性与道德是整个小说和电影的叙事重点。爱情是生存现实的一部分，是社会秩序的重要内容，爱情本身是浪漫的，但是经历爱情的人和事情则是残酷的，因而其爱情叙事突出历史性和社会性，以道德价值和社会现实生存伦理填充改造为一个附庸魅力却极具历史性的一代年轻人的爱情悲剧。“当高加林飞向城里，作为一个知识分子生活时，刘巧珍走不进他的生活；当高加林落魄归乡，作为一个农民生活时，黄亚萍走不进他的生活。”[②]在这样的纠结当中，高加林“走后门”被告发，丢了他引以为傲可以改变自己命运的工作，和黄亚萍之间彻底不可能了，而刘巧珍在对高加林的失望中，嫁给了其他人。最后，两个女人，高加林都没有抓住，只好再次回到农村开始新的生活。可以说，高加林的爱情悲剧是自身和时代造成的，由此，感觉到路遥笔下的爱情只有丰富的社会性和历史性，爱情本身的唯美和浪漫服从现实中各种秩序中人的地位。

在爱情中，路遥对男女双方的地位是有侧重的，均是以男性为中心，

---

① 马骏．电影《野山》文本构成综合化探析［J］．西部广播电视，2021，42（17）：119–121.

② 尹昌龙．百年中国文学总系·1985：延伸与转折［M］．济南：山东教育出版社，1998：193.

以女性牺牲和服从男性的视角进行形象塑造。由此，路遥的女性形象具有更强烈的悲剧性。不论是小说还是电影《人生》，刘巧珍的悲剧性都十分震撼。刘巧珍对爱情中男女之间关系没有平等的概念，总是处于卑微贤惠忍让男性的地位。比如，自己帮高加林卖馒头，转而将钱交给高加林，企图通过这样的方式讨好高加林，施舍给她一点可怜的爱情。这种男女之间关系的不平等，来自刘巧珍骨子里透露出的男尊女卑的传统礼教旧思想，她被这种思想影响，缺乏基本的独立人格觉醒，透露出骨子里的没有现代文化教育的卑微。她喜欢高加林，是被高加林见过世面、读过书、受过现代先进文化教育所吸引。而对高加林来说，刘巧珍仅仅是自己处于危难之时精神无助寻找自我的情感慰藉，或者说在失落心态下的一种情感宣泄。高加林接受的是附加在这个“爱情”上的现实因素，远离男女平等的纯洁爱情本质。刘巧珍与高加林的爱情永远都是不平等的，两个人出于不同的情感需求走到了一起。他们的爱情出于高加林非正常的心理状态，只由刘巧珍一个人苦心经营，最终只能成为悲剧。①

电视剧《平凡的世界》聚焦了孙少安、孙少平、田润叶、田晓霞等青年人的爱情。爱情是与他人产生故事和关系的桥梁，也是推进故事的重要情节。路遥刻画了以孙少安和田润叶、孙少平与田晓霞为主的爱情形象。孙少安和田润叶以及孙少平与田晓霞最后并没有步入婚姻的殿堂，在他们曲折的爱情叙事下，镌刻的是悲剧性结尾。对于这一点路遥是这样说的，是的，生活就是这样。在我们都是小孩子的时候，一个人和一个人可能有家庭条件的区别，但孩子们本身的差别并不明显。可一旦长大了，每个人的生活道路就会有很大的差别，有的甚至是天壤之别！家庭的因素、成长的苦闷、时代的变迁、意外的离世，多种原因之下，只能以悲剧结尾，匆匆为他们的爱情画上句号。在这样的爱情悲剧叙事下，人物也就成长了

① 武广红 . 浅析路遥《人生》中刘巧珍的爱情悲剧［J］. 辽宁师专学报（社会科学版），2023（02）：24–26.

起来。

孙少平和田晓霞在高中期间相识相知，在以后的相处当中他们彼此相爱，这段打破家庭和社会地位巨大差距的爱情，如果没有田晓霞的积极努力争取，就根本不可能发生。田晓霞在剧中活泼开朗、漂亮、独立自主、自信大方，是新一代女知识分子形象，田晓霞对于孙少平有非常大的吸引力，就像电视剧里呈现的那样，他们第一次见面，田晓霞主动询问孙少平，田润生是否和他一个班的时候，孙少平一下子感到脸像炭火一般发烫。到后来，他们确认恋爱关系，田晓霞在自己事业上的追求是成为一名记者，在他们的交往中，田晓霞也深深地影响着孙少平的人生走向和抉择，让孙少平从幼稚走向成熟。

田晓霞为了拯救洪灾中落水的小孩，被洪水淹没，他们的爱情被迫结束。田晓霞的牺牲对孙少平来说，是致命的打击，失去了精神支柱，他伤心欲绝、苦不堪言。但经过理智思考后的他再次站了起来，信念和勇气让他再一次在悲惨的生活中树起自己的旗帜[①]。在一定意义上，田晓霞的死促成了孙少平把自己打碎重新构建，完成自我人格的重组。

综上所述，路遥的爱情故事以男性为主，女性本体性极度缺乏，要么是刘巧珍式的“仆人型”，要么是田晓霞式的“母亲型”，唯一的女性内核却是欠缺的。贾平凹的爱情价值则更关注人的个体感受，虽然有一定的伦理包袱与价值困境，但是爱情价值秩序中人的主体性逻辑明显。两人均对当代中国乡村世界充满了依恋和赞美，路遥的文艺作品更多是在城乡对立下，对乡村和伦理传统给予无情的批判；贾平凹的文艺作品更多是陶渊明式的田园浪漫，其中加入传奇和魔幻的故事，对乡村世界的神秘性给予无情的嘲弄，打破所有人的田园梦想而面对自我本性。

① 韩淑梅.《平凡的世界》孙少平人物分析［J］.吕梁教育学院学报，2019，36（04）：163–164.

二、文化秩序

文化是丰富多样的，一方面传承人类文明，另一方面起着引导某种社会价值的作用。作为文化的一种形式，影视作品也承载着文化的基本功能，包括引导人们进行真善美的价值判断，并通过影视作品，提高审美、陶冶情操，以及构建正确的价值评判体系等。文化秩序是一个作家构建其叙事逻辑的气脉，路遥与贾平凹的小说及影视作品，尽管他们的题材、故事、类型不太一样，但都积极在多样的文化秩序中不断进行价值与伦理的表达和重构，在他们的影视作品中，可以看到文化与伦理的哲思，直接给予观众深刻警醒和反思。

路遥的文化叙事和逻辑秩序更多是传统中国儒家的道德等级秩序，贾平凹则是坚持道家和佛家的浪漫洒脱传统，将外在世界的一切文化秩序主体化、内省化。贾平凹始终坚持屈原的坚毅、庄子的浪漫，以个体的内在价值不断赋予外在世界新的价值形象，让人的主体成为其文艺作品的根基。在一个个疯癫式的人物故事里，描绘出一个生动真实的当代中国文化百态图。路遥小说和电影《人生》中展示的历史浪潮推着每个人向前走。展现的是一个没有关系、没有背景的普通农村知识分子青年想要彻底改变自己面朝黄土背朝天命运的故事，从中折射出历史的转折时期，农村知识分子在生活、情感、事业上普遍面临的困境。人物沉浸在乡村的道德、传统文化秩序中，人是文化秩序中的一环，在家庭、乡村、城市、机关单位等各种文化网中。路遥小说主人公的人生痛苦和爱情悲剧均被这样的文化网牵连、束缚，人存在的历史感和命运感由此生发，进而路遥的小说与电影具有社会正剧和历史悲剧的震撼力，让人在城乡空间下各文化秩序中上演各种悲喜剧。

贾平凹小说改编的电影《月月》中的主人公月月，在两个男人之间犹豫不决，她一方面接受了才才的追求，与其订婚；另一方面穿上了门门送的新衣服。观众会在道德上批判月月的三心二意，也不会同情月月和订婚的才才分手，但是贾平凹突出月月的个体价值选择，突出以女性为中心的视角。其小说《高兴》以及改编的电影，依然延续贾平凹的主体性，人物内在的道德伦理、信仰逻辑与情感指向均成为其文艺作品文化秩序构建的中心。主人公刘高兴本身就是一个没什么文化但是具有一定闯劲的地道的乡村人物，他的人生没有明确的计划和现在的价值指引，他不断在城市中被动接受各种超越他个体认知的事。他如同一叶浮萍，在当代中国这个支离破碎的文化秩序里，飘来荡去，无助却天性乐观，可谓幽默感十足。

贾平凹后面几部小说改编的电影，之所以许多导演、编剧在尊重原著基本精神和故事大纲的前提下，进行大规模的创造性改编，实质则是因为抓住了贾平凹文艺创作的内在本质和叙事风格。电影与小说《五魁》虽然在基本的人物设定以及故事情节上没有很大的调整，但是其结尾停留在了五魁背着救出的少奶奶离开寨子，设置了一个开放式的结尾，和原著中那种悲剧的结尾已经相去甚远。

《桃花满天红》则完全属于虚构性故事。《桃花满天红》讲述了一个风烛残年的大院老爷和他新娶的姨太太桃花以及男戏子满天红之间的故事。影片淡化了贾平凹原著许多情节，删除了一些旁枝末节，例如，觊觎桃花的几个配角均被删去。叙事重点只限定在姚老爷、桃花、满天红三者的情感纠葛，其中，以桃花和满天红之间的情感为主要故事线索。正因如此，贾平凹的影像作品反而有了其神韵，具有特有的影像叙事风格和特征。可谓改编作家的文学作品必须了解乃至抓住其核心的美学主体和文化价值秩序，方能在作家优秀的文字作品上进行二次创作。

三、影像美学风格

路遥与贾平凹作品改编为电影的美学风格各有特点。路遥电影《人生》的摄影风格和影像风格都是质朴的，接近于黄土高原本身的纯粹，不过多地加以修饰，还原故事发生地本身的自然色彩。作为中国第四代导演的吴天明，深受法国新浪潮美学影响，将巴赞的长镜头理论运用到了电影《人生》拍摄实践中，不断地探索和发现特有的影像叙事方法与风格。同时期的导演如郑洞天、张暖忻拍摄的《邻居》《沙鸥》等电影整体都呈现出相同影像美学的特点。

电影《人生》擅长使用长镜头和不规则构图来表现其影像美学。吴天明使用了大量的长镜头和远景。长镜头以及远景更好地还原了生活本来的面貌，不对画面和时空做人为的切割，保持时间和空间的连续性，这样可以产生一种"旁观"视角，复现小说中场景，具有完整感。比如，在电影开始时，高加林拿着锄头锄地，首先映入眼帘的是夕阳下，大片广袤且贫瘠的土地，占据了画幅的四分之三，作为主角的高加林在夕阳的照耀下，只显示出一个人在不停挖地的运动轮廓，约占画幅的四分之一。广袤的土地和渺小的人类形成了鲜明的对比，突出了大自然和人类之间的矛盾，土地和人类构成了千百年来土地与农民之间共生以及矛盾的缩影，由此有了超出画面外的更深层次的隐喻。高加林的出场则是：看不到高加林的脸，人物被不规则构图切割出了头部和下肢，视觉制约性效果进一步加强，我们只能依稀地看见流着汗水的胸膛，不断挥舞锄头的双手，以及大片大片贫瘠的黄土地。紧接着出现长镜头：放羊的老翁和沟壑纵横的高山以及信天游的歌声，除表现人物所处的自然环境外，还表现了故事叙事的空间，画面清新自然。如高加林去街上卖馒头，都是一镜到底，除突出高加林贫穷困境以及抛不开面子外，还展示了当时热闹的农村集市，具有生活化的特点。是"旁观"但不是"冷眼旁观"，吴天明导演始终关注着高加林这样小人物的情感、职业与生存困境，表现出新的时代来临，农村小知识分子迷茫、困顿以及无奈的人生选择，充满了对人的深切同情和关爱，表现了导演悲天悯人的情怀和人文主义思想。除此之外，还有刘巧珍出嫁的场面也是运用相关的长镜头，把陕北高原上的结婚场面表现得淋漓尽致。这里也是全剧中最压抑的镜头，刘巧珍等不来高加林的婚姻，转而听从父母之命、媒妁之言嫁给自己不爱的人。长镜头是这样展现的：一匹匹驮着嫁妆的驴子从镜头前面走过去，媒婆也走过去，最后，巧珍坐着马也从镜头前面过去了。就是这样简单的长镜头，直白且压抑，透露出女孩子对于自己婚姻深深的无力感。

反观贾平凹小说改编的电影，无论是《五魁》还是《桃花满天红》，都注重电影色彩对于人物塑造以及造型的影响，摄影构图，角度讲究，给人以美的享受；强调叙事的传奇色彩，熟练地运用色彩进行人物的造型和叙事。其影像风格明显受到第五代导演，特别是张艺谋导演的电影风格影响。也有学者这样说道：我们完全可以将这两部改编作品看作对张艺谋自1987年以后频获国内外大奖的《红高粱》(1987)、《菊豆》(1990)、《大红灯笼高高挂》(1991)等系列作品的追随之作[①]。除此之外,《五魁》以及《桃花满天红》小说充满传奇性的虚构色彩，夸张的故事情节与浪漫主义想象成为影像叙事风格。

总之，在文化伦理上面，不论是路遥小说改编的影视作品，还是贾平凹小说改编的影视作品，尽管他们的题材、故事、类型不一样，但是都在追求文化伦理的表达，在他们的影视作品中，可以看到文化与伦理的哲思，直接给予观众新的思考与感受。

① 曹小晶.论贾平凹作品电影改编的美学流变[J].艺术百家，2019，35(02)：142-147.

第二节　路遥与陈忠实影像互鉴

评价一部文学作品艺术价值最好的方式就是得到文学界业内的主流奖项以及含金量最高奖项的认可，其中，茅盾文学奖被公认为最高荣誉与褒奖。第三届获奖作品《平凡的世界》和第四届获奖作品《白鹿原》，[①] 分别成就了路遥与陈忠实，他们被更多的书迷所知道，成为当代重要的文学家。贾平凹凭借长篇小说《秦腔》获得了第七届茅盾文学奖。电影《人生》则获得了更为主流奖项的认可，即 1985 年的大众电影百花奖最佳影片奖、最佳女主角奖；中国电影金鸡奖最佳音乐奖。在电影票才卖两毛钱的时代，《人生》卖出了过亿票房，堪称神话，并且因为极高的艺术价值，也成为中国第一部选送参加奥斯卡最佳外语片的作品。[②] 贾平凹、路遥、陈忠实被称为陕西文学“三驾马车”，陈忠实从 1965 年开始发表作品，著有短篇小说集《乡村》和《到老白杨树背后去》，中篇小说集《初夏》《四

---

① 党文亭.回看茅盾文学奖——以《平凡的世界》和《白鹿原》为对象的考察［J］.中国图书评论，2022（12）：45-54.

② 93年前的今天，奥斯卡首次颁奖，中国获奖的电影你看过吗?［EB/OL］.飞春探微，https://mp.weixin.qq.com/s/Nl7KZobBsFMRPihT7nHh4g，2022-05-16:08:56 微信公众号《飞天读传》.

妹子》和《夭折》，散文集《生命之雨》《告别白鸽》和《原下的日子》等。其中，最负盛名的作品则是长篇小说《白鹿原》。作为一部流量作品，《白鹿原》小说聚焦于陕西关中地区白鹿原上的白鹿村，讲述了白姓和鹿姓两大家族的三代恩怨，因为其极高的艺术价值，也被改编为同名的秦腔话剧、电影、舞剧、电视剧。小说对陕西关中地区人们的生活状态、地域风貌、风俗习惯，以及人与人之间的伦理纠葛描写得非常深刻，塑造了白嘉轩、黑娃、田小娥、白灵等鲜明而典型的文学人物形象。

《白鹿原》小说首次出版在1993年，在那个经济低迷的时代，一经发售就被抢空，14850册的销售业绩实为惊人。[①]2000年，《白鹿原》小说首次被改编成了秦腔现代剧，由丁金龙改编、西安市秦腔一团负责演出，其艺术价值被高度赞扬。而同名的话剧作品，被北京人民艺术剧院于2006年，首次搬上舞台，由林兆华导演，著名演员濮存昕和宋丹丹、郭达主演。话剧基本上是以原小说为蓝本，在充分尊重原著的基础上进行改编的。话剧《白鹿原》在叙事视角、主题定位、情节设置等方面，基本表现了原著的艺术风貌，成为小说《白鹿原》的优秀而经典的缩写本。它既没有删除人物，也没有删除任何大的情节，而是将白鹿原上50年间的沧桑巨变完整地演绎出来。[②]从2006年首演开始，不断在全国巡演，让观众在震撼中感受精神的洗礼。

2012年，同名小说改编的电影《白鹿原》由王全安导演公映；2017年，刘进导演执导电视剧《白鹿原》。不论是电影还是电视剧，均在改编上引起争议，电影《白鹿原》在豆瓣App上打分人数超过12万人，但分数始终停留在6.5分。按照目前主流的评分标准，把7分当为电影良好的话，显然，王全安的电影版本没有征服观众。2007年，王全安凭借《图雅

---

① 桑盛荣．“白鹿原现象”对陕西影视旅游衍生品构建的影响［J］．邯郸职业技术学院学报，2017，30（04）：15–17.

② 张雪艳．形式转换与艺术创新——试论《白鹿原》的戏剧改编［J］．当代戏剧，2011（04）：39–41.

的婚事》荣获第57届柏林国际电影节最佳影片金熊奖，成为中国电影第六代成名作，然而当时对于《白鹿原》电影改编的导演最终确定为王全安时，众多小说粉丝与大众嘘声一片。虽然那时候王全安已经得到了国际A类电影节的承认，但在国内的知名度和艺术权威依然较弱。从小说到话剧等，《白鹿原》积累了大量的粉丝，每个粉丝的心中都会有一个自己的“白鹿原”，不论哪一个导演来改编，都不可能让每个粉丝满意。2017年4月16日，电视剧《白鹿原》在安徽卫视和江苏卫视首播，刚刚上映第一集就因为电视内容部分情节的敏感性引起争议而停播。

路遥与陈忠实均是当代中国作家坚持弘扬史诗与现实主义叙事立场的重要作家，两人的文学作品突出延绵的中国历史长河中人物的悲欢离合，进而在诸多重大历史事件中，写尽中国人的沧桑悲凉。路遥更多是继承了秦兆阳强调的“文学的现实主义不是任何人所定的法律，它是在文学艺术实践中所形成、所遵循的一种法则。它以严格地忠实于现实，艺术地真实地反映现实，并反转来影响现实为自己的任务”。① 现实主义多元和丰富的理论视角，以历史和政治作为其内核，不断揭示当代中国与每个个体的悲剧，其美学传统更多是《三国演义》和《水浒传》的历史与政治视角下的中国社会大变迁。陈忠实则突出文化传统多元美学风格，以宏大的史诗传统，不断融合国内外文化新视角，形成了以文化与历史为架构的艺术创作范式，积极回到中国文化和历史深处，不断将千年中国以家族为基础的社会组织中一个个人和诸多密事娓娓道来，以“百年孤独”述说着中国的“美丽往事”。陈忠实的现实主义美学更多地继承了《金瓶梅》《红楼梦》等的叙事传统，不断吟诵着古老的歌谣，充满了文化警醒力量。因此，两个重要陕西作家，均着眼于中国的宏大历史和社会变迁，不论文学作品本身还是改编的影视作品，其对比可谓是当代中国文学史与影像史重要的话题。

---

① 何西来，等.重评《现实主义——广阔的道路》[J].文学评论，1979(08)：56.

一、传统文化影像

在陈忠实的文学作品乃至影视作品中，传统中国文化和乡村民约礼俗成为其故事的重要内容，其作品中的人和事，均被丰富的传统文化符号和无形的礼教符号包围浸润。人不是单纯情感或纯粹的个体，而是各种社会关系和文化网络中的一环，在这样的群体组织关系网中，构建了个体悲剧史、家族沦落史、国家兴衰史。虽然路遥与陈忠实都采用史诗般叙事架构，但他们在文化叙事立场和礼俗价值批判维度上存在诸多差异。路遥更像是一位革命的说书人，总是以庞大而丰富的历史和文化，服务于富有政治目标的个体叙事，文化和传统道德理念均是人物生存逻辑、悲剧的重要情节要素，其情节功能超越本身的价值意义。路遥影像故事性超越一切，文化传统影像是其中的一个情节要素。

陈忠实《白鹿原》的影视作品对陕西方言、民俗、戏曲、美食等方面做全面复原和呈现，勾勒出陕西关中地区人民的生活图景与民俗文化。大量使用方言对话，进而表现其风土人情，成为传统与地域文化独特的符号象征。电影与电视剧《白鹿原》的题材来自陕西农村，这里有着独特且浓郁的关中风情。[①] 方言对于观众来说，是强化故事发生地域的文化认同。《白鹿原》影视作品方言已经深入电视剧主创人员的创作理念之中，创作者并未刻意顺应观众的观剧习惯而彻底弱化，而是将当地的方言和普通话结合起来，作为主要的叙事语言。

除此之外，传统的民间戏曲秦腔成为重要的反映人物性格的要素，剧中白嘉轩回忆亡妻而吟唱的秦腔《苦娘子》，未经雕琢的嗓音，粗狂原始，野性真情，更能烘托悲痛欲绝、呼天抢地的氛围，进而感动、震撼观众的心灵，观众从而感知了这份深沉悲壮的感情。开篇的秦腔音乐表达了他们

① 陈连龙，李颖.声音景观与陕西文化形象建构——电视剧《白鹿原》的听觉阐述［J］.戏剧之家，2022（21）：157–159.

夫妻分离后悲痛的感情，在仙草死后，白嘉轩无法用自己的语言表达他悲痛欲绝的哀伤与颓废，语言苍白无力，这里的秦腔则加深了感动的力量。

在人物的刻画上，传统文化礼教秩序成为重要的隐喻性象征。白孝文阳痿不举则可以看作传统道德对人性的压抑。白孝文结婚之后，放纵过一段时间，由此被家人说是纵欲无度。为了扼制白孝文沉迷床第之事，他的父亲白嘉轩准备送他去读书，白嘉轩问白孝文读书的意义，白孝文答曰“明理”。实质是在文化与礼教的压迫下，人的个体逐步丧失，在这些情节的推动下，白孝文心中隐藏的封建道德礼教伦理被唤醒。于是，白孝文继承了族长之位，也发挥了自己应有才干。在遇到田小娥之后，面对田小娥的勾引，他出现了不举的状态。这不举的状态则是他被传统礼教束缚，在伦理道德、族长的名誉、父亲的权威多重压力之下，欲望被压抑，个体彻底迷失，影像叙事则借助“硬不起来”间接给予隐喻性批判。

中国传统文化的一个重要体现是宗族文化，族长、族规和祠堂是宗法文化的存在形式。白嘉轩特殊的族长身份外化于言行中是他严肃、谨慎、庄重的处事风格，是他对族规的身体力行，对祠堂和祠堂事务的热诚。白孝文在父亲强大的“淫威”之下，在传统道德要求下，内心的欲望只能藏在深处，这种隐藏的结果导致其阳痿。而后自己与田小娥的私情被村民所知，被父亲公开鞭打侮辱，彻底放下原来承担族长背后的封建礼教和道德面具之后，其个体获得自由和解放因而不再阳痿，与田小娥疯狂的热恋乃至最后倒毙路边，彻底展现了中国传统文化如何以集体性力量和道德礼教养成乃至扼杀一个鲜活的个体，由此，白孝文行为富有巨大的文化批判性象征力量。

路遥电影《人生》则将个体存在和价值统统建立在了现实的城乡之间、现代与传统之间的二元对立价值秩序中，文化在二元对立中分为现代和传统两个维度，人的觉醒需要现实的城乡空间和教育的加持。人通过不断地从二元对立中选择其中一方作为个体现实生存和叙事的基础，传统文化只是每个人物性格和故事的一个外部情节要素，而不是内在的主体性精神支柱。

农村女孩刘巧珍深受传统农业文化的熏陶，温柔纯朴；城市女孩黄亚萍则受到现代文明的影响，在情爱上追求浪漫。农村男孩高加林受过教育，不甘心于农村生活，被顶替教书老师也不甘于在农村种地，向往到城市去施展抱负。在这样的二元对立模式影响下，这种叙述模式在本质上是对传统二元对立分割下的价值功利性设定，人物和故事始终无法进入传统文化内在价值逻辑。于是，路遥电影《人生》个体存在感建立在现实的各种秩序中，其等级森严，人物处处无法挣脱传统观念的束缚，它渴望拥抱现代都市文明，却又难以割舍传统伦理、人情的质朴本色。于是，我们看到了刘巧珍具有的农村传统道德伦理思想，她质朴、天真、善良，敢于追求新的事物，但她内心深受传统文化影响，是自卑的、纠结的，逃离不了这片她成长的土地。由此，传统意识增加了每个人物命运悲剧的要素和底色。

二、政治意识影像

一直以来，小说与历史就有着某种天然的联系，作家常常将一些重大历史事件、帝王将相、英雄人物等作为小说题材或实或虚地进行创作。然而，文学的创作总是一个历史时代中的行为。这种特定时期的文本与该时期特有的制约因素发生着必然的联系，如官方文化权力机构、团体、主流意识形态、民间消解方式、传播方式、文化市场、大众审美取向以及作者个人因素等。①

电视剧《白鹿原》，全景式地再现了小说中的情节，以白鹿原的家族兴衰、宗族变化体现清朝灭亡、国民革命、国共内战、日军入侵的中国社会变迁史。在电视剧中，这种抹不开的政治意识是通过人物选择的不同立场展开叙述的。革命之中，有人选择了加入共产党，有人则站在了对立

① 王晓路．文化批评关键词研究［M］．北京：北京大学出版社，2007.

面，在他们立场改变的同时，亲人之间也彻底反目成仇，人物刻画则更加深刻，历史的沧桑巨变，是人物命运的沧海桑田。国共之间的斗争在《白鹿原》中有大量的场面描述。剧中的白灵就是这样，她与自己的爱人选择了相对的政治立场，昔日爱人立场相对，政治意识无不体现。以下为部分剧情：

那天晚上鹿兆海送白灵回家，忽然问："白灵你想不想参加一个党？"

白灵说："想。你想不想？或者……你已经参加了？"

鹿兆海说："我也没有。咱们商量一下，参加哪个好？"

白灵说："不。咱们一人参加一个。"

鹿兆海说："这样好！国共合作，我们俩也……"

白灵说："'国'和'共'要是有一天不团结不合作了呢？我们俩也……"

鹿兆海说："我们继续团结合作，与背信弃义的行为作对！"

白灵说："那好，你先选择一个，剩下一个就是我的了。"

"这样吧——"鹿兆海掏出一枚铜圆说，"有龙的一面是'国'，有字的一面是'共'，你猜中哪面算哪个。"

然而，就是这样一枚小小的硬币，就决定了两人之间不一样的政治立场，也将对彼此心生爱慕的两人推到了对立面。鹿兆鹏是鹿子霖的长子，共产党员。鹿兆海是鹿子霖的次子，鹿兆鹏的弟弟，国民革命军团长。鹿兆海对白灵忠诚不渝，满腔报国热情，然而事与愿违死于战斗。

黑娃（鹿兆谦）的命运走向也和他自己的政治倾向有关。他被招安加入了白孝文的保安团，第一件事便是戒鸦片，他让人把自己绑在炮口，五天五夜滴水未进，成功戒掉了鸦片。后来，从小不喜欢读书的黑娃，又拜朱先生为师，开始潜心读书，除认真阅读朱先生推荐的书目外，还将自己的思考写成读书笔记，深受朱先生赞赏。

在读书期间，黑娃不光学会了谦逊做人的人生哲学，还接触到了共产党出版的进步书籍，在朱先生的指点下，他决心前往延安。至此，黑娃不再是之前那个冲动莽撞的小伙子，从戒鸦片看得到他坚韧的意志力和执行力，潜心读书造就了他谦逊好学的态度和善于思考的习惯，决心到延安体现出他坚定的革命信仰，这时的黑娃已然成长为一名真正的革命者。故事的最后，时代的洪流已流经白鹿原这片世外桃源，白鹿原的天空从此不一样了，这片天空将会在以鹿兆谦为代表的中国革命者浴血奋战、坚定战斗中，迎来胜利的曙光。然而，这种政治意识和“十七年”期间透露出的艺术为政治服务的思想完全不一样，这里《白鹿原》表达的是民族自身的生存状态和对文化的思考。《白鹿原》没有将历史建立在几乎明文规定并被一代作家驾轻就熟的历史观念上，而是对历史作了文化的而非政治的、宗法的、阶级的解读……在白鹿原，文化大于政治，宗法大于阶级[①]。

电视剧《平凡的世界》政治意识凸显。几个人物命运改变的关键节点，都透露出背后的时代政治背景。“文化大革命”结束，恢复高考，家庭联产承包责任制这三个关键节点，让剧中的人物考上了大学，彻底走出了贫穷的农村，改变了自己的命运。1977 年 10 月，公布消息恢复高考。据统计，1977 年，全国有 570 万人报名参加高考，录取人数有 27.8 万。这 27.8 万人当中，有不少人和剧中人物一样背景普通，资历平平，由此高考成了他们人生的重要拐点。孙少平的同班同学顾养民以及好朋友田晓霞在 1979 年高考中成功考上了大学，改变了他们的底层命运。剧中可以看到从人民公社到家庭联产承包责任制的一系列改革。

此后，中国政府不断稳固和完善家庭联产承包责任制，鼓励农民发展多种经营，使广大农村地区迅速摘掉贫困落后的帽子，逐步走上富裕的道路。电视剧中，孙少安即是这个政治政策最佳形象的展现者，他一方面请示和说服村支书，另一方面给生产队做工作，生产一队村民都按手印拥护孙少安包产到户的土地承包责任制。双水村每个家庭都加入了联产承包责任制，孙少安也在此基础上开始了自己的致富之路，同时，剧中农村的各家也都开始发生翻天覆地的变化。

---

① 曹文轩 . 重说历史——在真实与虚构之间［J］. 江苏行政学院学报，2003（01）：116-123.

政治意识之下，是家国情怀。家国情怀是个体基于中国家国同构历史、天下一体观念而产生的情感，“中国人在这种社会结构、生活方式、情感认知的状态下形成了中国式的‘家国情怀’，即个体对其所生活的家庭、家族以及邦国共同体的认同、维护，表现为情感和理智上热爱共同体，自觉承担共同体责任”。①

电视剧《平凡的世界》最具家国情怀的则是孙少安，青年队长孙少安开始了对集体化制度的“背叛”，带领社员搞生产责任组。改革之后，发家致富成为农民的主要追求，孙少安进城拉砖搞副业，回家办砖厂。为自己和父亲箍了新窑，接纳和帮助了陷入困顿的田万友等，又将办砖厂的大部分收入投入村子学校的建设，反哺养育自己的村庄。虽然受知识、眼界、现实的局限，他尚提升不到“心怀天下、报效国家”的境界，但家国情怀在青年农民身上以朴素的乡村情谊方式、乡村个体的自我担当呈现了出来。

作为新一代青年农民，孙少安的家国情怀承继和吸纳了传统乡村社会重情重义的成分、集体时代的担当意识与责任意识。②《白鹿原》中家国情怀突出的是历史性，许多重要人物自觉地加入共产党或国民党，把自己的命运和国家的命运紧紧联系在一起。鹿家长子鹿兆鹏接受了革命思想，加入了中国共产党，并以推翻旧政权作为终身事业。在剧中，不同的人物有着不同的选择，剧中主要人物的选择，仅仅是历史政治的部分缩影，地域、血缘、身份、阶级、立场、情感等多重元素的复杂交织，尽显历史的波谲云诡和人性的诡异多变。③在此基础上，电视剧《白鹿原》升华了原剧本中家和国的意识，同时，加深了对于国家的文化想象，具有强烈的历史悲悯感。

---

① 张倩．“家国情怀”的逻辑基础与价值内涵［J］．人文杂志，2017（6）．

② 孙玉玲．从《平凡的世界》中乡村青年新变看中国社会文化心理的多重变迁［J］．西部文艺研究，2023（01）：88–94．

③ 张新英．厚重的乡土史诗　激荡的家国情怀——评电视剧《白鹿原》［J］．中国电视，2017（10）：42–45．

第九章　路遥影像叙事特征

路遥是中国文学界备受尊敬的当代作家之一，他通过精湛的叙事技巧和生动的描写，将读者带入他创造的艺术世界。路遥的作品无论是中短篇《惊心动魄的一幕》《人生》，还是长篇《平凡的世界》，都展现了20世纪80年代的乡村与城市、集体与个人的矛盾和冲突，成为当代中国文学中紧跟时代步伐和现实社会节奏进行文艺创作的典型。“路遥既没有沿着‘伤痕文学’‘反思文学’‘改革文学’‘寻根文学’的现实主义文学道路向前走，又没有在向西方学习新方法、新技巧的道路上迈进。”[①]

《人生》与《平凡的世界》在从小说到广播、电影、电视等影像立体化处理中，经历了不同艺术媒介的跨越和传播，形成丰富而独特的影像特征。路遥小说中极具隐喻性的符号体现着语言叙事特有的本质，而新媒体让其从小说到电影、电视乃至新媒体传播，以全新的视听语言而具有丰富的影像符号学意义。

路遥的文学作品通过影像化，实现了更大范围的传播，让更多的观众与角色共鸣，深刻理解其作品展现的时代情感、思想，引发对社会、历史发展问题的思考。影像不仅仅是艺术，更是一幅丰富多彩的画布，展现出

① 汪德宁.“路遥现象”的当代启示［J］. 文艺理论与批评，2007（04）：104–108.

人类丰富多元的现实、情感和哲思。考察路遥作品的影像本质，实质是探寻当代中国影像一个重要内容。在电影产生后，动态的影像史学研究成为文艺历史重要课题，当代中国影像史的考察，无疑是其中重要的一部分。在当代中国影像考古学视角下，以全新的视角重新欣赏和理解路遥的文艺创作，其视野和方法、角度也是全新的，富有学理性价值。

第一节　影像历史性特征

历史性作为史学重要的内容，是关注和思考任何文艺创作一个形而上的理论批判，包含了对研究对象的时代性、政治立场、现代性等内容的考察。路遥创作的两部杰出小说《人生》和《平凡的世界》，成为紧跟当代中国社会历史变迁的重要文艺作品，其影像作品不论在当时还是在当下，都是探寻和思考当代中国影像史学本质的重要内容。路遥作品的影像特征不仅具有艺术价值，还具有时代特征，是社会历史的镜像，为读者提供了深刻的社会观察和人性探讨视角。路遥的《人生》与《平凡的世界》等典型影像作品生动的故事情节、丰富的人物形象和深刻的社会观察，生动地反映了中国社会的历史变革和个体命运的交汇点，呈现了中国社会的多样性和复杂性，展示了社会发展中的各种冲突和挑战。

一、社会历史之政治性

路遥的作品一直以来都备受关注，“尽管路遥是以一个作家的身份去召唤读者的阅读豪情的，但是其政治家的角色扮演也在隐隐作祟”。[①] 路遥作品在社会历史高度下富有政治性叙事，是一个重要而复杂的议题。在阐述路遥作品的政治性时，需要深入了解他的文学创作如何反映中国现代历史和政治的变革。

要理解路遥作品的政治性，就要考虑中国现代历史的社会政治背景。路遥的文学创作涵盖了20世纪下半叶中国发生的重大政治和社会变革。“文化大革命”是中国历史上的一次政治运动，对中国社会和文化产生了深远影响。这一时期的政治运动和纷乱局势，对路遥的创作有着很大的影响。

农村改革开放政策是在20世纪80年代初实行的，这些政策改变了中国农村的社会结构和农村居民的生活，路遥文学作品正是在这一时期背景下创作的，反映了当代中国城乡社会的巨大历史变化。作品《人生》所处的时代背景是改革开放时期，城市化进程加快，农村经济体制改革正在进行。

20世纪70年代到80年代城乡社会巨大差距下乡村青年的爱情和人生悲剧，缘于时代需要的是先进的“现代知识”，历史选择的则是拥有现代教育的新型青年人。城乡差距背后是经济和文化差距，知识在每个人心中都十分有分量。中国农村在接受外界思想的同时，仍然受到封建传统思想的影响，故事中的人物面临着传统价值观和现代思想的冲突。

《平凡的世界》所处的时代背景是20世纪50年代到80年代，反映的是土地改革、农业合作化运动、人民公社化运动、“文化大革命”和改革开放初期的中国大陆城乡历史，反映了当代中国社会结构的巨大演变，乡村与乡村青年是其叙事的出发点与历史原点。“路遥作品里的主人公几乎都是农村户籍的知识青年。他们在改革开放政策推进的过程中敏感地感到新时代涌来的预兆并随之反应，并根据自己的能力和抱负跨越封闭社会结

① 赵勇.大众文化的两种症候——《平凡的世界》的定位问题及其相关解读之二［J］.文艺争鸣，2023（02）：32–40.

构的墙壁确立自己的人生，有的人因此飞向非农村世界。”①《人生》与《平凡的世界》展现了在社会大背景之下的个体命运，以及个体与历史背景之间的交融。故事中的人物在政治、经济和文化变革中努力谋生，在农村和

图 17　2015 年电视剧版《平凡的世界》剧照（一）

图片来源：西瓜视频，https://www.ixigua.com/6803312299344921096?utm_source=baidu_lvideo&wid_try=1。

图 18　2015 年电视剧版《平凡的世界》剧照（二）

图片来源：百度图片，https://www.ixigua.com/6803312299344921096?utm_source=baidu_lvideo&wid_try=1。

---

① 安本实，陈凤．“交叉地带”的描写——评路遥的初期短篇小说［J］．当代文坛，2008（02）：20–25.

城市之间迁徙的过程中各人物面临着不同生活与机会的选择，表现了当代中国社会中个体与政治、历史互动的复杂性和多样性。

首先，路遥作品中的政治元素多种多样，既有明显的政治叙事，也有更隐晦的政治隐喻。在他的作品中，描写了政治斗争和权力冲突对普通人的影响。他通过角色的政治命运，展示了宏大的社会政治事件如何改变了微小个体和他们的家庭生活，以及他们对社会政治富有超越性的历史性态度。在电视剧《平凡的世界》中，田福军和李向前的爸爸关系不怎么好，有许多人合着整他，尽管田福军从来没给田润叶提过和李向前的婚事，但关乎田福军的内部政治斗争仍然直接影响到了普通百姓——田润叶的终身大事。在徐老汉的“苦口”劝说之下，田润叶为了给二爸田福军政治上解围，竟然违背自己意愿答应李向前的婚事。

其次，路遥的作品中强烈反映了社会不公，他通过角色的遭遇，揭示了社会政治体制中的弊端和对底层老百姓的不公平待遇。电影《人生》中，高加林的命运因政治的变动而发生剧烈变化，原本在县城教书的他，因为高明楼的暗箱操作（让自己的儿子顶替高加林教书），只能回村当农民；而当高加林逐渐适应了农村生活时，他却因为叔父的升迁而被马占胜神不知鬼不觉地又调回城里；在高加林事业、爱情双丰收的时候，又因为张克南妈妈怀恨在心的告发，返回了高家村。路遥由此隐喻和象征来传达政治批判立场、对政治问题的看法。在《人生》《平凡的世界》影像作品中，路遥创作的角色会对社会和政治问题进行更深入的反思，这些角色的内心矛盾和探索使得其影像历史的政治性特征更具复杂性。路遥影像作品其社会性和历史性非常明显，但贯穿其中的则是政治性，充满对当代中国历史发展的深刻反思，其影像政治性特征是一个值得深入研究的议题。

二、思想观念之时代性

路遥的文学与影像作品以其深刻的艺术性和思想性而闻名。《人生》《平凡的世界》反映了中国农村改革开放时期的社会变革和人民生活的困境，涵盖了社会、人性、文化、道德和生活等多个方面。

《人生》是一部以中国农村为背景的小说，它深刻地反映了中国社会的多层次问题。小说设定是在改革开放转型时期的陕北高原，以主人公高加林的命运为主线，展现了中国农村社会中年轻人命运的困境和变化。作品清晰地描绘了封建传统观念对人的束缚、权力腐败、社会不公等问题，同时，也呈现了人民挣脱枷锁追寻知识、寻找理想生活的强烈愿望。在小说中，高加林试图摆脱农村，寻找城市的生活，这个过程不仅展示了城市化进程中个体对城市的渴望和自我身份的认同，还强调了社会改革的重要性。

路遥通过小说呼吁改革，批判了社会中的不公正现象，反映了中国社会改革的迫切需求。除此之外，路遥的作品对人性也进行了深刻的探讨。《平凡的世界》中，刻画了众多角色的内心挣扎、欲望和道德选择，呈现了多维度的人性。孙少安是一个普通的农村青年，他经历的人生坎坷，包括困苦、爱情、家庭纷争和伦理抉择。他与田润叶青梅竹马，彼此相爱，但碍于田润叶和孙少安的身份、地位不同，哪怕是田润叶在信中表明自己对孙少安的爱，孙少安也无法从内心认可自己对田润叶的感情。小说中的众多角色都有各自的优点和缺点，他们的行为和决策常常受到复杂的社会道德、政治意识、价值伦理等诸多压力的影响。这种多维度的人性刻画使读者更容易与角色产生共鸣。路遥通过深入探讨人性的复杂性，提醒人们在评判他人时要更具同情心和理解力。

在路遥文学和影像作品中，中国传统文化价值观与现代性之间的冲突是一个重要的主题。《平凡的世界》中，孙少安的家庭是传统的农村家庭，受到封建传统和习惯的影响。然而，随着改革开放的推进，这个家庭和整个社会面临着现代性的挑战。小说和电视剧均展现了家庭成员对于传统价值观与现代生活方式之间的选择。在国家包产到户的政策改革之下，孙少安抛弃了传统的计划经济思维，决定自己开一个烧砖窑。他在经济上的创新意识正是抓住了时代的机遇，最后“东山再起”。

除此之外，作品中出现的家庭、婚姻等传统价值观与现代城市生活的冲突，呈现了一个在社会转型中寻找自我认同的形象，这反映了中国社会面临的文化挑战，进而展示了当代中国社会、家庭和个体层面的复杂问题，引发了读者对道德、价值观和人生意义的深刻思考。路遥文学作品改编的影像作品以其深刻的思想性、社会批判、人性刻画以及对中国传统文化与现代性的思考，让路遥文学作品与其影像考察具有了历史厚度。

三、现代性叙事

路遥小说的特点包括对个人意识的关注、叙事结构的革新、对现实社会的批判和文学形式的实验性等方面。“他代表的美学观念和文学实践具有过渡性质，不可避免地带有‘挽歌’的色彩，但也因此具有‘仪式’气氛。”[①] 在路遥的作品中，读者可以清晰地看到对主人公内心世界的深入剖析和描绘。他经常通过描写角色的思想、情感和矛盾，展现出个体在社会背景下的挣扎和追求。例如，在《平凡的世界》中，主人公孙少安的内心矛盾和成长历程被深刻而细致地描绘，读者可以感受到他的情感波动和成长转变，这体现了“五四”以来以现代人道与主体价值为核心的现代艺术创作手法的运用。

现代小说和电影的叙事现代性息息相关，正是现代小说打破传统的线性叙事，才为电影、电视等非线性剪辑奠定了叙事基础。在路遥文学改编的影视作品中，经常采用非线性的叙事结构，通过回忆、闪回和意识流等手法展现故事情节与角色形象。这种叙事结构的革新不仅增强了作品的艺术性，还帮助读者更好地理解了故事的复杂性和深度。例如，在《人生》

---

① 杨庆祥.路遥的自我意识和写作姿态——兼及1985年前后“文学场”的历史分析［J］.南方文坛，2007（06）：71-77.

中，路遥运用多时间层叠加的叙事方式，增强了个人命运与历史背景的关联，展现了不同时间段的社会和政治变迁对角色命运的影响。电影通过生动的意象和细腻的描写，展现了主人公内心世界的变化和情感起伏，体现了影像对人物塑造的一定实验性的探索。除此之外，现代小说通常对现实社会存在的问题进行批判和反思。路遥的小说和影像作品展现了对中国社会种种问题的关注，包括社会不公、个体命运受制于社会制度等。他通过描写人物的命运和社会背景的交织，呈现了社会结构中的不公正和阶级差距。路遥批判了社会底层人士在现实社会中面临的艰辛和无奈，展现了对社会不公平的深刻关注。

综合来看，路遥影像作品采用多元非线性和灵活的现代叙事手法，通过对个人内心世界的深刻描绘、创新的叙事结构、对社会现实的批判和文学形式实验性的运用，展现了现代小说与影视等影像作品叙事的现代性特征。他的作品不仅是对当代社会现实和历史的深刻反映，也是对文学、影像叙事的探索和创新，为当代中国文学和影像拓展了边界，丰富了内涵和艺术深度。

第二节　影像符号学特征

以电影符号学为基础的现代影像符号学，目前存在第一符号学与第二符号学，“第一符号学将电影类比为文字文本，致力于分析电影叙事与话语的结构特征，形成了以‘大段落组合理论’（Grande Syntagmatique）为主要标志的知识谱系。拉康（Jacques Lacan）精神分析语言学的出现，使电影符号学在研究对象、研究领域和方法论三个维度上完成了全面的理论转型，电影符号学开始将观众与银幕之关系作为研究焦点，在意识形态和修辞美学两个领域拓展自身。无论是意识形态问题还是审美无意识问题，归根结底都需要精神分析理论的介入方能解决，因此，电影的第二符号学又被称为‘电影的精神分析语言学’”。[①]

由路遥与其他当代作家的文学作品改编的影视作品，首先，导演多数为中国第四代导演，其电影影像符号逻辑均坚持了传统的文学与影像互动的第一符号学逻辑，当然，部分作品则是第五代、第六代导演，他们的影

---

① 赵斌，张玮.当代影像的图像分析系统——兼论电影第三符号学的历史任务与理论空间［J］.世界电影，2022（10）：51.

像美学更多是第二符号学原理，突出影片的整体叙事重构、精神主体叙事与强势的后现代立场。

其次，均遵循“电影是参照层、能指层和所指层三层合一的符号。但三者并不处于一种均衡且并列的位置之中：对古典叙事电影而言，在制片现场拍摄素材，进而完成剪辑制作，接着，参照世界就此消失，我们只能回溯性地寻找并复原它。例如，在作为证据的影像或纪录片中，我们希望通过可见的影像，追溯那个曾经可见但随即消失的参照世界；在作为历史档案的影像资料中，我们希望通过影像来辨认和理解曾经的历史参照。或者，在普遍的电影政治学传统中，我们希望通过发挥影像与现实之间的连接力（索引性），完成电影对现实的投射，激发影像的某种现实力量。无论如何，参照世界与符号世界，仍然是一切分析的起点”。①

一、隐喻的影像符号

符号性和隐喻性是文学与影像作品重要的艺术手法。路遥作品中的符号性和隐喻性展现了语言叙事的本质。语言是作家表达情感和思想的工具，而符号和隐喻是语言的一部分，通过它们作者能传达更深层次的意义。通过精心构建符号和隐喻，作家能使读者更深入地理解作品中的主题、情感和角色。符号和隐喻赋予作品更多维度的批判性观念，使作品不仅是故事的叙述，还是一种探讨人性、社会和历史的方式。在路遥的小说中，符号和隐喻不仅仅是文学手法，更是作者对中国社会、人性、命运的深刻思考。

“在某些作家笔下……他们只对人物身上的动物性感兴趣，而忽视了他们的内心世界和道德情感……与那些粗俗地描写人物的作家不同，路遥

① 赵斌，张玮. 当代影像的图像分析系统——兼论电影第三符号学的历史任务与理论空间［J］. 世界电影，2022（10）：60.

注重写人物的内心世界，尤其注重写他们内心的善良、爱情、友情以及对生活和世界的美好而温暖的情感。因此，在路遥笔下，即使那些非常次要的人物，也是会流泪、会叹息、站得起来的人物，依然属于那种令人乐于接受的人物形象。”[①] 路遥的作品成为文学的瑰宝，不仅是因为读者在其中发现了人物角色的闪光点，令人赏心悦目，更重要的是引导读者深入思考人生的意义和价值。

路遥作品的影像常常涉及以文学构建文字符号作为第一原典性影像基础，构建场景，展开影像叙事。如场景设置和场面空间，由于路遥大量的文学叙事是自然景象，无论是《人生》还是《平凡的世界》，导演都通过展现广袤贫瘠的黄土地、满是羊群的山坡、北方农村的季节变化以及山川河流的景象体现陕西的地貌特征。

电影和电视剧基本遵循了其文学语言的第一符号性特征，借助影像空间与人物互动，实现了富有隐喻性的影像叙事。影像空间里的自然景物不再是文学语言空间里的附属品，转而成为整个影像故事的重要情节。可以说，电影《人生》充分借助了影像空间符号将路遥小说城乡空间里的悲剧人物表现得更加生动深刻，打动人心。“影像符号因剥离了高度概括的语言文字代码，无法像语言文字一样，直接表示概念，其所指对象具有更多的可能性和不稳定性，即对象在不同陈述背景下，有不同的意蕴。此时，影像变成一个更为开放的、多义的话语系统。”[②] 正因如此，电影《人生》的影响力远远超过小说，引起了当时整个社会的大讨论，成为当时的热门电影。当时是一个以文字阅读为主的时代，观众以语言文字作为思考和观察世界的符号视角，电影的影像化符号更多是麦茨的以语言学为基础的语义符号再现，突出的是电影影像的语言符号特性，突出表层结构的语言类符号影像。

---

① 余琪.美丽的花朵永不凋谢——论路遥的“底层叙事”经验［J］.当代文坛，2008（02）：26-28.

② 周明太，卜新章.影像意义生产的符号学解读［J］.电影评介，2008（09）：64.

从拉康第二符号学的理论视角来看，路遥的人物形象在影像中借助更加立体化的表现，从容貌到身高、从性格到情感、从言行到思想，导演以人物的主体精神意识展开整个影像故事。“路遥是一个作家，一个知识分子，但他血液里流的依然是黄土高原孕育的硬度指数超高的胆汁液体，他的思想倾向性不自觉地在作品男主人公身上得到呈现，换句话说，是路遥对他自身性格在作品里不自觉地‘放大植入’。”[①]进而，在2015版电视剧《平凡的世界》中，导演通过极强意识形态影像符号，让观众全面融入人物主体精神，感受角色内心的喜怒哀乐，以及他们之间的情感纠葛，通过意象的抒情处理升华了人物的思想，表现了特定时代的社会环境，反映了当代中国社会问题。

2023年，根据小说《人生》改编的、阎建钢导演的电视剧《人生之路》，则明显出现符号学叙事层结构和深层结构的影像符号表达，电视剧故事不是对小说语言符号的照搬，而是进行了改写，完全将人物改写，故事线也改成两条，人物形象和故事结局完全改变，故事拓展到37集。这版电视剧充分体现了读图新时代，以从导演、编剧到观众共同的影像符号为主的设计思路，是当今德勒兹“情感—影像、动作—影像和关系—影像”第三符号学的生动体现，影像是主体，影像叙事、人物与环境等符号均具有独立性，可以走向自主一体的自我符号意义叙事，因此，获得了新时代观众喜好，收视率良好。

二、影像符号的象征与本质

皮尔斯符号包含三个部分：“对象”“代表项”“解释项”。

首先来说“对象”，这里的对象既可以是一个客观实在物，也可以是一个抽象概念或是思想产物，但要注意这一概念仅仅是索绪尔语言中所指

---

① 龙云．永远的路遥——路遥作品重读［J］．小说评论，2000（04）：84–88.

反映的心理表象，还是包括了被反映的客观现实本身。

其次来说“代表项”，它可以被理解为符号的表现形式（物质的或非物质的），这一项的概念和能指类似。

最后来说“解释项”，是一种人类理智范畴内的概念，可以是某种逻辑或常识，甚至是一种心理符号，只有通过它，符号才会有意义并让人理解，它的存在类似于所指，但与所指不同的是它并非由先验、任意且封闭的系统所定义，而是依赖于阐释主体将其与对象进行意指连接的阐释活动，是一种理据性的思维结果，因此也是皮尔斯符号三元关系中的核心所在。

就三者之间的关系而言，“代表项”的存在依据是“对象”，“解释项”通过“代表项”的形式中介和“对象”产生关联，而“代表项”有赖于解释项才可传达出与“对象”相关的意义，由此共同构成了一个相互支撑、缺一不可的三元符号结构。由于解释项的存在基础是阐释者的阐释活动，是一个动态的心理过程，囊括的知识体系包含了共时性与历时性，在其将形式（“代表项”）与“对象”的动态连接（意指过程）中催生意义的产生与流变，推动着人类认知的发展，因此皮尔斯的符号系统在原理上与索绪尔的静态符号系统大相径庭[①]。

皮尔斯的三元论符号关系更接近影像符号意义的发生、传播和接受过程，由此我们介入路遥影像符号世界。电影《人生》一开始通过几组镜头呈现了“对象”符号是高加林在农村辛苦努力地劳作，可是，接下来“代表项”符号，漫天的黄土地和骄阳下一个渺小的人在劳作，随后手磨破流血，高加林赌气不擦药，它可以被理解为电影主体符号的表现，一个淹没在乡村土地的倔强年轻人。

随后，故事推进，观众形成“解释项”符号意义，原来这是一个被人顶替、失去体面教师工作的年轻有为乡村知识青年的抗争。电影《人生》

① 张一.符号学视野下押井守动画影像研究［D］.武汉：武汉理工大学硕士论文，2019：8–14.

高加林卖馒头事件，导演几场连续镜头全面展示高加林在市集人群中走来走去就是无法开口吆喝，同样地，“对象”符号是上集市卖馒头的高加林；“代表项”符号则是高加林不开口吆喝和躲来躲去的身影，将其尴尬的形态表达出来。

皮尔斯认为，符号的分类方法，其中一类方法建立在考察符号与其“对象”的关系之间，这种关系或是体现在符号自身的某种特性之中，或是体现在符号与“对象”的某种关联之中，又或是体现在符号与阐释者的某种关系之中，此分类引出了“图像”（Icon）符号、“索引”（Index）符号和“象征”（Symbol）符号，在视觉艺术领域，第二种分类方法一般被普遍认为是最合适的符号分类法，因为相较于其他分类方法关注点的相对单一性，它同时涉及符号和其“对象”两个方面，故在该领域的研究者中重点运用的符号类型是图像、索引和象征。

皮尔斯的实用主义形而上学观认为，世界有三种存在方式，分别为第一性的性质、第二性的事实和第三性的法则。其中，第一性对应着“图像”符号，“图像”符号（观念）与“对象”的相似性关系同样也是潜在化；第二性对应着“索引”符号，“索引”符号顾名思义作为“对象”的某种存在线索（物理的或是因果的）而指示其“对象”，其存在是一种客观事实，即使“对象”消失，仍会继续存在；第三性则对应着“象征”符号，因为象征成立于社会文化习俗之下，它服从于某种约定俗成的法则①。

1990 版电视剧《平凡的世界》中，首先，田润叶的爱情表达——桥下两个人，动作、表情乃至语言对话这是“图像”符号；其次，通过第一性两个人动作、表情和语言形成“索引”符号——田润叶表白爱情，两个人在谈情说爱；最后，田润叶的字条和孙少安的拒绝，形成第三性约定俗成的爱情认知原则，即一个城市里有地位的女教师表白一个农村穷小伙，由于现实成为悲剧。

---

① 张一.符号学视野下押井守动画影像研究［D］.武汉：武汉理工大学硕士论文，2019：8–14.

电影《人生》结局，第一性符号就是一个落魄的乡村青年经历了情感和工作多重悲剧后回到原点；第二性符号则是高加林回来的环境——乡村和土地，个人的表情和动作——痛苦和无助地跪倒在土地上亲吻；最终形成第三性的符号意义——虽然主人公个人在道德上有问题，但是观众最终获得则是电影第三性的符号主题——是什么造成这样的悲剧？无论怎样，这样的人都会得到如同土地一样的包容，获得形而上的符号价值。

皮尔斯解决了符号的构成问题，对符号意义的阐释与传播效果也做出三种类型的划分，由于皮尔斯符号中意义的阐释出于解释项，意义效果的三种表现方式也可对应为三种类型的解释项，分别是“情绪解释项”“能量解释项”和“逻辑解释项”。

“情绪解释项”顾名思义，是指阐释者因符号调动产生的某种情绪，例如，乐曲符号能催生听者的情绪变化。“能量解释项”是指阐释者经由符号引发肌肉运动的能量，例如，某种命令性的符号让人产生服从行为。“逻辑解释项”则是阐释者由符号引起的一种思想活动，行为倾向只出现在心理层面，而不会付诸肌肉运动。①

电影《人生》通过高加林的爱情选择和个人经历的社会悲剧，形成巨大的“情绪解释项”符号意义，进而借助高加林的人生悲剧形成“能量解释项”符号意义，高加林行为对他本人和观众产生巨大的道德困境与悲剧震撼能量，进而形成是否做高加林的“能量解释项”的符号意义，形成巨大的时代争议能量解释。

电影结局处，高加林回到人生原点愧疚地跪在地上亲吻，形成“逻辑解释项”符号意义，高加林人生悲剧是一个时代造成的青年的悲剧，任何人都可能经历类似的悲剧，我们应当在同情高加林的同时努力反省自己。

面对文字符号让位图像符号的新媒体时代，影像特点包括视觉冲击力，新媒体允许电视和电影制作者在视觉上实现更大的冲击力。高清晰度

① 张一.符号学视野下押井守动画影像研究［D］.武汉：武汉理工大学硕士论文，2019：8–14.

的画质、特效技术的不断进步，以及先进的摄影和后期制作工具，使得画面更加生动、震撼，能更好地呈现小说中的场景和情感。同时，虚拟现实技术和增强现实技术已经开始应用于电影与电视制作。这些技术可以为观众提供更身临其境的体验，使他们感觉自己置身于作品的世界中。这种沉浸感可以增强情感共鸣和参与感。因此，可以获得更丰富的第一性“图像”符号和第二性“索引”符号。加上多媒体互动，在新媒体时代，观众常常通过社交媒体和互动平台与电影、电视互动。这意味着观众可以参与讨论、分享观点，以及对作品提出反馈。这种互动性使得电影和电视更具社交性，观众能更深入地参与作品，让路遥的影视作品在符号学意义上更加丰富。比如，在 2023 版《人生之路》电视剧刚开播不久时，观众纷纷在弹幕中评论留言人物角色扮相过度丑化农村人，并讨论《人生之路》对小说《人生》大幅度的改编和续写，在互动和讨论的过程中加深了对路遥作品的理解。这样新媒体互动和阐释，让路遥的影像作品具备更加丰富的“能量解释项”“逻辑解释项”以及第三性的象征符号学意义，进而路遥的影像作品具备了丰富的符号学象征含义和本质内涵。

附录　路遥著作版本

1.《人生》 中国青年出版社　1982 年

2.《当代纪事》 重庆出版社　1983 年

3.《姐姐的爱情》 中国青年出版社　1985 年

4.《路遥小说选》 青海人民出版社　1985 年

5.《平凡的世界》 中国文联出版公司　1986 年

6.《早晨从中午开始》 西北大学出版社　1992 年

7.《路遥文集》 陕西人民出版社　1992 年

8.《路遥小说名作选》 华夏出版社　1995 年

9.《路遥全集》 广州出版社 / 太白文艺出版社　2000 年

10.《平凡的世界》 广州出版社　2000 年

11.《人生》 时代文艺出版社　2000 年

12.《平凡的世界（上中下）》 中国青年出版社　2000 年

13.《人生》 陕西旅游出版社　2001 年

14.《平凡的世界》 贵州人民出版社　2002 年

15.《平凡的世界》 人民文学出版社　2004 年

16.《平凡的世界：商人语言艺术手册》 陕西旅游出版社　2004 年

17.《路遥文集》 人民文学出版社　2005 年

18.《平凡的世界》 人民文学出版社　2005 年

19.《平凡的世界（上中下）》 人民文学出版社　2006 年

20.《平凡的世界》 人民文学出版社　2006 年

21.《人生》 人民文学出版社　2006 年

22.《平凡的世界》 人民文学出版社　2007 年

23.《平凡的世界（上中下）》 人民美术出版社　2008 年

24.《路遥精选集》 北京燕山出版社　2008 年

25.《平凡的世界》 北京十月文艺出版社　2009 年

26.《平凡的世界》 人民文学出版社　2009 年

27.《人生》 北京十月文艺出版社　2009 年

28.《平凡的世界》 北京十月文艺出版社　2010 年

29.《早晨从中午开始》 北京十月文艺出版社　2010 年

30.《人生》 北京十月文艺出版社　2010 年

31.《平凡的世界》 北京出版集团，北京十月文艺出版社　2011 年

32.《平凡的世界》 北京十月文艺出版社　2012 年

33.《早晨从中午开始》 北京十月文艺出版社　2012 年

34.《人生》 北京十月文艺出版社　2012 年

35.《路遥全集》 北京十月文艺出版社　2013 年

36.《平凡的世界》 北京十月文艺出版社　2013 年

37.《人生》 北京十月文艺出版社　2013 年

38.《早晨从中午开始》 北京十月文艺出版社　2013 年

39.《平凡的世界》连环画　北京十月文艺出版社　2016 年

40.《平凡的世界》 北京十月文艺出版社　2017 年

41.《平凡的世界：普及本》 北京十月文艺出版社　2017 年

42.《路遥全集》 北京十月文艺出版社　2019 年

43.《平凡的世界》 北京十月文艺出版社　2019 年

44.《平凡的世界》 学习出版社 2019 年
45.《人生》 北京十月文艺出版社 2020 年
46.《平凡的世界》 北京十月文艺出版社 2021 年
47.《平凡的世界：普及本》 北京十月文艺出版社 2021 年
48.《人生》 北京十月文艺出版社 2021 年
49.《早晨从中午开始》 北京十月文艺出版社 2022 年

参考文献

Reference

（一）路遥研究专著（论）

1. 晓雷，李星 . 星的陨落：关于路遥的回忆［M］. 西安：陕西人民出版社，1993.

2. 赵学勇 . 生命从中午消失：路遥的小说世界［M］. 兰州：兰州大学出版社，1995.

3. 畅广远 . 神秘黑箱的窥视［M］. 西安：陕西人民教育出版社，1993.

4. 宗元 . 魂断人生：路遥论［M］. 上海：上海文艺出版社，2000.

5. 航宇 . 路遥在最后的日子［M］. 西安：陕西师范大学出版社，1993.

6. 郑文华 . 作家路遥（摄影集）［M］. 西安：陕西人民出版社，2002.

7. 吴小美，赵学勇 . 中国现当代作家作品研究［M］. 兰州：兰州大学出版社，2002.

8. 姚维荣 . 路遥小说人物论［M］. 新加坡：新加坡文化艺术出版社，2000.

9. 王西平，李星，李国平，等 . 路遥评传［M］. 西安：太白文艺出版社，1997.

10. 秦兆阳 . 要有一颗热情的心：致路遥同志［N］. 中国青年报，1982-03-25.

11. 雷达．路遥研究资料［M］．济南：山东文艺出版社，2006.

12. 阎慧玲．路遥的小说世界［M］．北京：中国文联出版公司，2007.

13. 廖晓军．路遥小说的艺术世界［M］．西安：三秦出版社，2006.

14. 石天强．断裂地带的精神流亡［M］．北京：北京大学出版社，2009.

15. 段建军．路遥研究论集［M］．西安：西北大学出版社，2016.

16. 路遥纪念馆．路遥研究：秋冬卷［M］．北京：北京时代华文书局，2017.

17. 马一夫．路遥纪念集［M］．北京：人民文学出版社，2007.

18. 李建军．路遥十五年祭［M］．北京：新世界出版社，2007.

19. 申晓．守望路遥［M］．西安：太白文艺出版社，2007.

20. 航宇．路遥的时间［M］．北京：人民文学出版社，2019.

21. 申沛昌．路遥与延安大学［M］．北京：新华出版社，2019.

22. 张艳茜．路遥传［M］．西安：陕西人民出版社，2017.

23. 厚夫．路遥传［M］．北京：人民文学出版社，2015.

24. 王拥军．路遥新传［M］．北京：中国商业出版社，2015.

25. 杨晓帆．路遥论［M］．北京：作家出版社，2018.

26. 晓雷．路遥别传［M］．西安：陕西人民出版社，2022.

27. 王刚．路遥纪事［M］．北京：北京时代华文书局，2014.

28. 王刚．路遥年谱［M］．北京：北京时代华文书局，2016.

29. 梁颖．三个人的文学风景：多维视镜下的路遥、陈忠实、贾平凹比较论［M］．北京：人民出版社，2009.

30. 程光炜．重读路遥［M］．北京：北京大学出版社，2013.

31. 李建军．路遥的哈姆雷特与莎士比亚［M］．广州：广东高等教育出版社，2022.

32. 刘雪萍．路遥小说中的景观与人［M］．青岛：中国海洋大学出版社，2022.

33. 孙萍萍．路遥小说的传播和接受［M］．北京：中国社会科学出版社，2020.

（二）参考论文

1. 丁增武．路遥小说论［D］．合肥：安徽大学，2001.

2. 石天强．断裂地带中的精神流亡：路遥小说中的空间结构、人物形象及其文化意义［D］．北京：北京师范大学，2001.

3. 杨理．路遥小说中的物质书写研究［D］．烟台：烟台大学，2023.

4. 于红新．《平凡的世界》经典化研究［D］．宜昌：三峡大学，2023.

5. 石松．从作品内在的矛盾性探寻真实的路遥［D］．延安：延安大学，2023.

6. 章玉．地域认同视角下路遥小说中的民俗叙事研究［D］．上海：上海师范大学，2022.

7. 赵洁．论路遥作品中的劳动主题［D］．上海：上海师范大学，2022.

8. 代宏伟．路遥文学创作与沙漠情怀［D］．固原：宁夏师范学院，2022.

9. 张洪源．价值论视域下尼古拉·奥斯特洛夫斯基对路遥创作的影响研究［D］．沈阳：辽宁大学，2022.

10. 姬娜．论路遥《人生》和《平凡的世界》中的陕北地域文化内涵［D］．西安：西北大学，2014.

11. 刘桃利．论路遥小说与儒家文化传统［D］．西安：西北大学，2022.

12. 李欣．弗洛伊德精神分析视域下的路遥创伤心理研究［D］．延安：延安大学，2020.

13. 朱平．艾特玛托夫对路遥创作的影响研究［D］．沈阳：辽宁大学，2022.

14. 胡宏宇．路遥小说的集体主义与个人主义呈现及其评价［D］．大连：辽宁师范大学，2021.

15. 白娅娥．路遥小说中的英雄叙事研究［D］．延安：延安大学，2021.

16. 何易．《平凡的世界》传播接受研究［D］．济南：山东大学，2022.

17. 盘小春．路遥《平凡的世界》中的“平凡意象”及其审美价值［D］．南宁：广西民族大学，2015.

18. 张媛 . 操纵理论视野下陕西乡土文学英译本研究［D］. 西安：西安理工大学，2023.

19. 郑意盎 . 中国当代文学叙事中的两种改革话语［D］. 金华：浙江师范大学，2022.

20. 罗湉 . 论路遥小说的兄弟叙事［D］. 重庆：重庆三峡学院，2022.

21. 贺敏 . 论路遥小说的诗性现实主义［D］. 荆州：长江大学，2022.

22. 范晓定 . 路遥《平凡的世界》的美育价值研究［D］. 广州：广东技术师范大学，2020.

23. 王宇婷 .《平凡的世界》的叙事艺术研究［D］. 大连：辽宁师范大学，2019.

24. 张莹 ."交叉地带"的人物——《平凡的世界》人物论［D］. 上海：华东师范大学，2018.

25. 高阳 . 忠实基础上的再创造［D］. 石家庄：河北师范大学，2016.

26. 张健 . 传播学视角下的《平凡的世界》［D］. 延安：延安大学，2016.

27. 宋温馨 .《平凡的世界》：乡土中国大众"文学圣经"［D］. 济南：山东师范大学，2014.

28. 刘丽丽 . 现代文明的渴望和传统乡土的眷顾［D］. 海口：海南大学，2014.

29. 武杰 .《平凡的世界》文学语言研究［D］. 西安：陕西师范大学，2014.

30. 胡小莉 . 论新世纪以来的路遥研究［D］. 新乡：河南师范大学，2023.

31. 张利宇 . 新时期陕西文学中的柳青传统［D］. 保定：河北大学，2020.

32. 杜泓瑞 . 再现"陕北日常生活"［D］. 延安：延安大学，2020.

33. 冯阳 . 陕西"乡下人进城"小说叙事研究［D］. 西安：西北大学，2019.

34. 赵慧妍．路遥小说苦难叙事研究［D］．沈阳：沈阳师范大学，2019.

35. 叶佳平．“平凡世界”的不平凡［D］．长沙：湖南师范大学，2019.

36. 张红格．从柳青到路遥：现实主义创作流变及当下启示［D］．西安：陕西师范大学，2019.

37. 田淑玲．路遥现实主义创作论［D］．西安：西北大学，2018.

38. 肖庆国．路遥小说“精神叙事”研究［D］．福州：福建师范大学，2018.

39. 高宝宝．路遥小说的叙事艺术［D］．南宁：广西师范学院，2018.

40. 童子祥．生存追问与灵魂突围［D］．广州：华南理工大学，2017.

41. 候晓辰．《平凡的世界》中的爱情书写［D］．延吉：延边大学，2017.

42. 上官静．路遥接受史研究［D］．福州：福建师范大学，2017.

43. 王佳蕙．从小说到电视剧［D］．上海：上海师范大学，2017.

44. 李勤余．路遥与俄苏文学中的“乡村—城市”问题［D］．上海：华东师范大学，2016.

45. 侯行敏．论当代陕西作家的民间文化书写［D］．兰州：西北师范大学，2015.

46. 吴浩．时代巨变下的人生躁动［D］．长春：吉林大学，2014.

47. 魏春亮．论路遥的内心焦虑对其创作的影响［D］．南京：南京大学，2013.

48. 迟令刚．立足现代文明的乡土守望［D］．杭州：浙江大学，2014.

49. 胡俊．海波对路遥文学观的接受与创化［D］．延安：延安大学，2021.

50. 白倩．路遥小说的青春叙事研究［D］．西安：西北大学，2022.

51. 闫春春．路遥批评史研究［D］．重庆：重庆大学，2022.

52. 张二强．论路遥小说中的劳动叙事［D］．南宁：南宁师范大学，2022.

53. 王亚琦．论路遥小说中的“城乡交叉地带”［D］．大连：辽宁师范大学，2021.

54. 刘之栋．路遥小说的审美共同体问题研究［D］．西安：西北大学，2021.

55. 张永莉．路遥小说改编电视剧中的地域音乐创作研究［D］．西安：西北大学，2020.

56. 刘岩．论《人生》的悲剧意蕴［D］．青岛：青岛大学，2020.

57. 于晨曦．路遥小说的经典性与经典化路径论析［D］．保定：河北大学，2019.

58. 隆园．路遥作品中女性的生命书写与审美意识研究［D］．长沙：长沙理工大学，2020.

59. 董梅．路遥创作心理研究［D］．伊宁：伊犁师范大学，2019.

60. 赵一桦．《平凡的世界》的跨文本研究［D］．济南：山东师范大学，2019.

61. 姚萍．文学陕军与地域文化［D］．南宁：南宁师范大学，2019.

62. 陈李燕．成长小说视域下的路遥小说研究［D］．上海：上海外国语大学，2018.

63. 陈梦秋．论路遥作品中的自我意识［D］．上海：上海师范大学，2018.

64. 何倩．顺应论视角下的文学作品方言研究［D］．上海：上海外国语大学，2018.

65. 马利丹．进城农民的奋斗人生［D］．聊城：聊城大学，2018.

66. 杨莉莉．《平凡的世界》“哭”的修辞阐释［D］．阜阳：阜阳师范学院，2018.

67. 张美兰．路遥的故乡书写研究［D］．赣州：赣南师范大学，2018.

68. 李笑．路遥小说“农村青年进城”叙事研究［D］．重庆：重庆师范大学，2018.

69. 李文越. 路遥作品接受研究［D］. 太原：山西大学，2018.

70. 孙如萍.《平凡的世界》批评论［D］. 南昌：江西师范大学，2018.

71. 姜苗. 当代陕北地域小说苦难情结及其美学意蕴探究［D］. 西安：长安大学，2018.

72. 王娇雪.《平凡的世界》电视剧改编的研究［D］. 太原：山西师范大学，2018.

73. 邹容. 乡望一隅：孙少平的回家路与路遥的乡愁［D］. 广州：广东外语外贸大学，2018.

74. 刘晓宇. 俄苏文学对路遥的影响研究［D］. 北京：中国社会科学院研究生院，2018.

75. 周雅琪. 中国乡土文学中方言的英译［D］. 苏州：苏州大学，2018.

76. 姚龙雪. 路遥与李佩甫小说人物形象比较研究［D］. 西安：陕西师范大学，2018.

77. 侯芊慧.《平凡的世界》接受过程中的"两极化"现象［D］. 武汉：湖北大学，2018.

78. 王娟. 路遥批评史研究［D］. 太原：山西师范大学，2018.

79. 刘立灿. 高加林人物形象构造史研究［D］. 海口：海南师范大学，2018.

80. 余佳睿. 论路遥小说中的女性形象及意义［D］. 恩施：湖北民族大学，2019.

81. 孙智慧. 生命的言说：《平凡的世界》的政治美学阅读［D］. 上海：上海师范大学，2017.

82. 孙玉娟. 俄罗斯经典文学对路遥创作的影响［D］. 西安：西安外国语大学，2016.

83. 郑思宇. 路遥小说与中国农村土地制度的变迁［D］. 黄石：湖北师范大学，2016.

84. 赵立付. 从柳青到路遥：当代小说中农民形象的流变［D］. 沈阳：

辽宁大学，2017.

85. 刘东波 . 延续与断裂：路遥笔下的社会转型时期［D］. 上海：上海师范大学，2015.

86. 蒋晓丹 . 路遥的《人生》英译实践报告［D］. 长沙：湖南师范大学，2016.

87. 李泽 . 试论路遥文本中的自传色彩［D］. 延安：延安大学，2015.

88. 陈金花 . 路遥小说苦难母题研究［D］. 南宁：广西民族大学，2015.

89. 梁亚玮 . 行将消逝的乡村风情画［D］. 南京：南京师范大学，2015.

90. 宋欢 . 民俗与小说的邂逅［D］. 武汉：华中师范大学，2014.

91. 杨玲 ."底层世界"的不同言说［D］. 延安：延安大学，2014.

92. 赖玮 . 现代焦虑中的欲望叙述［D］. 上海：上海外国语大学，2013.

93. 吴仙锋 . 在苦难中寻找归宿［D］. 兰州：西北师范大学，2013.

94. 胡冠男 ."平凡""人生"中的遗忘和重塑：路遥接受史研究［D］. 锦州：渤海大学，2012.

95. 于丽萍 ."路遥现象"研究［D］. 沈阳：辽宁大学，2013.

96. 张振 . 论路遥小说的温情叙事［D］. 杭州：浙江大学，2013.

97. 王海军 . 路遥接受史论［D］. 成都：四川师范大学，2011.

98. 杜银莲 . 路遥传记研究［D］. 济南：山东大学，2022.

99. 郑玲 . 路遥知马力型故事研究［D］. 武汉：华中师范大学，2020.

100. 孙杨 . 多重权力的交叉：作为症候的"平凡世界"［D］. 海口：海南大学，2019.

101. 仲格草 . 端智嘉与路遥小说风格比较研究［D］. 拉萨：西藏大学，2018.

102. 黄香 . 大西北的人与风景［D］. 广州：广东技术师范大学，2018.

103. 陈旭 . 论当代乡土小说发展的文化动因［D］. 广州：广东技术师范大学，2018.

104. 高美姣 . 路遥创作接受研究［D］. 兰州：西北师范大学，2019.

105. 张学深．路遥批评文本关键词研究［D］．兰州：西北师范大学，2019.

106. 金振国．关于路遥《人生》的汉朝翻译实践报告［D］．延吉：延边大学，2018.

107. 李红梅．路遥小说接受史研究［D］．淄博：山东理工大学，2018.

108. 焦碧辉．纪录片《路遥》口译实践报告［D］．沈阳：辽宁大学，2017.

109. 王搏．路遥笔下的女性形象塑造［D］．牡丹江：牡丹江师范学院，2016.

110. 辛兴．路遥文学作品边缘特色初探［D］．西安：西北大学，2013.

111. 李楠楠．论路遥小说的苦难意识［D］．济南：山东师范大学，2012.

112. 张旭．路遥小说观念研究［D］．扬州：扬州大学，2014.

113. 邵向阳．路遥小说中的故事研究［D］．金华：浙江师范大学，2013.

114. 石晓岩．路遥笔下的陕北民俗画卷［D］．长春：吉林大学，2012.

115. 张晶茹．路遥小说中的苦难叙事［D］．石家庄：河北师范大学，2012.

116. 廖玲．路遥小说的平民意识［D］．长沙：湖南师范大学，2012.

117. 李松．现代化进程中的矛盾与焦虑［D］．济南：山东大学，2012.

118. 杨明星．从路遥小说的人物形象看作者的自卑与超越［D］．成都：西南交通大学，2013.

119. 吴明亮．路遥和王安忆小说中的色彩词比较研究［D］．保定：河北大学，2011.

120. 李震静．现实主义的生命力［D］．合肥：安徽大学，2012.

121. 于倩．在悲剧感中品味生命的含义［D］．长春：吉林大学，2011.

122. 孙蓉．逃离与回归：路遥创作心理走向研究［D］．延安：延安大学，2011.

123. 穆晶晶．论个体生命的存在、自由、觉醒与超越［D］．兰州：西北民族大学，2012.

124. 谢和安 . 论路遥的苦难情结与拯救意识［D］. 兰州：西北师范大学，2012.

125. 张雯雯 . 繁华落尽始见淳［D］. 苏州：苏州大学，2011.

126. 张旭东 . 论路遥小说的叙事障碍［D］. 兰州：西北师范大学，2011.

127. 胡晓丽 . 试论路遥小说的悲剧爱情［D］. 曲阜：曲阜师范大学，2010.

128. 万芳 . 路遥小说中的地域文化因素［D］. 重庆：重庆师范大学，2011.

129. 刘辉兰 . 路遥小说与“十七年”文学［D］. 保定：河北大学，2012.

130. 田媛媛 . 论路遥文学叙事中的地母原型［D］. 西安：陕西师范大学，2010.

131. 赵强 . 孤寂苦旅中诗意地吟唱［D］. 重庆：西南大学，2009.

132. 刘蕾 . 论路遥小说中的意象符号和关键词［D］. 青岛：青岛大学，2009.

133. 姜岚 . 城与乡：小说里的人生界域［D］. 海口：海南大学，2010.

134. 田海荣 . 路遥小说中的抗争者论［D］. 曲阜：曲阜师范大学，2009.

135. 余雪霁 . 欲望书写：路遥作品解读［D］. 上海：华东师范大学，2009.

136. 郭丽娟 . 用生命讴歌生命，用崇高读懂崇高［D］. 长春：东北师范大学，2009.

137. 齐播 . 论路遥《平凡的世界》的苦难意识［D］. 长春：吉林大学，2009.

138. 刘元英 . 理想世界的政治坚守［D］. 延安：延安大学，2008.

139. 田少虹 . 阶层性与普世性［D］. 延安：延安大学，2008.

140. 刘好梅 . 论路遥小说中的奋斗者［D］. 青岛：青岛大学，2009.

141. 王力彦 . 路遥创作中的理想主义精神［D］. 保定：河北大学，2011.

142. 侯慧中 . 地域文化视野中的路遥小说及其创作心理研究［D］. 长春：东北师范大学，2008.

143. 杨丽华 . 论路遥小说的悲剧意蕴［D］. 济南：山东师范大学，2008.

144. 金自强 . 论路遥小说中的苦难意识［D］. 郑州：河南大学，2008.

145. 何宜忠 . 路遥小说的苦难情结［D］. 武汉：华中师范大学，2008.

146. 陈莉 . 传统和现代的交融［D］. 乌鲁木齐：新疆大学，2007.

147. 臧小艳 . 徜徉在陕北民间文化的河流中［D］. 延安：延安大学，2008.

148. 李小红 . 地域文化视野中的秦地小说［D］. 兰州：西北师范大学，2008.

149. 黄梅学 . 路遥小说的精神分析［D］. 湘潭：湖南科技大学，2010.

150. 冯宗仁 . 断裂地带的精神流亡［D］. 西安：陕西师范大学，2008.

151. 周洋 . 在“老土地”与“新生活”之间［D］. 上海：上海师范大学，2008.

152. 甄诚 . 徘徊在城乡交叉地带的游魂［D］. 石家庄：河北师范大学，2008.

153. 刘祖国 . 自强不息　厚德载物［D］. 金华：浙江师范大学，2007.

154. 孙建超 . 论路遥小说的思想文化意蕴［D］. 哈尔滨：黑龙江大学，2006.

155. 王绍立 . 路遥小说的乡土情结及其文化根源［D］. 长春：吉林大学，2006.

156. 白明胜 . 深远的民间意义：论《平凡的世界》［D］. 长春：吉林大学，2006.

157. 卢晓霞 . 论路遥的创作在中国当代文学史上的意义［D］. 桂林：广西师范大学，2007.

158. 高鲜花 . 路遥小说人物论［D］. 长春：吉林大学，2005.

159. 王列娟 . 执拗的生命悲歌［D］. 重庆：西南大学，2005.

（三）参考理论著作

1. 王晓明．潜流与漩涡：论二十世纪中国小说家的创作心理障碍［M］．北京：中国社会科学出版社，1991.

2. 康德．对美感和崇高感的观察［M］．曹俊峰，等，译．哈尔滨：黑龙江人民出版社，1990.

3. 陈美兰．中国当代长篇小说创作论［M］．上海：上海文艺出版社，1991.

4. 周水涛．论新时期乡村小说的文化意韵［M］．武汉：华中师范大学出版社，2004.

5. 弗洛姆．爱的艺术［M］．萨茹菲，译．北京：西苑出版社，2003.

6. 伊昌龙．1985：延伸与转折［M］．济南：山东教育出版社，1998.

7. 费孝通．乡土中国［M］．北京：生活·读书·新知三联书店，1985.

8. 刘勇．中国现代作家的宗教文化情结［M］．北京：北京师范大学出版社，1998.

9. 巴赫金．诗学与访谈［M］．白春仁，顾亚铃，等，译．石家庄：河北教育出版社，1998.

10. 程正民．巴赫金的文化诗学［M］．北京：北京师范大学出版社，2001.

11. 李泽厚．中国思想史论：上中下［M］．合肥：安徽文艺出版社，1999.

12. 萨福安．结构精神分析学——拉康思想概述［M］．怀宇，译．天津：天津社会科学院出版社，2001.

13. 罗钢．叙事学导论［M］．昆明：云南人民出版社，1994.

14. 申丹．叙述学与小说文体学研究［M］．北京：北京大学出版社，1998.

15. 庄汉新，邵明波．中国二十世纪乡土小说评论［M］．北京：学苑出版社，1997.

16. 席勒．审美教育书简［M］．冯至，译．上海：上海人民出版社，2003.

17. 耿占春．叙事美学［M］．郑州：郑州大学出版社，2002.

18. 汪晖 . 死火重温［M］. 北京：人民文学出版社，2000.

19. 肖云儒 . 中国西部文学论：多维文化中的西部美［M］. 西宁：青海人民出版社，1989.

20. 赵学勇，等 . 新文学与乡土中国：20 世纪中国乡土文学与西部文学研究［M］. 兰州：兰州大学出版社，1993.

21. 弗洛伊德 . 梦的解析：论梦［M］. 孙名之，等，译 . 北京：国际文化出版公司，2001.

22. 曹文轩 . 中国八十年代文学现象研究［M］. 北京：作家出版社，2003.

23. 崔仲平 . 老子《道德经》译注［M］. 哈尔滨：黑龙江人民出版社，2003.

24. 朱光潜 . 悲剧心理学：各种悲剧快感理论的批判研究［M］. 张隆溪，译 . 北京：人民文学出版社，1983.

25. 弗洛姆 . 被遗忘的语言［M］. 郭乙瑶，等，译 . 北京：国际文化出版公司，2001.

26. 冯友兰 . 中国哲学简史［M］. 北京：北京出版社，1996.

27. 朱光潜 . 朱光潜美学文集：第一卷［M］. 上海：上海文艺出版社，1982.

28. 弗洛伊德 . 精神分析学引论新论［M］. 南昌：百花洲文艺出版社，1996.

29. 邵燕君 . 倾斜的文学场：当代文学生产机制的市场化转型［M］. 南京：江苏人民出版社，2003.

30. 阿德勒 . 理解人性［M］. 陈刚，等，译 . 贵阳：贵州人民出版社，1991.

31. 阿德勒 . 自卑与超越［M］. 李心明，译 . 北京：华龄出版社，1996.

32. 张觉 . 荀子译注［M］. 上海：上海古籍出版社，1995.

33. 李双 . 孟子白话今译［M］. 北京：中国书店出版社，1992.

34. 言冰 . 走进崇高［M］. 石家庄：河北人民出版社，1998.

35. 黑格尔 . 美学：第二卷［M］. 北京：商务印书馆，1996.

36. 周宪 . 中国当代审美文化研究［M］. 北京：北京大学出版社，1997.

37. 胡适 . 中国哲学史大纲［M］. 北京：东方出版社，1996.

38. 杨柳桥 . 庄子译诂［M］. 上海：上海古籍出版社，1991.

39. 弗里斯比 . 现代性的碎片［M］// 周宪，许钧 . 现代性研究译丛 . 北京：商务印书馆，2003.

40. 樊星 . 世纪末文化思潮史［M］. 武汉：湖北教育出版社，1999.

41. 陈美兰 . 文学思潮与当代小说［M］. 武汉：武汉大学出版社，1994.

42. 童庆炳 . 现代心理学［M］. 北京：中国社会科学出版社，1993.

43. 张恒学 . 悲剧美学：历史的回顾与中国新时期小说的悲剧意识［M］. 长沙：中南工业大学出版社，1999.

44. 张韧 . 新时期文学现象［M］. 北京：文化艺术出版社，1998.

45. 陈晓明 . 现代性与中国当代文学转型［M］. 昆明：云南人民出版社，2003.

46. 伯克 . 崇高与美：伯克美学论文选［M］. 李善庆，译 . 上海：上海三联书店，1990.

47. 赵毅衡 . 礼教下延之后［M］. 上海：上海文艺出版社，2001.

48. 丹纳 . 艺术哲学［M］. 傅雷，译 . 北京：人民文学出版社，1983.